MELISSA

王太子妃になんてなりたくない!!
王太子妃編7

月神サキ

Illustrator
蔦森えん

グラウ
以前見世物小屋からリディが解放した黒い狼。
人語を理解しているかのように賢く、
恩人であるリディを守っている。
フリード
フリードリヒ・ファン・デ・ラ・ヴィルヘルム。
優れた剣と魔法の実力に加え、
帝王学を修めた天才。
一目惚れしたリディだけを愛し続け、
正式に妻として迎えた、
ヴィルヘルム王国王太子。
リディ
リディアナ・ファン・デ・ラ・ヴィルヘルム。
ヴィヴォワール筆頭公爵家の一人娘。
前世の記憶持ちであり、
王族の一夫多妻制を
受け入れられなかったが、
想いを通わせたフリードとついに結婚、
晴れて王太子妃となった。
王太子妃になんてなりたくない!! 王太子妃編
7
CHARACTER

アベル

変装を得意とする情報屋。
万華鏡と呼ばれている。

カイン

赤の死神と呼ばれる、
元サハージャの暗殺者。
リディを主と定め、
契約を結んだ。

レイド

オフィリア・レイド・イルヴァーン。
ヘンドリックの妹である
王女だが、女性的な服装と
口調を嫌い、
変人と言われる王女。

シオン

リディの前世の初恋の相手。
現在はヴィルヘルムの
軍師を務める。

ウィル

ウィリアム・フォン・ペジェグリーニ。
ヴィルヘルム王国魔術師団の団長。
グレンの兄。

アレク

アレクセイ・フォン・ヴィヴォワール。
リディの兄。元々フリードの側近で、
フリード、ウィル、グレンとは幼馴染兼親友。

グレン

グレゴール・フォン・ペジェグリーニ。
ヴィルヘルム王国、近衛騎士団の団長。
フリードとは幼馴染かつ親友。

これまでの物語

各国首脳がヴィルヘルムに集まり行われた国際会議。
縁のある人物の来訪や獣人たちの島アルカナムの代表との初対面など、
リディたちは目まぐるしい日々を迎えていた。そんな折、両親と再会していたレナと離れ
一人になっていたシオンの前に突然結びの魔女メイサが現れ、
「元の世界に帰りたいのであればヴィルヘルム王族の力が必要」と
告げるのだが――。

この作品はフィクションです。
実際の人物・団体・事件などに一切関係ありません。

王太子妃になんてなりたくない!!

王太子妃編 7

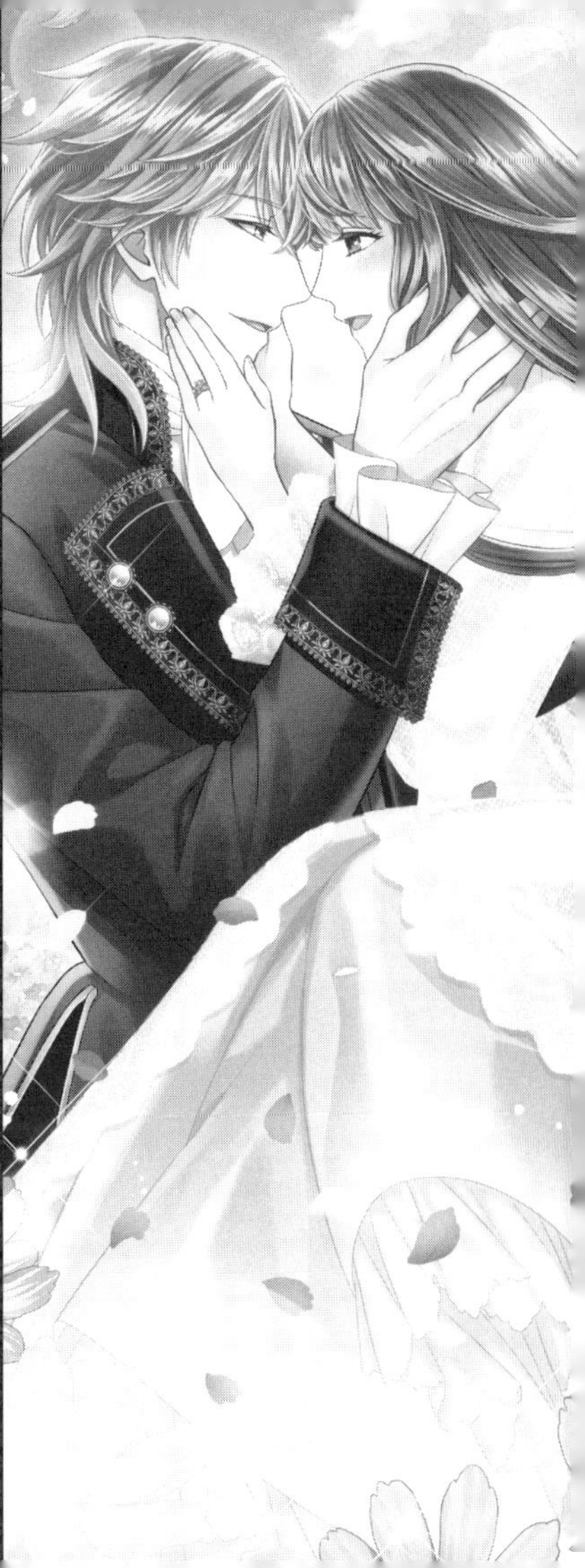

MELISSA

1・彼女と事実

波乱尽くしだった国際会議もなんとか無事、閉幕。国賓たちも帰国した。

これにてお役目終了。

ようやく自由時間を手に入れた私たちは、転移門がある部屋をあとにし、手を繋《つな》ぎながらのんびりと自室へ向かっていた。

久しぶりの解放感。零《こぼ》れる笑顔も自然なものになる。私はうきうきとした気持ちでフリードに話しかけた。

「ね、フリード。今からどうする？」

「ん？　今から？」

「うん。せっかく自由時間を手に入れたんだもの。このまま部屋に帰るのも勿体《もったい》ないなって思って」

素直な気持ちを口にする。だけど、ハッと気がついた。

「フリード、もしかしてお仕事があったりする？」

私の方は何もない。

二週間、王太子妃業を頑張ったということで、お休みをもらっているのだ。てっきりフリードも同じだと思っていたが、思い込みはよくない。事実、彼は立ち止まり、少し考えるような素振りを見せた。

「うーん、急いで片付けなければならない案件はなかったと思うけど……」

「やっぱりお仕事自体はあるんだ」

「そりゃあね。どちらかと言うと、国際会議の間、仕事は溜《た》まる一方だったから」

「そっか。そうだよね」

言われてみれば当然だ。

フリードが最終確認しなければならない書類は多い。特に最近は、仕事内容が国王とほぼ変わらなくなっているので、質も量もかなりのもの。仕事が溜まっていると言われても、納得しかなかった。

「お疲れ様」

「ありがとう。とは言っても、国際会議中の仕事は父上が大分代わってくれたんだけどね。ほら、私が会議に出ていたから」

フリードは今回国王代理として全《すべ》ての二国間会議に出席していた。それは国王交代を視野に入れてのことだったのだが、代理として出ていた間、国王が彼の仕事を負担してくれていたらしい。

「へえ」

息子のためにと引き受けてくれたのだろう。国王が息子思いの父親であることは知っている。

うんうんと頷《うなず》いていると、フリードが「でも」と若干うんざりしたように言った。

「溜まるものは溜まるんだよね。なんで書類仕事ってあんなにあるんだろう。少し席を外しただけで信じられないくらい増えているんだ。中には無駄だなって思うものもあるし」

「そ、それは……大変だね」

兄もいつも嘆いているので、相当な量があるのだろうと思う。私もたまに執務室にお邪魔させてもらうが、書類がタワーのように積み上がっているのを見て、目を見張ったことを覚えている。

あれらを全部確認して、可否を判断して、更には署名をするわけだから……うん、想像しただけで頭が痛くなるし、腱鞘炎《けんしょうえん》になりそうだ。

「まあでも、少し休憩するくらいなら許されると思うよ。さすがのアレクも、今すぐ執務室に戻れとは言わないんじゃないかな」

「そうだよね。遊んでいたわけじゃないんだし」

「そういうこと。だから多少の時間はあるけど。そうだね、具体的には可愛《かわい》い奥さんとイチャイチャする時間くらいは取れるかな」

じっと見つめられる。その目には見覚えのありすぎる熱が籠《こ》もっていた。

なるほど、旦那《だんな》様はエッチなことをお望みのようだ。

だが私としては、どうせ夜もするのだから昼間くらいは別のことがしたいなと思わなくもない。

「うーん、悪くない提案だとは思うけど、私はフリードと久しぶりにのんびり散歩したり話したりしたいな。ね、中庭の方に出ない？」

「ええ？　私はリディと抱き合いたいんだけど」

「いいじゃない、別に。どうせ夜もするんでしょ？」

「するけど」

そんなことだろうと思っていたが、やはりか。

即答してきた旦那様を見つめる。彼はニコニコと私の顔を見返してきた。

「ん？　駄目だった？」

「駄目じゃないけど、夜するなら昼は別のことをしようよって話。そりゃ、夜に会えないって言うなら、私だって寝室へ行こうって誘うかもしれないけど、私とフリードは一緒に暮らしているんだからね？」

「まあ、それは確かにそうだけど」

「フリードと、お散歩したいな～」

「うっ……可愛い」

期待するように上目遣いでフリードを見ると、彼は分かりやすく動揺した。少し頬《ほお》が赤い気がする。

夫婦になっても簡単なことで照れてくれるフリードが私は大好きなのだ。

——うーん、やっぱりフリード可愛いなあ。

誰《だれ》にも賛同を得られないことは分かっているが、私にとっては可愛い旦那様なのだ。

愛《いと》おしいという気持ちが膨れ上がった私は、その思いのまま口を開いた。

「フリード、大好き」

「どうしたの、急に。もちろん私も好きだけど」

「うん、なんか好きだなって気持ちになったから言ってみただけ」

ぴょんと勢いよくフリードに飛びつく。首に手を回すと、落ちないように抱えられた。

「わっ……危ないよ」

「フリードは落としたりしないでしょう？」

「当たり前。大事な奥さんを落とすわけないでしょう」

「ね、だから心配してないの」

「もう……」

仕方ないなと言わんばかりの口調が酷《ひど》く優しい。ゆっくりとフリードが私を下ろしてくれた。

そんな彼に私は首を傾《かし》げて尋ねる。

「で？」

「……一緒に散歩がしたいんだっけ？　分かったよ」

「やった！」

「私はリディに弱いからね。仕方ない」

そう言いながらもフリードは笑っていて、機嫌はかなり良いようだ。

とはいえ、今譲ってもらった分、夜はしっかりフリードに付き合わなければいけないだろうけれど。

そこはもう旦那様のお望み通り頑張らせてもらうしかない。

「ありがとう。その代わり、夜はサービスするね」

「サービス？　何をしてくれるの？」

「えっ、なんだろう」

まさか聞き返されるとは思わなかった。正直何も考えていなかったので、具体的に聞かれると、困ってしまう。逆にフリードに尋ねた。

「……フリードがして欲しいことをする、とか？」

「どうして疑問形なの。私としてはたくさん抱かせてくれたらそれでいいんだけど」

「だよねえ」

フリードだもんねと頷く。

彼は基本が絶倫なので、欲望が回数に直結することが多いのだ。

「ええと、じゃあ、たくさん付き合う？」

「うん、そんな感じでお願い。エッチで可愛いリディが見たいな」

「えっ……ええと、どうすれば？」

具体的な要望が出てきたと思いながら尋ねると、フリードは笑いながら言った。

「いつも通りってことだよ。リディはいつだって可愛いからね」

「ふえっ!?」

欲望を滲《にじ》ませた声で囁《ささや》かれ、ボンッと顔が赤くなった。そんな私の頬をフリードがするりと撫《な》でる。

ぞくんと身体《からだ》が震え、私は「んっ」と小さく声を上げた。

「ほら、やっぱり可愛い。でも、私が一番好きなリディの顔は、啼《な》きながら、もう一回してってって強請《ね》だ《だ》ってる時かな。あの時のリディってば、驚異的に可愛いんだよ。知ってた？」

「そ、そういうのはいいからっ」

周囲に誰もいないとはいえ、閨《ねや》の話を持ち出されるのはさすがに恥ずかしい。だけど、反射的に身体が疼《うず》いてしまったことには気づいていた。

「も、もう……」

「ふふ、可愛い顔してる。期待してくれたの？」

そう言うフリードの方こそ、欲にまみれた表情をしている。抱きたいと全面に押し出してくるフリードに一瞬流されそうになるも、その頬をえいっと摘まんだ。

「……したけど、駄目。夜って言ったでしょ。私も我慢するから、フリードも我慢して」

「残念。押し切れるかなと思ったんだけどな」

「夜、付き合うって言ってるのに？」

どれだけしたいんだという気持ちを込めて見つめると、彼はいけしゃあしゃあと言ってのけた。

「え？　私はいついかなる時でもリディを抱きたいけど？　知らなかった？」

「知ってる。でも今日は駄目。散歩に付き合ってくれるんでしょ？」

「分かってるよ、ちょっと言ってみただけだから」

「本当かなあ」

なかなかに疑わしい。

きっと私がＯＫを出せば、即座に寝室に向かったはずだ。

とはいえ、別に嫌なわけではない。仕方ない人だなと思うくらいだ。結婚しても婚約時と変わらず、いやそれ以上に求めてくれる彼のことが私は大好きなのだから。

「じゃ、中庭に行こう」

話が決まったので、中庭に向かうことにする。

私としては、軽く散歩したあと、ふたりきりでお茶会を開催するプランを考えていた。

実は国際会議用に作ったお菓子がまだ少し残っているのだ。それを使って贅沢《ぜいたく》な午後のひとときを過ごしたいと思っていた。

そういうことを説明すると、フリードは目を輝かせて喜んだ。

「え、リディのお菓子があるの？　それは嬉《うれ》しいな。どうせなら一緒に食べたいと思っていたんだよ」

「私も。だから少し多めに作ったの」

夫が自分と同じように考えてくれていたことが嬉しい。

国際会議のためにお菓子を作るのは、自分の力を試せるようで楽しかったけど、フリードとふたりでも楽しみたいなと思っていたのだ。

「それならそう言ってくれたら良かったのに」

「言おうと思ったけど、その前にフリードが抱きたいって言い出したんじゃない……」

じとっと彼を見つめると、自覚はあるのかさっと視線を逸《そ》らされた。まあ、いいけど。

喜んでくれているのは知っているから腹は立たない。

仲良く手を繋ぎ、中庭を目指す。フリードが「あ」と声を上げた。

「ん？　どうしたの？」

「ごめん、リディ。一応、アレクに確認してからで良いかな。大丈夫だとは思うんだけど、万が一、急ぎの仕事があるとまずいから」

「あー、そうだね。その方が良いか。分かった」

仕事を疎《おろそ》かにするのはよくないので頷く。

念話で確認するのかなと思ったが、どうやらフリードはそのまま執務室へと向かうようだ。

それはそれで散歩みたいなものだし、兄の顔を見るのも悪くないと思った私は素直に彼についていった。歩きながら話すのは、次のデートで出かける場所のことだ。

行きたい店の詳細を話しつつも、たまには森林浴に出かけるのもいいのではないかとか、近くに有名な花畑があるから遠乗りをしようとか言っていると、あっという間に目的地に着く。

執務室の前にいた兵士たちが私たちの姿を認め、扉を開ける。フリードと一緒に私も部屋の中へと足を踏み入れた。

——あれ？

執務室の中には、仕事中だった兄だけではなく、何故《なぜ》かシオンもいた。執務机の前に立っている。

シオン・ナナオオギ。

ヴィルヘルムの軍師で、最近では兄の右腕的存在である。

シオンが兄と一緒にいるのはよく見かけるので、彼が執務室にいること自体に文句があるわけではないのだが、今、このタイミングでここにいるとは思わなかった。しかも何か様子がおかしい。

シオンは緊張した面持《おもも》ちで私とフリードを見つめていた。書き物をしていたらしい兄は困ったような表情を浮かべていたが、私たちを見て、安堵《あんど》の息を吐いた。

「兄さん？」

「良かった。こっちに来てくれたんだな。ちょうど念話で呼ぼうか考えていたところだったんだ」

「何か緊急の案件でもあったのか？」

フリードの雰囲気がピリッとしたものへと変わる。だが兄は否定するように首を横に振った。

「いや、仕事の方はそこまで切羽詰まったものはない。お前も疲れているだろうし、今日くらい休んでくれても構わないレベルなんだが——シオンがな」

そう言いながら、兄がシオンに目を向ける。フリードは眉《まゆ》を寄せ、シオンに声を掛けた。

「シオン？　どうした、何かあったのか？」

名前を呼ばれたシオンは頭を下げ、妙に硬い声で言った。

「……お忙しいところ、申し訳ありません。もし宜《よろ》しければ、お時間を取っていただけませんでしょうか。おふたりに話があります」

「話？」

「はい」

もう一度頭を下げるシオン。兄がやれやれという顔をする。

「とまあ、部屋に来てからずっとこんな感じでさ。どんな話かと聞いても、お前たちにしか話せないの一点張りで困ってたんだ」

「私たちにしか話せない？」

「らしいぜ」

兄の話を聞き、フリードと顔を見合わせる。

フリードにだけ、というのならまだ理解できる気もするのだが、私にもというのが分からなかったのだ。フリードも私と同意見のようで、シオンに確認していた。

「リディにも、ということか。私にだけ、ではないのだな？」

「はい」

肯定しつつも、シオンはキッパリと告げた。

「――アレクセイ様には申し訳ありませんが、できればお二方だけに聞いていただきたいのです」

どこか思い詰めたようにも見える様子に困惑しかない。

どうするのかとフリードを見ると、彼は兄の名前を呼んだ。

「アレク、外してくれ」

兄はため息を吐《つ》きながらも執務机から立ち上がった。コキコキと肩を鳴らす。

「わーったよ」

「悪いな」

「いや、俺《おれ》が聞いていい話じゃないってことなんだろ。話とやらが終わったら念話でも使って呼んでくれ。ウィルのところにでも行ってる」

「ウィル？　ウィルは今、転移門のメンテナンスをしているんじゃないのか？」

今回の国際会議では、かなりの回数転移門を起動している。そしてそれには魔術師団が深く関わっているのだ。転移門の管理を一手に引き受ける魔術師団。今頃《いまごろ》はウィルを筆頭に、メンテナンスでてんてこ舞いだと思う。

兄も思い至ったのか、納得した顔をした。

「あーそうか。それじゃあ仕方ないな。じゃあカイン……って、リディの護衛か」

「うん」

カインの名前が出てきたので会話に入らせてもらった。

兄がカインを気に入っているのは知っているが、今はさすがに難しいと思う。というか、誘われたところでカインだって出てこないだろう。

兄もそれは分かっているようで、気にした様子もなく言った。

「お前の護衛を俺の暇潰《つぶ》しに使う気はさすがにねえから安心しろ。しゃあない。グレンでも揶揄《からか》いに行くか」

方針が決まったのか、兄はひとつ頷くと、さっさと執務室を出ていった。

グレンには気の毒だが、兄の相手をしてあげて欲しい。

「これでいいか？」

兄が去ったのを確認し、フリードがシオンに聞く。

シオンの望み通り、室内にいるのは私とフリード、そしてシオンの三人だけになったわけだ。シオンが頷く。それを見て、フリードは執務机の前にあるロングソファに座った。私もその隣に腰掛ける。

立ったままのシオンにフリードが言った。

「お前の話を聞こう。このままでは話しづらい。座ってくれ」

「はい。失礼します」

硬い表情で返事をしたシオンは、私たちの目の前の席に座った。よく見ると、彼の顔色が酷く悪いことに気づく。

真っ青だし、目の下には隈《くま》があるようにも見える。

「……具合、悪いんじゃないの？　大丈夫？」

心配になり、思わず声を掛けてしまったが、シオンは否定した。

「お気遣いなく。少し、緊張しているだけですので」

「そう……」

緊張で片付けて良いものなのだろうか。そうは思ったが、彼の口調から強い拒絶の色を感じた私は、口を噤《つぐ》んだ。用件を早く済ませてしまいたいのかもしれない。それなら大人《おとな》しく話を聞くべきだろう。

シオンが私たちの顔を見る。その表情は青白いながらも真剣で、思い詰めた様子が伝わってきた。

フリードもさすがに彼の常ならぬ様子が気になるのか、気遣わしげに声を掛けた。

「シオン。リディも言っていたが体調が悪いのなら、別日でも構わない。声を掛けてもらえれば私たちも時間を取るし」

うんうんと首を縦に振って同意を示す。私はそんなに忙しくないし、彼の都合のいい日に出直してくれればいい。そう思ったが、フリードの言葉にも彼は頷かなかった。

「――お気持ちは有り難いのですが、これでもかなりの決意と覚悟をしてきましたので。話を聞いていただければと思います」

フリードと顔を見合わせる。どうやら相当重要な話があるようだ。困惑気味にフリードが答えた。

「……分かった。お前がそうしたいと言うのなら構わない」

「はい。ありがとうございます」

シオンが背筋を伸ばし、緊張を紛らわすかのように息を吐く。そうして目を瞑《つむ》り、迷いを吹っ切るように口を開いた。

「私が今からお話しすることは、全て真実です。嘘《うそ》偽りないことを先に誓います」

「シオン？」

「話を聞いていただいた上で嘘だとお思いになるのなら、切り捨てていただいても一向に構いません。それだけ私は真剣なのだとまずは信じて下さい」

不穏な切り出し方に怪訝《けげん》な顔になる。フリードも眉を寄せつつ頷いた。

「分かった。そのつもりで聞こう」

「ありがとうございます」

礼を述べたシオンは、遠くを見るような目をして言った。

「……正直、この話をするつもりはありませんでした。今でも話したいとは思いません。私はこの国でできるだけ長く勤めたい、あなたたちの力になりたいと思っていましたから。そしてそのためには、この事実は知らせる必要がなく、ただ邪魔なだけだと理解していたのです」

「……シオン？」

一体なんの話をするつもりなのか。

少なくとも明るく軽い話ではないだろう。だって言っていることがあまりにも不穏すぎる。

張り詰めた空気の中、シオンは静かに話を続けた。

「──つい先ほどのことです。メイサと名乗る魔女が私の前に現れました」

「えっ……!?」

あまりにも予想外すぎる名前がシオンの口から飛び出し、思わず声が出た。

メイサというのは、デリスさんと同じ魔女のひとりで、通称結びの魔女と呼ばれている人だ。

私やフリードとも面識があり、私たちが初めて会ったのは、フリードとの婚約時代。

彼と町デートをした時に占い師として出会い、最近では結婚後にデリスさんの家で偶然の再会を果たしている。

「メ、メイサさんって、結びの魔女の?」

まずはシオンの言うメイサが私の知っている彼女なのか確認しなくては。

そう思った私はシオンに尋ねた。私の言葉を聞いたシオンが目を瞬かせ、不思議そうな顔をした。

「はい、そうですが……もしかして、ご正妃様は魔女メイサをご存じなので？」

「あ、えと……」

どう説明すればいいものか。一瞬、悩んだが、それにはフリードが答えてくれた。

「結婚前、ふたりで町に出かけた時に、偶然出会ったことがある。その時の彼女は占い師のような外見だったが」

「そ、そうなの」

コクコクと何度も首を縦に振る。

「なるほど、そうでしたか。私はこれで二度目の出会いです」

彼の話を聞いたシオンは納得したような顔をした。そうして何かを思い出すように言う。

「私が最初に彼女と会ったのは、タリムでです。タリムの城に連れていかれた日、彼女は今日と同じように突然現れました。そして動揺する私に『ヴィルヘルムに行け』と告げたのです。正直、意味が分かりませんでした。ですが、忘れることもできませんでした」

シオンがメイサさんとの出会いを語る。そこにフリードが口を挟んだ。

「待て、シオン。今、お前はタリムの城に連れていかれた、と言ったな？」

「はい。私はあの国の人間ではありませんから。それはフリードリヒ殿下もご存じでしょう？」

「ああ」

フリードが硬い顔で頷く。

シオンの額にはタリムの男性なら絶対にあって然《しか》るべき特有の傷がないし、もとより彼は「タリム人ではない」と言っていた。とはいえ、じゃあどこの国出身だと聞かれても、彼は笑って躱《かわ》していたのだけれども。

その答えが『異世界から来たから答えられない』のだと知っていた私は複雑な気持ちだったが、口を噤むことを選択したシオンは正しいと思う。

異世界出身だなんて、頭がおかしいと思われても仕方ない話だからだ。

私ですら、異世界からの転生者だと告げているのは、フリードだけ。

そのフリードに話す時も、相当な緊張と不安があった。きっと彼なら信じてくれると思っていても、もし違ったらどうしようと怖かった。

結局は杞憂《きゆう》で、フリードは私の話を一切疑うことなく信じてくれたけれど、普通の人にそれができないこともよく分かっている。だからシオンが次に続けた言葉が信じられなかった。

「私は、いわゆる異世界と呼ばれる場所からやってきました。ですから、異世界人と称するのがこの場合正しいのでしょうね」

「え……」

まさか、それを言うのか。

異世界人、と告げたシオンは凪《な》いだ瞳《め》をしていた。

驚きすぎて何も言えない私とは違い、フリードは平然とした態度で彼に接している。

彼は私からの話で、シオンが転移者であることを知っている。だから驚かなかったのだろうが……いや、普通は知っていても本人から告白されたら少しばかりは動揺すると思うのだけれど。

当たり前のように受け入れることができるフリードは懐が深いというか、いろんな意味ですごい人だと思う。私なんて未《いま》だ大混乱だというのに。

これが国王の器というものかと思いつつ、夫を見つめる。私の視線に気づいたフリードは優しく目を細めた。だがすぐに表情を引き締め、シオンに向かう。

「異世界人と言ったか。具体的に、異世界人とはどういう意味だ？」

「……この世界とは別の世界からやってきた異邦人、という意味で使っています」

「そうか。ここことは違う別の世界。想像もつかないが、よくそんな場所からここに来ることができたな。方法は？」

質問を重ねていくフリード。そんな彼に、シオンの方が戸惑いを隠せないようだった。

「……ええと、その、疑わないのですか？」

「疑う？」

「はい」

フリードは何を言われたのか分からないという顔をした。だが、私としてはシオンの気持ちの方が理解できる。

だっていきなり「異世界人です」と言って、「そうか」と納得されるとは普通思わない。しかもフリードの態度はシオンを馬鹿《ばか》にしたものではなく、明らかに彼の言っていることを真実として受け入れていると分かるものだ。シオンからすれば到底考えられない話だと思う。

だがフリードは当然の口調で言ってのけた。

「疑うも何も、お前が言ったのだろう。今から話すことは真実だ、と」

「そ、それはそうですが、まさかこんなにも簡単に受け入れてもらえるとは思わなかったのですよ。馬鹿な話には付き合えないと席を立たれることも、最悪頭のおかしい男が何か言っていると、ここから追い出されることも覚悟していましたので……」

顔を俯《うつむ》かせながら告げる様子から、彼が本気でそう思っていたことが伝わってくる。

私としては、シオンがそこまでして私たちに『異世界人』だと告げることに何の意味があるのかと気になるばかりだ。

だって、シオンのように賢い男が己の秘密を理由もなく口にするはずがないのだから。

表現できない不安が私を襲う。

黙り込む私とは反対に、フリードはシオンの言葉に真摯《しんし》に答えていた。

「そんなこと思うはずがないだろう。どんなに突飛な話であろうと、お前が真実だと言うのなら、私は信じる。お前との付き合いはそう長いわけではないが、信頼できる人間だということは知っているからな」

「……ありがとうございます」

吃驚《びっくり》した様子でシオンが礼を言う。自嘲《じちょう》するように微笑《ほほえ》んだ。

「信頼。タリムにいた頃の私には、望めなかった言葉です」

「タリムでは軍師だったのだろう？　信頼していなければ、軍を任せることなどできないと思うが」

「彼らはレナを人質にしていましたからね。私はかの国で、レナの奴隷解放を条件に軍師として働いていました。そんな関係で信頼など築けるはずがありません。信じているとは言いながらも、向こうはいつだってよそ者である私の様子に目を光らせていましたよ。口先だけの言葉ほど虚《むな》しいものはありません」

その時のことを思い出したのか、シオンが苦い顔をする。その表情を見ただけで、彼にとってタリムでの出来事が良い思い出でなかったことが分かってしまう。

シオンが異世界転移して相当苦労したのだろうなということはなんとなく分かっていたが、本当に私の想像など軽く超えるような苦しみがあったのだろうと思う。

――紫苑《しおん》先輩、苦労してきたんだな。

筆頭公爵家に良い感じに転生して、何不自由なく育ってきた私に言われても腹立つだろうが、それでも気の毒にと思ってしまう。もちろん、口に出したりはしないけど。

複雑な気持ちでシオンを見つめる。彼は改めて背筋を伸ばすと、私たちに向かって頭を下げてきた。

「ノリードリヒ殿下、ご正妃様。改めてお願いいたします。どうか異世界人だという私の話を聞いてはいただけないでしょうか。最初から最後まで。私はあなたたちに全てを話さなければならないのです」

「全てを？」

「はい。その理由もあとでお話ししますが……」

「分かった」

フリードと一緒に頷く。彼が聞いて欲しいと言うのなら、聞かないという選択肢はないからだ。話さなければならない理由があるというのならなおのこと。

フリードが真摯な口調でシオンに言った。

「時間は気にしなくていいから、お前の話を聞かせて欲しい」

「ありがとうございます」

顔を上げ、シオンは私を見た。こちらも頷いてみせる。シオンが、ゆっくりと口を開いた。

「では、まず私が住んでいた異世界の説明から始めますね。私は、地球と呼ばれる星の、日本という国に住んでいました」

過去を思い出すような顔をしながらシオンが話し始める。

日本という言葉を皮切りに、私もまた自身の記憶を揺さぶられていた。心の奥底にしまい込んでいた過去が浮かび上がってくるような気がする。

「私はそこで、大学の助教授として勤めていました。大学というのはいわゆる、高等教育機関で――」

シオンは、まずは己がこの世界に来るまでに起こったことを語った。

淡々とした口調ながらも、彼は、自分には愛する人がいたこと。そしてその人は死んでしまったと告げ、あろうことかその彼女の通夜の帰り道に突然、この世界に転移させられたのだと、そう語ったのだ。

「こちらの世界に転移した直後は、何が起こったのかさっぱり分からず、ただ呆然《ぼうぜん》としていました。今の今までコンクリートに囲まれた場所にいたのに、突然、草原のど真ん中に立たされる。そんなこと、普通はあるわけがないのですから。いる場所がいる場所なので誘拐という線は早々に捨てましたが……。色々鑑《かんが》みた結果、おそらくこれは神隠しと呼ばれるものだろうと判断したのです」

「神隠し？」

あまり馴染《なじ》みのない言葉に、フリードが疑問の声を上げる。シオンは少し考えたあと、言葉の説明をした。

「そうですね。ある日突然、その世界から忽然《こつぜん》と姿を消すことを指します。人知を超えた存在に隠される。そういう意味です。消えた人たちは数日、あるいは数十年経《た》って元の場所に突然戻ったり、そのまま消息を絶ったりといろいろですが、向こうでは超常現象の類《たぐ》いと認識されていました。何せ、魔法も魔術もない世界でしたので」

懐かしいのか目を細め、遠くを見るシオン。だけどもすぐに振り払うように頭を振り、話を続けた。

「神隠しと結論づけた私は、混乱しつつも動くことを決めました。このままこの場所にいても死ぬだけだと気づいたからです。何せ大草原のど真ん中。おそらく夜は冷えるでしょうし、幸いにも遠くに天幕らしきものが見えましたので。それならまずはそちらを目指して、現状を把握しようとそう思いました」

見知らぬ世界に放《ほう》り込まれて、即座に行動を起こせるシオンの強さに驚くばかりだ。私ならきっと呆然として、そのまま動けなくなっていると思う。

「天幕までたどり着いた私を迎えたのは、現地の人々でした。彼らは全く私の知らない言語を操っており、何を言っているのかさっぱり分かりませんでした。それでも私の知る様々な言語で話しかけましたが——おそらくは逆効果だったのでしょうね。訳の分からない言葉を操る私のことを警戒した彼らは私に向かって炎の魔術を放ってきました」

「炎の魔術……」

そう言われて咄嗟《とっさ》に思い浮かんだのは、フリードとのデートの帰りに襲われた時のことだった。

私たちを襲ってきた襲撃犯。その中にいた魔術師が町中で使ったのが炎の魔術だった。

——あれは、怖いよね。

思い出し、身震いする。

その当時、魔術という概念を知らなかったシオンが受けた衝撃と恐怖はどれほどのものだったのか。今、ここにいるということは大事に至らなかったのだろうけれど、対抗手段のない人間が魔術の炎に晒《さら》されたのだ。想像しただけでも心が酷く痛かった。

「――理解できない現象に驚きつつも、私は咄嗟に己の顔を庇《かば》いました。目をつぶり、来《きた》るべき衝撃に備えました。ですが、その衝撃はいつまで経ってもこなかったのです」

痛みを堪《こら》えるような顔でシオンが告げる。フリードが静かに尋ねた。

「それは、どうしてだ？」

「私が、無意識に反射魔法を使ってしまったからです」

「っ！」

聞かされた言葉の意味を理解し、息を呑《の》んだ。

反射魔法。

私が使う中和魔法と並んで珍しいとされる特殊な力だ。それをシオンが持っていることは、彼から聞いて知っていたが、ここでその名前が出るなんて。

「言い訳になると分かっていますが、その時、私に反射魔法が使えるなんて自覚はありませんでした。何せ、先ほども言った通り、私の住んでいた世界には魔法も魔術もありませんでしたから。目を開けた私が見たのは、この世の地獄。反射された炎が魔術を使った人間を焼いていました。阿《あ》鼻《び》叫《きょう》喚《かん》の世界。これは一体何の悪夢かと思いましたよ」

自嘲するように告げ、シオンは唇を歪《ゆが》ませた。彼がチラリと私を見る。

どうして彼が私を見たのか分からず首を傾げると、彼は自らを責めるように言った。

「――私を酷い男だとは思わないのですか？」

「え？」

何のことだ。

本当に分からなかった。

だってシオンは突然この世界に飛ばされて、それでもなんとか生きようと集落に助けを求めるという行動を起こしたのだ。そんな彼を酷いなんて思うはず――。

「私は……人殺しですよ」

「あ」

「その炎の魔術に焼かれて、人が死にました。ひとり、ふたりのことではありません。それでも酷いとは思わないのですか？」

「……」

確認するように問われて、でも、と思った。

確かにシオンの言葉はその通りだと思う。だけど、だけどだ。

「それって裏を返せば、反射魔法が偶然発動しなければ、シオンが死んでいたってことよね？」

「え、それは……はい」

「それならシオンは責められるべきではないと思うわ」

自分の考えを告げ、うんと頷く。

助けを求めたシオンに対し、攻撃してきたのは向こうで、シオンの方に攻撃の意思はなかった。それならシオンのしたことは正当防衛になると思う。

「いえ、でも……それは……」

「フリード、こういう場合って罪に問われたりするの？」

戸惑うシオンを無視し、フリードに尋ねる。彼は首を緩く左右に振って否定した。

「いや、リディの言う通り正当防衛が認められると思うよ。相手が死んでしまったのは問題と言えば問題だけど、そもそもその攻撃を繰り出したのは向こうなんだからね」

「だよね」

「……」

私たちの話を唖然《あぜん》とした顔でシオンは聞いていた。

「シオン？」

「い、いや、確かに正当防衛とは思いますが、だからと言って許されるべき行いでは――。だって人が死んでいるんですよ？」

「シオンが許されたくないと言うのならそれでいいと思うけど、私は必要以上に気にすることないと思うわ」

きっぱりと告げた。

大体、ここは地球でもなければ日本でもないのだ。

地球から見れば異世界。

ハイングラッド大陸のヴィルヘルムという国。

日本の法律を適用させるのがそもそも間違っているし、戦争だって普通にある。日本より考え方はよほどシビアで、申し訳ないけれど、私だってすっかりその考え方に染まっているのだ。

郷に入っては郷に従えと言うが、十八年間もこの世界で生きていればそうなるのも当然ではないか。

私の言葉を聞いたシオンが、パチパチと目を瞬かせる。その顔には意外だと書いてあった。

「……てっきり、あなたは軽蔑《けいべつ》するのかと。人を殺した男の顔など見たくないかと……」

「生きるためにしたことを否定はできないし、そもそも正当防衛の話でしょう？　それを軽蔑とか、意味が分からないわ」

日本に生きていればもしかしたら偶然であれ、人を殺した彼を怖いと思ったかもしれない。だけど、何度も言う通り、ここはヴィルヘルムで、私はこの世界の人間なのだ。

そしてこの世界では、正当防衛で人を殺したことを咎《とが》めるような人はいない。

「大体、タリムでもそれは同じでしょう？　ううん、あの国なら、むしろよくやり返したって褒められるレベルなんじゃない？」

タリムという国を思い出しながら告げる。周辺諸国の法律はある程度頭に入っているのだ。もちろん全部ではないし、うろ覚えなところもあるが、困らない程度には識《し》っている。

だが、シオンは首を横に振った。

「いいえ、陛下は私が行ったことは殺人罪だと……」

「え？」

首を傾げた。フリードを見る。

「そうだった？」

自身の記憶違いかと思ったが、フリードは首を横に振った。

「いや、リディの言う通りだよ。シオン、タリムの国王は殺人罪だと、本当にそう言ったのか」

「はい。いえ、もちろん私もその後独学で勉強して、陛下に騙《だま》されていたことには気づきましたが……人殺しであることは事実だと思いましたので」

「シオンのしたことは正当防衛でしょ。人殺しとは全然違うわ」

きっぱりと告げる。自分の意思ではない行為を『人殺し』と称するシオンが悲しかった。

フリードもシオンの考えが理解できないようで、眉を顰《ひそ》めている。

「シオン、何故そこまでその話に拘《こだわ》る。あまり快くはないだろうが、それこそお前はタリムの軍師として間接的にではあるが何十人となく殺してきただろう？　私としてはそちらを気にする方が、まだ理解できるが……」

フリードの言葉は厳しいけれど紛れもなく真実だった。

シオンも否定をする気はないらしく弱々しく頷く。

「ええ、その通りです。ですが、そこは覚悟の上での行動でしたから」

「……そうか」

「はい。今の話は自分の意思ではなかった分、衝撃も大きかったのです。それに、初めて人を殺してしまったのがそれ、でしたので」

ほう、と下を向き、息を吐くシオン。ゆっくりと顔を上げ、私を見た。

「ご正妃様」

「何？」

「……いえ、あなたは私が人を殺したと聞いても平気なんだなと。正直、意外でした」

「え……まあ」

改めて言われ、カインのこともあるしなあと思う。

彼と契約している時点で、私にシオンを責める資格はない。だって元暗殺者のカインは、殺しをやめたわけではないのだ。きっと彼は私のために、少なくない数を殺している。それを理解しているくせに何も言わないのだから、私も同罪だと思っていた。

綺麗《きれい》事だけで世の中が回らないことなんか百も承知だ。

「――必要なこともあると知っているから」

きっぱりと告げると、シオンは目を瞬かせた。

「そう、ですか。あなたはそんな風に思うのですね……」

まるで私という人間を初めて理解したかのような口調に首を傾げてしまう。とはいえ、気にしていても仕方ない。シオンの話はまだ続いているのだから。

そのあとシオンは、反射魔法を使ったことで皆に怖がられ、集落で軟禁されていたことと、独学で大陸共通言語を話せるようになったことなどを話した。

相手の話す言葉の意味をその態度から推測したり、絵本を見て文字を覚える。完全な手探りで言語を覚えるというのは、間違いなくシオンだからできたことだろう。

前世で覚えている彼は、そういうことに長《た》けていた。間違いなく、天才と呼ばれる種類の人間だったのだ。

言語を覚えたことで相手とコミュニケーションを取れるようになったシオンは、彼らが悩んでいた痩《や》せた畑を現代知識を持って回復させた。そうして学者として信頼を築き上げ、自らの力で居場所を確保したのだ。だが、決別の時はやってくる。シオンは最終的に、集落の人たちの報告によってその存在を王都にいる王に知られることになった。

ある日突然馬車が迎えに来て、ああ、そういうことかと思ったらしい。

何がそういうことなのか。シオンは彼らを助けたのに。痩せた土地を回復させてあげたのに。彼らは感謝するどころか、シオンを国王に売ったのだ。

集落の人たちの恩を仇《あだ》で返すやり方に、どうしたって眉が寄ってしまう。

だが、シオンは気にならないようで、そこはさらりと流していた。

あとはひたすらタリムの王都での話が続く。メイサさんに会ったこと。タリムの王子に話しかけられたこと。国王から提示された軍師という地位を最初は断っていたが、皆に虐《いじ》められていたレナを解放するために二年という期間限定で受け入れたことなど、彼はその全てを淡々と語った。

軍を率い、ひたすら戦い、彼は二年間、タリムのために尽くした。

二年後、約束通りレナは解放されたが、国王はシオンを手放そうとはせず、これは駄目だと国王を見限ったシオンは、ヴィルヘルムとの戦いの最中、混乱に乗じて身を隠し、単身ヴィルヘルムを目指すことにしたのだとか。

「私がヴィルヘルムを目指そうと思ったのは、最初に告げた通り、結びの魔女メイサから『ヴィルヘルムへ行け』という助言を受けたのが切っ掛けです。私は元の世界に戻りたい。彼女の言葉はそのヒントなのだとずっと信じてきました」

ここに来るまでの己の軌跡を語り終え、シオンは口を閉じた。

――すごい。

言葉が出なかった。

シオンが私の知る『七扇紫苑《ななおおぎしおん》』という存在かつ、転移者であることは分かっていたけれど、その人生の壮絶さに何と言って良いのか分からなかったのだ。

平和しか知らない彼が軍師として一軍を率い、戦争に参加し続けてきたなんて、普通にできることではない。一歩間違えれば、彼は精神を壊していた。それくらいのことを彼はやってのけたのだ。

「よく、そこまでできたな」

話を聞き終えたフリードが、感心した口調で言う。シオンは自嘲するように笑った。

「そうするより他《ほか》に、生き残る道はありませんでしたから」

「……そうか」

「いつかは日本に戻りたい。その一心で生き抜きました」

「戻る、か。そこまでして帰りたい理由は？　家族か？」

その言葉にシオンは首を横に振った。

「家族は別に。両親は早くに亡くなりましたし、引き取っていただいた叔父《おじ》夫婦とは折り合いが悪くて。彼らの娘、従妹《いとこ》とはそれなりに仲が良かったと思いますが、それも過去のこと。戻りたい理由にはなりませんね。友人もいないことはありませんが……彼らのために帰ろうとまでは思いません」

「家族も友人も帰る理由にはならないのだな」

「ええ」

「だがお前は帰らねばならないと、そう言うのか」

「はい」

フリードの言葉に、シオンはきっぱりと答えた。一瞬も迷う素振りを見せなかった。

「私は帰ります。なんとしても、絶対に。帰って、彼女の菩提《ぼだい》を弔《とむら》いたいのです」

――弔い？

シオンの帰りたい理由を知り、目を見開く。シオンは真剣な顔をして言った。

「他の人間なんかどうでもいい。家族も友人も私の動機にはなり得ない。私を動かせるのはただひとり、彼女だけです。彼女は今もひとりで冷たい土の下で眠っている。その彼女の側《そば》に帰ってやりたいのです」

「……もう、亡くなっているのにか？　それでも戻ると言うのか？」

「亡くなっているからなんだと言うんです」

本心から告げているのだろう。シオンの言葉に目を見開いたフリードはややあって頷いた。

「そうだな。お前の言う通りだ。己の心を捧《ささ》げた女性の側にいたいというのは当然のことだと私も思う」

「ご理解いただけて、良かったです」

「ああ、すまなかった」

謝罪の言葉を告げ、フリードが私を見る。首を傾げると、彼は微《かす》かに微笑んだ。

「私だって、ずっとリディの側にいたいからね。彼の気持ちはよく分かるよ」

「……うん」

「亡くなったことは理由にはなり得ない。彼の言葉は正しいと私も思う」

小さく頷く。

シオンが側にいたいという彼女は、以前聞いた『傷つけてしまった女性』とおそらくは同一人物なのだろう。

シオンが今も愛していると告げた『彼女』がまさか亡くなっているとは思わなかったが……それでもその彼女のために帰りたいと告げる彼をすごいと思った。

――亡くなってもまだ愛していて、彼女の眠る地に戻りたいってことだよね。

とても深い愛情だ。シオンはよほどその彼女のことを愛していたのだろう。

私と付き合っていた時にはなかった激情に、真に愛する人を見つけることができれば、人は変わるのだなと心から思った。

別にそれを酷いとは思わない。私は彼の運命の女性ではなかったというだけだし、今の私にはフリードがいるからだ。

私の運命の人は日本ではなく、ヴィルヘルムにいた。それだけのこと。

「それで、どうして今になってその話を私たちにしたのだ」

話を聞き終えたフリードがシオンに尋ねる。

それを聞いて、確かにと思った。別にわざわざ今話すような内容ではなかったからだ。それこそ一生黙っていたってよかったはず。

フリードの問いかけるような視線を受けたシオンが背筋を伸ばす。

「はい。そこで、最初の話に戻ります。先ほど、結びの魔女メイサと会ったとお伝えしました。今回の彼女は、前回とは違うことを言いました。私が日本への帰還を望むのなら、あなた方に助けを求めろ、と。全てを話して協力を求め、あなたたちと共に魔女デリスのところへ行けと、かの人は言いました」

「え……」

——デリスさんのところに？

突如として出てきたデリスさんの名前に驚いた。

しかも、メイサさんがシオンに私たちの同行を指示した？　全く意味が分からない。

フリードもそれは同感のようで不思議そうに首を傾げていた。

「私たちに協力を求めろ。そうメイサ殿はおっしゃったのか」

「はい」

「それでお前はここにやってきて先ほどの話をしたと。しかし、協力とは具体的にどのようなことを指す？」

当然と言えば当然の質問に、シオンは首を横に振った。

「分かりません。魔女メイサはヴィルヘルム王族の持つ特殊な力が必要なのだと言いましたが、それ以上は教えて下さいませんでしたから。ただ、それが私が元の世界に帰るための鍵《かぎ》であることは確かのようで……私としては頭を下げることしかできないのです」

「……ヴィルヘルム王族の持つ特殊な力。……あっ」

そんなものあったっけと考えたところで、フリードが竜神の子孫であることを思い出した。彼らは文字通り神の子孫なのだ。魔力ではなく神力と呼ばれる力を持ち、王華《おうか》という秘術で妃《きさき》と繋がるヴィルヘルム王族。考えてみれば特殊な点しかないと思う。

その彼らの持つ何かしらの力がシオンの帰還に必要だと、そういうことだろうか。

――でも、なら、私は？

私はどうなるのだろう。

確かに私はフリードの妃だが、私自身に特殊な力はない。だけど、メイサさんは私にも一緒に来るようにと言っている。つまり私にも何らかの役目があるということなのだ。全く想像もつかないけれど。

――私にできることなんてあるのかな。

中和魔法なら使えるが、それで何ができるかと言われれば、分からないとしか答えられないし、本当に不明だ。

「何をするのか分からないというのは不気味だな」

ぼそりとフリードが呟《つぶや》く。私も彼の言葉に同意した。

彼は王太子という立場上、うかつな行動を取ることができない。それは彼の妃である私も同じなのだ。だけれど。

メイサさんが何を私たちに求めているか分からない以上、軽々しく返事はできないのだ。

難しい顔をするフリードを見て、断られると感じたのかシオンが必死の形相で言う。

「お願いします！　どうか、どうか力を貸してはいただけないでしょうか。私がこの国に何も返せていないのは分かっています。あなたの部下になってからまだ日も浅く、信頼関係も確固たるものとは言えないでしょう。そんな私の怪しい話を、馬鹿にせず真剣に聞いていただけただけでも感謝すべきことなのだと分かっています。ですが！」

シオンが言葉を句切る。そうして辛《つら》そうに顔を歪め、心の内を吐き出すように言った。

「お願いします。私を助けて下さい。私はなんとしても日本に帰らなければならないのです。彼女の——桜《さくら》が眠る場所に戻るために。そのためになら私は、何を差し出しても構わない……！」

——えっ。

悲痛な叫びと聞こえた名前にひゅっと息が止まりそうになった。

桜。シオンは今、桜とそう言ったのか。

信じられない思いで、己の胸の内を吐露するシオンを見つめる。

だって、桜というのは、前世の私の名前だったから。

結城桜《ゆうき》。それが日本での私の名前。

もう今は朧気《おぼろげ》な記憶となってしまったけれど、私はそこで日本人として生き、死んだ。

正直、自分の死因なんて覚えていない。覚えている内容が若い時のことばかりだから、多分早死にしたんだろうなとは思うが、確実な話ではない。本当のことなど分からないし、別に分からなくていいと思っていた。

だって、私の『結城桜』としての人生は終わったのだ。終わったことを蒸し返しても仕方ないし、こうして前世の記憶を覚えていることの方がイレギュラーで、普通なら忘れているものなのだから。

だけど今のシオンの言葉で、どうやら私は相当に早く死んだのだなと理解してしまった。

だってシオンの年齢はどう見たってまだ二十代だ。ということは、私は二十代半ば程度で死んでしまった可能性が高い。いや、二十代前半かも。

日本は平均寿命が七十歳を余裕で超えるような国だったから、それを思うとかなりの早死にである。

病死だったのだろうか、それとも事故？　いや、せっかく忘れているのだからわざわざ思い出す必要はないだろう。

今、私はリディアナとしてこの世界に存在して、その人生を生きている。それで十分ではないか。

うん、だって気にしても、『結城桜』が戻ってくるわけじゃないし。でも、こちらと異世界の日本の時差ってどうなっているんだろう。

私がここに生まれてからそろそろ十九年が経つというのに、二十代のシオンが現れるとか……その辺り、本当によく分からない。

というか、だ。それよりも問題なのは、シオンが『桜』のために戻りたいと言っていることなのだけれど。

気づかない振りをしてみたが、やはり無視はできない。

信じられないが、話の流れ上、シオンが気に掛けている女性は『桜』という女ということになるわけで。

つまり、シオンは桜（私）を愛していると。

――え？　付き合っている時だって一度も好きって言ってくれなかったのに？　ないわ。

考えてはみたが、あり得ないとすぐに一刀両断《いっとうりょうだん》した。

悪いけど信じられない。

確かに彼とは前世で付き合っていたが、そもそも彼が自分を好きではないと思ったからこそ、私はシオンとの関係を終わらせたのである。この辺りの記憶はバッチリあるから間違いない。

私がシオンと付き合っていたのは大学生の頃の、ほんの一年半ほどのことだ。

あの時私は彼のことが好きで、彼に振り向いてもらいたくて必死だった。だけどシオンは――紫苑先輩はつれない人で、私のことなんて見てもくれなかった。一回も好きと言ってくれなかったし、愛情を感じたことなんてそれこそ一度もなかった。

だから自らの手で幕引きをしたのに、実は好きだったたって？

――いやいやいや、ないないない。

それなら付き合っていた時に好きだと言ってくれたらよかったのだ。そのチャンスはいくらでもあったはず。

それにいくら思い返しても、彼に好かれていたとは思えない。私から告白して……特に断る理由もなかったから付き合った。そんな感じだった。

別れた時だってあっさりだった。好きなのは私ばっかりなのだなと思った記憶があるから間違いない。

本当に意味が分からない。でもそこでハッと気がついた。

——あ、そっか！　同じ名前って可能性もあるよね。

そうだ。桜という女だからといって、それが私とは限らない。

私の次か、次の次くらいに付き合った彼女の名前が『桜』だったのかもしれないではないか。

というか、それしかない。

確信し、大きく頷く。

どんな偶然だとは思うが、可能性はゼロではないだろう。同名の人間なんて世の中にはいくらでもいる。

——良かった。

酷い女だと思われるかもしれないが、正直、今更好きだと言われたところで困るだけなので、ほっとしたという方が正しかった。

悪いけど嬉しいなんて思えない。

紫苑先輩のことは前世の時点できちんと吹っ切っているし、あれは終わった恋なのだ。今の私はフリードの妻で彼のことを心から愛しているし、同じか、それ以上の気持ちを返してもらっているので不満なんてひとつもない。

彼の子を産み、最期の時まで共にいると決めている。リディアナはフリードという男性を選んだのだ。

だから、彼の桜が私ではなく、私と単に同名の女性なのだと気づき、心底安堵した。

紫苑先輩が言っているのは私のことではないし、つまり私は二十代前半から後半で死んだわけでもない。そういうことだ。

たどり着いた結論に深く納得し、頷いた。

息を吐く。フリードを見ると、彼は眉を寄せ、厳しい表情をしていた。そんな彼にシオンが焦ったように声を掛ける。

「フリードリヒ殿下。私は――」

「――悪いが、即答はできない。協力というのが何を意味するかも分からないし、少し考える時間をもらえるか」

「っ！　もちろんです」

シオンの声は安堵に満ちていた。検討すらされず、拒絶されるかもと不安だったのだろう。

普通に考えれば、馬鹿にされて終わりなだけの話だから、検討してもらえるだけでも上々なはずだ。

実際、シオンの表情は明るいもので、未来への希望を残していた。

「――私の話はこれで終わりです。お忙しい中、貴重なお時間を割いていただき、ありがとうございました」

シオンがソファから立ち上がる。私たちに向かって頭を下げ、真摯に告げた。

「先ほどの件、ご検討のほど、どうか宜しくお願いいたします」

「ああ。数日中には返事をする」

「はい。失礼します」

シオンが執務室を出ていく。扉が閉まり、部屋に残されたのは私とフリードだけになった。

「……リディ」

「ん？」

フリードが私の名前を呼ぶ。返事をすると、腰を抱き寄せられた。

「……とりあえず、部屋へ戻ろう。話はそこで」

「分かった」

どうやらお茶会は中止のようだ。残念だが、優先度を考えれば当然だし仕方ない。

気持ちを切り替え立ち上がる。

自室に戻るのは、込み入った話になるだろうし、向こうの方がセキュリティーが高いからなのだろう。私たちの部屋にはフリードの結界が張ってあって、外部からの干渉を受け付けない。

フリードが兄に念話で連絡するのを待ってから、彼と一緒に部屋に戻る。廊下を歩いている間、彼は一言も話さなかった。

私も何も言わない。今、言うことは何もないと思ったからだ。

部屋に戻り、無言で奥にある寝室へ行く。

見送りの時の格好のままだったが、気にしない。話が終わってからカーラを呼べば良いと思っていた。今はこちらの方が先だ。

ベッドに並んで腰掛けたが、フリードが違うとばかりに私を引き寄せた。その目を見て、膝《ひざ》に乗れということだなと理解し、いそいそと上に乗る。この辺り、私も慣れたものだ。

フリードの体温を感じ、目を閉じる。

「リディ、さっきのシオンの話なんだけど」

「うん」

ちょうど落ち着いたタイミングでフリードが話しかけてきた。目を開け、返事をする。

フリードには前世でシオンと関わりがあったことを伝えているから、色々聞かれるのだろうなと分かっていた。もちろん、私に分かる範囲で答えるつもりだ。

「なんでも、は無理だけど、知ってることなら答えるから」

先に告げておく。フリードは頷き、口を開いた。

「さっきの話、シオンが異世界からやってきたという話だけど、リディが前に言っていた転移者というやつだね？」

ずばり尋ねてきたフリードに頷いてみせる。

「うん、そう。まさかシオンがその話を私たちにするとは思わなかったから吃驚しちゃった」

黙っていてもいいはずだったのに、彼は私たちに自分が異端者であると告白した。メイサさんの指示とのことだが、それでも相当な勇気が必要だったと思う。

「普通なら、頭がおかしいと思われるような話だもんね……」

「私は事前にリディから話を聞いていたからね。普通に受け入れられたけど……正直、それがなかったら何を言っているんだと、医者にかかることを勧めたと思うよ」

「だよね。ん？　でも、私の時は普通に信じてくれたよね？」

それはもうあっさりと。え、いいの？　と思うくらいには簡単に信じてくれた。

それが不思議だったのだが、フリードは当然のように言った。

「それはそうでしょう。シオンとリディじゃ何もかもが違うよ。リディは私の唯一無二《ゆいいつむに》のつがい。そのつがいが信じて欲しいと言うことを疑うなんてあり得ない。リディの言うことなら、私はどんな荒唐無稽《こうとうむけい》な話でも信じるよ。当たり前じゃないか」

「そ、そっか……」

「たとえば明日、世界が滅びると言われてもね。リディが言うのなら信じるし、そのための対策を全力で取る」

「う、うん」

世界が滅びるなんて話でも彼は信じてくれるのか。そんな嘘を吐いたりはしないけど、彼からの信頼を感じられたことは嬉しかった。

――こういうところ、フリードはずるいんだよね。

当たり前のように信頼を口にしてくれるフリード。そんな彼を好きにならずにはいられない。

また更に彼を好きになってしまったと思っていると、フリードが重々しい口調で言った。

「だけど——協力、か」

「フリード？」

考え込むような表情をしたフリードの顔を覗《のぞ》き込む。彼は私を両手で抱き込み、小さく笑った。

「いや、魔女が関わっている話みたいだからね。一体どんな協力をさせられるのかな、と」

「ヴィルヘルム王族の持つ特殊な力が必要って言ってたけど……」

「うん」

「やっぱり神力関係なのかな……」

ふたりだけしかいないので正直に思うところを告げると、フリードも同意した。

「私もそうかなとは思う。ヴィルヘルム王族の、とわざわざ限定されている点からしても可能性は高いだろうね」

「だよね。でも、それじゃあ私はなんなんだろう。私は魔法も碌《ろく》に使えないじゃない？　中和魔法は使えるけど……それが何の役に立つ？　って思うし……」

「私としてはリディに危険が及ばないか、そちらの方を真っ先に確認したいところなんだけど」

当然と言えば当然の心配だったが、私はそこは気にしていなかった。

「大丈夫でしょ。シオンはデリスさんの名前も出していたもの。メイサさんのことは付き合いが殆《ほとん》どないからよく分からないけど、デリスさんは友達だもの。デリスさんがいるなら危険なことはさせられないって信じられるよ」

「まあ、確かに魔女デリスはリディのことを可愛がっているからね。その点は心配しなくても大丈夫か……」

言いながら納得したらしい。フリードが私に言った。

「ところで、ひとつ聞きたいんだけど」

「ん？」

話題が変わったと思い、彼を見る。フリードはじっと私を見つめていた。

首を傾げると、彼はまるで世間話をするかのように言った。

「リディの前世の名前って、もしかして『桜』って名前じゃない？」

「ひえっ……？」

あまりにも予想外のところから来られたせいか、まともな返事ができなかった。だが、私の反応だけで答えを察したらしい。フリードがむっとした声で言った。

「……やっぱり。ということは、シオンは向こうで亡くなったリディの元に帰りたいってことなのかな」

「そ、それは違うと思います！」

慌てて反論した。

そこは勘違いしてもらっては困ると思ったからだ。

「わ、私は確かに桜という名前だったけど、シオンの言う桜は私じゃないというか、全くの別人というか……」

「リディじゃない？　どういうこと？」

意味が分からないという顔をするフリードに私は一生懸命説明した。誤解されたくない思いでいっぱいだったのだ。

「えっと、シオンは桜さんのことが好きなんでしょう？　私はシオンに好きとか思われていなかったから、私と彼女は別人かな、と」

「……そこ、詳しく」

「ひぃ」

声が怖い。私はびくつきつつも続きを話した。

「ええと、その、付き合っていた時、私は彼に好きとか一切言われたことなかったの！　それにね、そもそも態度が私を好きって感じじゃなかったし。それで私、疲れちゃって別れようって言ったくらいだから、うん」

とにかくシオンの言う『桜』が私ではないと理解してもらいたかった。

「だから、フリードの心配は杞憂！　同名の別の人だと思う！　以上！」

きっぱりと告げる。これで疑いは晴れたはずだ。そう思いフリードを見ると、彼は今までになく不機嫌な顔をしていた。

――アレ？

ここはホッとする場面のはずなのに、どうして彼はそんなにも眉を寄せているのか。

「フ、フリード？」

「やっぱり、シオンと付き合っていたんだ」

「あっ……」

しまった。

口元を押さえる。

シオンの桜が私ではないと説明することに夢中になりすぎて、昔彼と付き合っていたことを隠すのをすっかり忘れていた。

以前フリードに話した時には、同じ大学の後輩としか言わなかったので、見事に自分から白状した形になったわけである。

――しまったアアアア！

後悔先に立たずとはまさにこのことだと思いつつも、言ってしまった過去は消えない。

フリードが絶対に嫉妬《しっと》するから、シオンが元カレだったことは墓まで持っていく秘密にしようと思っていたのに、自分からばらしてしまうとは愚かすぎて泣きそうだ。

「そ、その、えっと……」

「今更取り繕わなくていいよ。なんとなく気づいていたし」

「ですよね……」

冷えびえとした声に肩を落とす。

そんな気はしていた。

フリードは私のことになると、異常に勘が冴《さ》え渡るから、絶対に気づかれているだろうなとは思っていたのだ。何せ、シオンには、おかしなくらいに嫉妬していたから。

「どうして今まで言わなかったのかな？」

口は笑みを象《かたど》っているが目は笑っていない。これは正直に話すしかないと腹を括《くく》った私は自分の思いを素直に述べた。

「……フ、フリードが嫉妬するかなと思いました！　あ、あとは、いくら前世の話でも元カレだなんて聞かされたら嫌な気持ちになるでしょ。だから言わない方がいいかなって思って……」

「なるほどね」

私の話を聞いたフリードは納得したように頷いた。

「まあ、それは確かにリディの言う通りだけど。隠される方が嫌だな」

「う……ごめんなさい」

「隠し事はなしって、いつも言っているよね？　それに私たちは夫婦なんだよ」

「はい……」

「前世の話までしてくれたのに、そういうところは秘密にするんだ。悲しいな」

「も、申し訳ありませんでした……」

尤《もっと》もすぎる指摘に、小さくなるしかない。

しょぼんとする私を見たフリードがはあっと息を吐いた。

「全く……で？　シオンの言う『桜』とリディは別人というのは本当？　私には同一人物にしか思えなかったけど」

「ない、それはないから！　絶対！」

力を込めて言う。

「本当に？」

「うん。さっきも言ったけど、私、紫苑先輩とは本当に恋人？　って自分でも思っちゃうような関係だったから。愛してるの言葉もなければ、別れる時だって一切拗《こじ》れなかったし、それどころか引き留められもしなかった。これで実は愛されていました、なんて言われても嘘でしょとしか思えないよ」

「ふうん……」

どこか疑わしげな目で見てくるフリード。だが、私は何も嘘は吐いていない。疑うなら疑えば良い。

そんな気持ちでフリードを見返すと、彼は「分かったよ」と渋々といった感じで口を開いた。

「少なくとも、リディが自分ではないと確信していることだけは理解した」

「うん！　そうなの！」

「私としては、正直疑わしいという気持ちの方が強いんだけどね。シオンの好きな女性というのはリディなんじゃないかってそんな気がする」

疑り深いフリードに私は笑って言った。

「えー、ないない。あり得ないって。それに、もしそうだとしても困るし」

「ん？　そうなの？」

私の言葉にフリードが反応する。それに当然と頷いた。

「そりゃそうでしょ。今の私は既婚者だし、フリードのことが好きなんだから。今更好きとか言われたって、ねえ?」

「……昔の気持ちが蘇《よみがえ》ったりとかは?」

心配そうな顔で尋ねてくるフリード。その気持ちは分からなくもないが、私としてはこうとしか言えない。

「ない。紫苑先輩のことは前世で完全に吹っ切っているから。姿を見て、懐かしいな。元気にしてて嬉しいな、会えて良かった。くらいは思っているけど、それ以上の気持ちはないよ。あるわけないじゃない」

それはとうに終わってしまった恋で、今の私は、フリードのことが大好きなのだから。

「フリード。お願いだから私の気持ちを疑わないで」

心から告げると、彼は焦ったように言った。

「疑うなんてそんなことするわけないじゃないか。ただ……私は心配なだけなんだ。リディがもしシオンに奪われたらどうしようって……そんなことあるわけない。分かっているのに、昔付き合っていた、なんて話を聞いたら余計に不安になってしまって……」

「ほら～。だから言いたくなかったんだよね」

やっぱり不安になっていた。

というか、そういえばフリードと両想いになった時の切っ掛けもシオンだったような気がする。

フリードが勘違いして、私がシオンのことを好きなんじゃないかと思い始めて……。

あの時からずっと、フリードはシオンに対してだけは過剰に嫉妬している気がする。

フリードの胸をドンと叩《たた》く。励ますように言った。

「私はフリードだけが好きだから。そこはどーんと構えて信じて欲しいところなんだけど」

「……信じてるよ」

「嘘。間があった」

真偽を問うように見つめると、彼は参ったと言わんばかりに白状した。

「信じたいと思ってる」

「うん。そんな感じだよね」

ようやく本音を吐いたフリード。彼は迷子の子供のような顔をして私を見ていた。そんな彼の背に己の両腕を回す。

「えっ……リディ」

「もう。私がどれだけフリードのことを好きなのか知ってるくせに不安になるんだから困るよね」

彼に抱きついたまま呟く。これだけは言っておかなければならないと思っていた。

「私、フリードじゃないと嫌だよ。今更他の誰かなんて考えたくもない」

「……うん」

「あのね、絶対にないとは思うけど、シオンがもし私のことを好きだったとして、それで私がその桜だったたと気づいたとするでしょう？　その上で彼が私にやり直したいと言ったとしても、私は応《こた》えるつもりはないからね。それは前世で終わった話で、私が今好きなのはフリードだから。束縛されてもいいって思うのはフリードだけだよ。だから自信持って」

どうしたって過去は過去なのである。私は今に生きていて、隣には一緒に歩む人がすでにいる。それが全てだ。

過去から手を伸ばされたところで応えられるはずもない。冷たいと思われるかもしれないが、それが私の出した結論。

「リディ……」

「愛してる。私とずっと一緒にいてくれるんだよね？　今更放したりしないよね？」

「っ！　当たり前だよ……！」

感極まったようにフリードが私を抱き締めてくる。痛いくらいの力だったが、彼の愛を感じたので嫌だとは思わなかった。

「リディ、リディ、ごめん。くだらない嫉妬ばかりして。私もリディを愛してる」

「うん、知ってる」

「私にはリディしかいないんだ。だからどうしても取られたくないと思ってしまう」

切実な響きではあったが、それに関してはこちらも言わせてもらいたいところだ。

ムッとしつつ主張した。

「私もフリードしかいないから、そこは同じように考えて欲しいんだけどなあ」

その理論を私にも適用させて欲しい。そう思いながら告げると、フリードは頷いた。

「……今度からそうする」

「お願いね」

本当にそこは強くお願いしたいところだ。

「私が側にいたいのはフリードだけなの。真面目《まじめ》な話、取られるとか私の方が嫌なんだけど。むしろそんなことになりそうなら、全力で阻止してくれないと困るよ……」

「そうする。リディは絶対に渡さない。渡すものか」

「うん。その方向性でお願い」

力強く頷く。これくらい言っておけば、まあ大丈夫だろう。

フリードの頬にキスをする。

彼が不安になる気持ちも正直分からなくはないのだ。私がもしフリードと同じ立場に立たされたら、やっぱりすごく不安になると思うから。

――というか。

「おおう……」

「どうしたの?」

とある事実に気がついた。

愕然《がくぜん》とする私に、フリードが不思議そうな顔をして聞いてくる。

そんなフリードに私は今発見したばかりの恐ろしすぎる真実を告げた。

「私、男の過去とか気にしないタイプとか今まで思っていたけど、意外と気にする方だったのかもしれない」

「?　どういうこと?」

「今、自分がフリードの立場だったらって考えたら、絶対に許容できないって思ったの」

「……え」

正直言ってショックだ。

自分では過去のことなんて気にしない、なんて言っていたし、少し前までは実際そうだったのに、今は許せないと思ってしまうのだから。

「どうしよう。フリードの方がよっぽど心が広いのかもしれない……」

私なら、フリードの元カノかもしれない人を己の部下として使うとか無理だ。だが彼はそれを実行したし、何ならかなりの好待遇で迎え入れている。嫉妬はするが、それで扱いを変えたりはしないし、シオンに対する態度はきちんとしたものだ。

私？　私はそんなの嫌だけど。フリードの元カノなんて、近くにいて欲しくない。

王太子妃として皆に対して公平でなければならないのは分かっているが、許容できるとはとてもではないが思えなかった。いや、頑張るけど。

フリードの妃として格好悪いところは見せられないから、死ぬ気で頑張るけど！　でも。

「……私、フリードのこと言えない」

「リディ」

がーんとショックを受けながら今気づいた事実を告げると、フリードが笑い出した。

こちらは真剣なのに、やけに楽しそうだ。

「ちょっと、笑わないでよ」

「い、いや、まさか私の方が心が広い、なんて言われる日が来るとは思わなくて。私は大概心が狭い男だからね。自覚してるよ」

「フリードの心は確かに狭いと思うけど、私も相当だよ……」

「え、リディ、そんなに狭いの？」

「うん。少なくともそういう相手を自分の部下に迎えるとか、無理」

真面目に答える。フリードは目を細め、嬉しそうに私の顔を覗き込んできた。

「ふうん？　そうかな。そんなこと言っても、リディは結局あっさりと受け入れそうだけどね」

「少なくともあっさりは無理。だってフリードは全部私のだもん」

「うん、そうだよ。でも嬉しいな。リディ、嫉妬してくれるんだ」

声が弾んでいる。どうやら本気で嬉しいらしい。

「喜ばないでよ。私今、すごく嫌な女だなって自己嫌悪に陥っているんだから」

「いいじゃないか、別に。でも残念だな。私には元カノなんて存在がいないからリディには嫉妬してもらえないね」

「あ、うん。それはそうだね」

確かにその通りだ。

優しい笑みを浮かべながら私を見つめてくるフリードを見つめ返す。元々フリードは女性不信気味で彼女どころではなかったし、仮面舞踏会は止《や》むに止まれぬ事情で通っていただけ。そんな彼に元カノなんて存在がいるはずもなかった。そこに改めて気がつき、心底ホッとした。

「……あんまりこういうのって言っては駄目なのかもだけど……フリードに私以外の恋人がいなくて良かった」

えへへと笑いながら言うと、フリードは尤もらしく頷いた。

「いくらでも言ってくれていいよ。私もリディ以外なんていらないしね。そういう意味では私もリディの元カレとかいらないんだけど」

「今世ではいないよ。恋人どころかキスもエッチも、全部フリードが初めてだもん」

だから前世のことはあまり言わないで欲しい。今世の私は全てフリードに捧げているのだから。

そういう思いで告げると、フリードも「分かってるよ」と言ってくれた。

だけど、どうしても思ってしまう。

「記憶があるって厄介だよね……」

なければ何も知らずにいられたのにとため息を吐くと、フリードは私の頬を撫でながら言った。

「そうかな。私はリディに前世の記憶があって良かったと思うけど」

「え……」

思いもしない言葉に驚いた。てっきりフリードも賛同してくれるものと思ったからだ。

「意外……」

「そう？　だってその記憶があったからこその今のリディなんでしょう？　多少性格が違ったところでリディはリディだからきっと好きになったとは思うけど、私は今のリディが好きだから。新作の和菓子を作ったり、予想外の行動を起こすリディがね。それは、前世の記憶があるから、でしょう？」

「……そう……かな」

確かに、和菓子云々《うんぬん》は前世の記憶がなければ思いつきもしなかったと思う。

行動面については……どうだろう。むしろ前世の方が大人しかったような気もするけど。

いやでも、前世の記憶が蘇ったからはっちゃけた方向に走った気がしなくもないから……うーん、否定はしにくい。

「だから記憶があって良かったと思うよ」

「フリード」

「私は、全部含めたリディが好きだからね」

優しく言われ、うるっと涙腺《るいせん》が緩んだ。

私をまるごと受け入れようとしてくれる彼のことが好きで好きで堪《たま》らない。彼の前ではいつだって自然な自分でいられる。それがすごく嬉しいし、同時にやっぱり私にはフリードしかいないと思ってしまう。

——フリード以外なんて、絶対に無理。

愛しているのは彼だけだ。

ぎゅっとフリードに抱きつく。

「フリード、好き。大好きなの」

「私もリディのことを愛してるよ。過去はどうしようもないけど、これからの未来は全部私がもらうからね」

「うん、全部あげる。だからフリードのも私にちょうだい」

もとより私の全部はフリードのものだ。

今更なので躊躇《ちゅうちょ》なく頷く。彼をもらえるのなら、私をあげたところで全然構わない。

「もちろんだよ」

「ん、よかった」

目と目が合う。

瞬間、互いの想いが通じ合った気がした。

彼の顔が近づいてくる。私は誘われるように目を閉じた。優しく唇が重なる。甘い口づけの感触にうっとりした。

「ん……ん……」

何度も触れるだけのキスをする。ただ唇を触れ合わせているだけなのに、どうしてこうも幸福な気持ちになるのか。薄《うっす》らと目を開ける。青い瞳《ひとみ》と視線が合った。ゆらりと蕩《とろ》ける彼の瞳は今日も私の大好きな色をしていた。

「リディ、好きだよ」

「私も好き」

ギュッと抱き締められると力が抜ける。

下唇を舐《な》められ、くすりと笑った。口を少し開くと、待ちかねたように舌が口内に侵入してくる。

「ん……んんっ」

迎え入れた舌が舌裏を刺激する。感じる場所を的確に舌先で刺激され、ゾクリと鳥肌が立った。

「ふ……んっ」

鼻から息が零れる。互いの舌を擦《こす》りつけ合った。唾液《だえき》が喉《のど》の奥に溜まっていく感覚に気づき、それを飲み干す。

「フリード……」

唇を離し、フリードを見つめる。彼の目に熱が灯《とも》っているのを確認し、もう一度目を閉じた。それとほぼ同時にベッドに押し倒される。背中に柔らかなリネンの感触。フリードが私の唇を貪《むさぼ》りながら、着ているドレスに手を掛けた。それに協力するよう身体を動かす。

彼の熱を感じたい。そんな気持ちでいっぱいだった。

「リディ、リディ……」

ドレスを脱がせたフリードが、今度は下着を剥《は》ぎ取っていく。余裕のない表情と動きが愛おしい。

「フリードも、脱いで」

裸になったところで声を掛ける。彼はすぐに着ていた服を脱ぎ捨てると、私に覆い被《かぶ》さってきた。男の人に組み伏せられているのにうっとりした気持ちにしかならないのは、相手がフリードだからだ。愛しい男にこれから抱かれるのかと思うとキュンキュンする。

「愛してる」

熱の籠もった声で囁きながら、フリードが私の全身に口づけていく。熱い唇の感触は心地良く、甘い息が自然と漏れる。

「ん、ん……」

チュ、チュ、と彼の唇が首筋、鎖骨、王華、そして乳房に降りていく。大きな掌《てのひら》が私の身体の線をなぞるように触れていくのが気持ち良い。この先を期待し、勝手に身体が出来上がっていく。

「ん……気持ち良い」

素直な気持ちを口にすると、フリードが嬉しげに笑った。

「どこが気持ちいいの？」

「全部」

実際どこに触れられても気持ちいいのでそう告げる。フリードがチュ、と胸の天辺《てっぺん》にキスをした。すでに尖《とが》り始めていた敏感な先端は、少し触れられただけでもかなりの刺激となる。

「あんっ」

甘い愛撫《あいぶ》に、強請るような声が出る。

「ここ、少し硬くなってきたけど、まだふにふにしてる」

「あっあっあっ……」

ツンツン、と舌先で胸の先端を突かれ、嬌声《きょうせい》が上がった。そのままグリグリと突起を舌で押し潰《つぶ》される。絶妙な強さで胸の先を弄《いじ》られるのが気持ち良くて堪らない。

「フリード……んっ」

「ふふっ、ほら、すっかり出来上がったよ。硬く尖ってる。今度は吸ってあげるね」

「んあああっ」

キュウッと吸い立てられ、腹の奥がジンと痺《しび》れた。チュクチュクと何度も吸われ、その度に腹が切なく引き絞られる。ドロリとした液が股《また》の間から流れ落ちたのが分かった。

「んっ、あっ、あっ……」

ため息のような喘《あえ》ぎ声が出る。毎日抱かれているというのに、彼との行為はいつだって新鮮に感じるのだから不思議なものだ。

「リディ、足を開いて」

「ん」

腹をなぞっていた手が、内股《もも》に触れた。フリードに言われ、素直に足を開く。彼の指が花弁に触れ、膣《ちつ》道が期待で戦慄《わなな》いた。

――あ、もう、早く触って欲しい。

身体の内側に触れてもらいたいという欲求が高まり、我慢できない。

「あっ……」

フリードの指が花弁の奥に潜り込む。指は的確に気持ち良い場所を探り始めた。彼の指使いは巧みで、激しく動かされても痛みを感じない。ただ気持ち良いばかりだ。

「ああっ、あっ、あああんっ」

「すごい。中がドロドロに蕩けてる。次から次へと蜜《みつ》が出てくるよ」

指を埋めたフリードがそう言いながら、膣壁を擦る。性感帯を刺激され、また愛液がドロリと零れ落ちた。二本目の指が蜜口の中に入ってくる。

太い指にバラバラと中を拡げるように動かれると、もう何も考えられない。与えられる快感に振り回されるだけだった。

「フリードッ……そこ……ああっ……」

「リディの気持ち良いところ、いっぱい触ってあげる。ほら、ここも。ぷっくり膨れて触ってって主張してる」

「ひあっ……！」

今まで触れられなかった陰核を別の指で弾《はじ》かれ、悲鳴のような声が出た。中と外の両方を攻められ、ビクンビクンと身体が跳ねる。

「やあ……両方、駄目っ……」

過ぎる快感に涙が溢《あふ》れる。中を拡げていた指はいつの間にか三本に増えていたが、柔らかく広がった膣道は難なくその指を受け入れていた。どちらかと言うと物足りない。

もっと奥に触れて欲しくて、私は誘うように腰を揺らした。

「フリード……も、挿れて……」

「一回イったらね。ここ、舐めてあげる。好きでしょ」

「ひんっ」

蜜壺《つぼ》から指を引き抜き、フリードは私の足を大きく広げさせた。そうして刺激を受けてヒクつく陰核に舌を這《は》わせる。強烈な快感に襲われ、思わず身体を捩《よじ》らせた。

「ああっ……！　駄目、駄目なの……やあああっ」

クニクニと陰核を押し回され、腹の奥が痛いくらいに収縮した。受け止めきれない悦楽に襲われ、頭の中が真っ白になる。

「やあ……やあああっ……」

思わず逃げようとする私を押さえつけ、フリードは花芽を舌先で弄った。軽く触れられるだけでも途方もない快感に泣きそうになる場所なのに、執拗《しつよう》に弄られ、身体が痙攣《けいれん》を始める。

気持ち良くて、おかしくなりそうだ。

「ひあっ、やっ……やあ……」

弄られた場所がジンジンする。覚えのある絶頂感がゾクゾクと背筋を這い上がってきた。腹の奥に溜まった快感が弾けそうになる感覚に、どんどん呼吸が荒くなっていく。

「はあ……ああ……やあ……フリード……もう……」

我慢できない。

逃げたいのにがっつりと押さえ込まれて、逃げることすら許されない。強烈すぎる快感は私をいとも易く追い詰め、あっという間に高みに追い立てられていく。

「ああ……あああああっ！」

快楽が弾ける。全身を大きく震わせ、私は達した。頭が沸騰《ふっとう》したように熱い。身体中に広がる余韻をどうにか逃がそうと荒い呼吸を繰り返していると、フリードが身体を起こし、ひと息に肉棒を突き立ててきた。

「あぁっ！」

蕩けた蜜壺は太い肉竿《さお》を容易《たやす》く受け入れた。膣壁を擦り上げながら肉棒が奥へと侵入してくる。

「ちょ……ちょっと待って……今、イって……ひあっ……」

「無理。だって私も限界なんだ」

切羽詰まった声で告げ、フリードが腰を打ち付け始める。

肉棒が力強く奥を叩いてきた。まだヒクつくそこに新たな刺激を与えられた私は過ぎる快感に身体を仰け反らせた。

「あっ、あっ、あああっ」

肉棒が蜜壺を蹂躙《じゅうりん》していく。膣奥を攻め立てる屹立《きつりつ》に襞肉《ひだ》が絡み付いている。

彼が腰を少し引くと、寒気にも似た快感に襲われ、同時に埋められていた場所が酷く寂しく思えてしまう。

「ひんっ」

グッと強く腰を打ち付けられると、今度は身体の中が彼でいっぱいになったような気になる。膨れ上がった肉棒は大きく、カリ首が膣壁を擦る度、淫《みだ》らな声を上げてしまう。

「あ、気持ち良いっ……あんっ……や……あああっ」

指では決して届かなかった場所を肉棒に攻められ、気持ち良さに頭がクラクラする。蜜壺は十分すぎるほど潤っており、激しく腰を打ち付けられても気持ち良いばかりだ。

「あっあああっ……」

「リディ、リディ……」

私の名前を何度も呼びながら、フリードが腰を振る。肉棒が膣内を行き来する心地よさに、喘ぎ声が止まらない。

「フリード……あっ……気持ち良いのっ……もっと、して……」

気持ち良い場所を執拗に攻められるのが堪らない。隘路《あいろ》は肉棒を強く締め付け、射精させようと蠢《うごめ》いていた。

フリードが腰をグラインドさせるように大きく動かす。膣壁に肉棒を押しつけるような動きに蜜路が分かりやすく反応した。

恐ろしいくらいに気持ち良くて、随喜の涙が零れ落ちる。その涙をフリードが舐め取る。

低く甘い声が耳元で響く。

「リディ、愛してる。リディは全部私のものだからね」

告げられた言葉に首を縦に振って応える。

その通り。私の全てはフリードのもの。フリードだけが私を好きにしても許されるのだ。

だって彼は私の旦那様で、大好きな人だから。

「うん。フリード、好き。好きなの……だから私を離さないで」

「大丈夫。何があっても側から離さないから」

「ん……愛してる」

うわ言のように何度も呟きながら、彼の背中を抱き締める。フリードは上半身を倒し、肉棒を抽送させながら、舌を絡める深い口づけを求めてきた。それに応える。

「んっ……んんっ……」

互いの唾液を交換し、舌同士を絡めさせる。肉棒に膣奥を叩かれながら舌先を擦りつけ合うキスをするのが気持ち良い。全部フリードに埋められている心地になってくる。

彼の手が胸に触れ、硬くなった乳首を転がす。絶妙な力加減が堪らない。時折、トントンと指の腹で叩かれ、甘い声がキスの合間に零れる。

「ふっ、あ……あんっ」

「気持ち良い？」

「ん……」

「こうして奥をグリグリされるのとどっちがいい？」

フリードの長い肉棒が子宮口を押し上げる。私の一番奥。彼以外、触れることが許されない場所。

そこを叩かれると痺れるような悦楽に襲われ、悲鳴のような嬌声が上がる。

「あああああっ……！　やあ……気持ち良いっ……」

「はあ……リディ、好きだ」

甘い声が脳髄を揺らす。私の奥を犯しつつも、フリードの指は胸の先端を刺激し続けていた。

「ひゃっ、あっ、あっ……」

「ねえ、どっちがいいの？」

フリードが楽しそうに尋ねてくる。私は全身に快感を感じながら正直に告げた。

「全部……全部気持ちいいっ」

「可愛い」

チュ、と褒めるように口づけが落とされた。誘うように唇を開くと、遠慮なく舌が侵入してきた。

「んんっ……んんっ」

「全部、私で埋めてあげるね」

「んっ」

嬉しくて、何度も頷く。

「はんっ、あんっ、あんっ」

ガツガツと揺さぶられる。

自分の口から信じられないほど甘い声が出ていた。蜜壺を蹂躙する屹立に襞肉が媚《こ》びるように纏《まと》わり付いているのを感じる。気持ち良いのを放したくないのだと、全力で肉棒を食い締めていた。

フリードが辛そうに顔を顰《しか》める。

「リディ、締めすぎ」

「ん、だって……気持ち良くて……」

「そんなに締められたら、すぐに出てしまうよ」

「いいよ」

彼の言葉にうっとりと答えた。

どうせ一度や二度で終わらないのだ。すぐに出してくれたところで何も問題ない。

それに中で出されるのは気持ち良いし。

熱《ほとぼ》りを受け止める心地よさを知っている身としては、むしろ早く欲しいとさえ言いたいところだ。

何度でも、溢れるほどに注いで欲しい。

「フリードの、たくさんちょうだい？」

「もちろん。リディにだけあげるよ」

互いの唇に吸い付く。蜜壺を往復する肉棒が一回り太くなった気がした。

私の中を限界まで押し広げる肉棒。硬度も増し、痛いくらいだ。それだけフリードが興奮しているということだろう。その身体は熱く、びっしりと汗を掻《か》いていた。

私を抱いて悦《よろこ》んでくれているのを実感し、心が歓喜に震える。

「フリード、大好き」

「愛してる。リディだけが好きだよ」

「うん」

心から満足し、頷く。

フリードの腰の動きは止まらない。確実に私の気持ち良い場所を狙《ねら》い、刺激してくる。

彼が腰を打ち付ける速度が少しずつ上がってきた。同時にぞわぞわとしたものが迫《せ》り上がってくる。

また達しそうな気配がやってきた。

「あ、フリード、私、もう……」

「リディ、イきそう？」

「うん……うん……」

切羽詰まった感覚に呑み込まれそうになりながらも必死で首を縦に振る。

フリードもそろそろ限界のようで、眉を寄せながら熱い息を零していた。

「一緒にイこう？」

甘く告げられた台詞《セリフ》に頷き、リネンを握った。フリードは身体を起こすと、抽送の速度を上げた。ガツガツと思いきり肉棒を打ち付けられる。

「んっ、んっ、あんっ」

身体を激しく揺さぶられ、勝手に声が漏れる。肌と肌がぶつかり合う音と性器同士が擦れる音がとんでもなくいやらしい。

身体が上下に揺れ、乳房がふるふると形を変える。フリードの荒い呼吸音と私の喘ぎ声が寝室に響いていた。

フリードが苦しげに眉を寄せる。

「っ……イくっ……」

「んんっ……！　あ、や、私、もっ……！」

最奥に肉棒が押しつけられ、快感が弾けた。身体の中に温かい飛沫《しぶき》が流し込まれる。その心地よさに呑まれ、私もまた絶頂に至った。

「っ……！」

深い絶頂に声も出ない。ビュルビュルと流し込まれる白濁の熱さに感じ入り、目を瞑《つむ》った。

心臓がドクドクいう音が聞こえている。

「はあ……はあ……ああ……」

身体が弛緩《しかん》する。達した衝撃で、全身に力が入らない。

ぐったりする私の頭を撫で、精を吐き出したフリードが肉棒を引き抜いた。

「んっ……」

肉棒が抜ける切ない感覚に甘い声を出してしまった。

今の今まで埋められていた肉棒の感触がなくなり、蜜壺が寂しさを訴えてくる。食い締めるものがなくなった腹が、物欲しげに蠢いた。

「フリード……」

強請るような声が出る。私の声を聞いたフリードが嬉しげに私を見た。その瞳は欲にまみれており、まだまだ私を欲していることが伝わってくる。

「もう一回、する？」

「うん……したい」

正直に答えるとフリードはもう一度私の足を抱えようとした。それを拒絶し、身体を起こす。

「リディ？」

「次は私が乗ってあげる」

フリードを押し倒す。通常なら私が少し押したくらいでフリードが倒れることなんてないが、今は行為中なので、彼も素直に倒されてくれる。

フリードの上に乗り上げた。まだまだ元気な肉棒は腹の辺りまで反り返っている。

「リディが上に乗ってくれるの？」

「うん。この前、約束したし」

この間、事後の会話で次は騎乗位をすると約束したことを思い出したのだ。せっかくなので約束を履行しようと私は血管が浮き上がる逞《たくま》しい肉棒を握り、腰を浮かせて蜜口に押し当てた。

濡《ぬ》れた音がし、丸い亀頭が開いた花弁に軽く沈む。それだけで、気持ち良さに太股が震えた。

「んっ……気持ち良いっ」

「まだ、入ってないのに？　ほら」

「あっ……」

フリードが肉棒を少しだけ突き上げる。濡れ襞の中に三分の一ほど屹立が埋まった。

肉棒が蜜壺を押し広げる心地よさに、感じ入るような声が出る。

「ああっ……」

「気持ち良さそう。ね、あとはリディがやって。リディの一番奥まで、私を入れてよ。私を全部銜《くわ》え込んで」

「うん……」

いやらしい言葉に感じてしまい、ゾクゾクした。奥から新たな蜜が溢れたのが分かる。

「入れるね……」

腰をゆっくりと落としていく。自ら肉棒を迎え入れる心地よさに、甘い息が漏れた。

ああ、なんて気持ち良いんだろう。太く硬い雄に貫かれる悦びは格別で、勝手に背筋が震える。寂しかった中が埋まっていく。根元まで彼を全部呑み込むと、フリードが私の背中を褒めるように撫でた。

「ああ、全部、入ったね」

フリードの声に歓喜が滲んでいる。肉棒を己の体内に埋めた私は、彼の腹に手を置き、ゆるゆると腰を動かし始めた。

「あんっ……」

熱い肉棒が中で暴れているのを感じる。それを押さえつけるように腹の力を込めた。彼のカタチをはっきりと感じてしまう。

「はあんっ。大っきい……」

甘い刺激に陶然となりながらも腰を上下左右に動かす。肉棒は最奥まで埋まっており、少し腰を浮かせたくらいでは抜けたりはしない。

「んっんっ……気持ち良いっ……」

「リディ、すごく可愛い顔をしてる。私のがそんなに気持ちいいの?」

「うん……フリードのが中で暴れてて……気持ち良いところに当たって……んんっ」

隘路の中で肉棒が自己主張をする。上下に腰を動かすのも良いが、擦るように前後に動かす方が気持ち良かった。陰核が同時に擦れ、イきそうな感覚がやってくるのだ。

「あ、気持ち良い、気持ち良い……」

「リディ、ああ、確かにこれは気持ち良いな……」

フリードも気持ちいいのか、甘い息を吐き出す。感じてくれているのが分かる表情を見ていると、嬉しくなってしまう。

「あっ、んっ、んっ……！」

腹の奥がギュッと収縮し、肉棒を締め付ける。腹に力を入れたまま、腰を動かした。屹立は硬く、どこに擦れても気持ち良い。

いやらしく腰を動かす私を、フリードが愛おしげな目で見つめていた。

「フリード……？」

「ああ、ごめん。私の上で淫らに乱れるリディがあまりにも可愛くて」

「えっ……んっ」

フリードが手を伸ばし、乳房を掴《つか》む。むにむにと揉《も》みしだきながら、赤く色づいた先端を弄った。

「ああんっ」

「さっきから可愛く揺れているのが気になって、つい、ね」

「やっ、摘まないでっ」

ほどよい力で乳首を摘まれ、嬌声を上げた。淫らな刺激を受け、身体が喜んでいるのが分かる。

私はそのままゆるゆると腰を揺らした。

「あっ、あっ……んっ」

「すごくいやらしい光景。最高だ……」

「やあんっ」

乳首を弄られる度、雄を強く締め付けてしまう。その反応で悦んでいるのが分かったのか、フリードは両方の先端を刺激した。

「あああんっ、両方、駄目っ……！　気持ち良いっ」

ビクン、と身体が大きく震える。

反射的に逃げようとしたが、叶《かな》わなかった。フリードがしつこく愛撫を続けてくる。

「気持ち良いなら続けていいよね。今のリディ、すごく可愛いからもっと見ていたいんだよ」

「あっ、あっ、あっ……フリードのエッチ」

気持ち良すぎて涙が出てきた。視界が滲むと思いながらも彼を睨《にら》む。フリードは「そんな顔をしても可愛いだけだよ」と笑った。

「私がエッチなのは、前から知ってたことでしょう？」

「知ってたけど、でも……ああんっ」

いきなり腰を突き上げられ、ビクンビクンと腰が震えた。

「ほら、リディも休まないで。腰を動かしてよ。一緒に気持ち良くなろう？」

「ん……うん……」

フリードに促され、円を描くように腰を動かす。

頭が快楽に埋め尽くされてクラクラする。膣壁を擦る肉棒が気持ち良いことしか分からなくなってきた。

「リディ……ああ、気持ち良いね」

フリードが腰を突き上げながらため息を吐く。私も頷き、ひたすら互いの性器を擦りつけあう行為に酔いしれた。

「ん……ん……んんっ……」

肉棒から与えられる刺激がどんどん身体の中に溜まっていく。更なる快楽を求めて腰を夢中で動かしていると、達する時の感覚が迫り上がってきた。

「あ……フリード……私、も、イくのっ……」

「リディ……私も……」

「一緒、一緒にイきたい……」

「うん、一緒にイこう」

ひとりは嫌だ。

ひんひんと啼きながら強請ると、フリードは私の腰を持ち、強く肉棒を突き上げ始めた。中に埋まっている肉棒は今にも破裂せんばかりに膨れ上がっていて、それに刺激されるとあっという間に高みに押し上げられてしまう。

「も、イくっ、イくっ……！　ああああっ！」

唐突に絶頂が訪れた。ふわりと一瞬浮き上がる感覚。次の瞬間、震えるほどの衝撃に全身が襲われた。

「んんっ……！」

ほぼ同時に、肉棒から精が放たれた。一度出したとは思えない量が膣奥に浴びせられる。その気持ち良さに恍惚《こうこつ》としつつ、私は彼の胸へと倒れ込んだ。

「はあ……ああ……ああ……」

「リディ」

ぐったりとする私を抱き締め、フリードが顔中にキスの雨を降らせる。

柔らかな唇の感触に自然と笑みが零れた。

「んっ、ふふ……フリード、好き。大好き」

「リディ、愛してるよ」

身体を少し起こし、彼の唇に口づける。触れるだけの口づけはすぐに淫らなものへと変貌《へんぼう》した。私の中に埋まった肉棒が力を取り戻していく。それを感じ取り、微笑んだ。

フリードが欲に濡れた瞳と声で私に言う。

「リディ、もう一回、良い？」

「うん、何度でも」

こんな気持ち良いこと、断るはずがない。

とろりと太股を流れ落ちていく白濁の感触に気づき、ぞくぞくした。

もっと私の中を熱い滴りで満たして欲しいという気持ちが膨らんでいく。

私はフリードの首に己の両腕を絡め、誘うように言った。

「愛してる」

途端、体勢が変わる。ころん、と転がされたのだ。

背中にリネンの感触。正常位になったと気づくと同時に、フリードが腰を再び打ち付け始めた。

「あぁっ……」

快楽を覚えた蜜壺が嬉しげに戦慄く。

目と目が合う。飢えた獣のような青い瞳に陶然とした。

これだけしてもまだ私が欲しいのかと嬉しくなる。

「フリード」

「リディ、愛してる」

その言葉を聞き、目を閉じた。キスをされ、唇をこじ開けられる。素直に口を開くと、舌が潜り込んでくる。

「んっ、んんっ」

甘い唾液の交換に酔いしれる。三回目にもかかわらず、ねっとりとした情熱的なキスをしてくるフリードに、どうやら彼の絶倫スイッチが完全に入ったようだと気づく。

きっと、この一回でも終わらないだろう。それは予感ではなく、経験から来る単なる事実。

――ま、いいか。

いつ放してもらえるか分からないけど、それはそれ。

私はあっさりと、夫の欲望を受け入れる決断をした。

◇◇◇

「ねえ」

「うん？」

互いの想いを確かめ合う行為をようやく終え、ベッドに転がった私はフリードを呼んだ。

すでに夕食の時間をかなり過ぎている。

何度も互いを求め合った結果なので後悔はしていないが、どうしたって空腹感には襲われる。

あとでフリードにカーラを呼んでもらって夕食を運んでもらおう。そう思いつつも、私は素肌に触れるリネンの感触を楽しんでいた。

フリードに身体を清めてもらったので不快感は全くない。蜜壺には散々流し込まれた彼の精が残っていたが、ほんのりと温かい感覚があり、むしろ多幸感が強かった。

裸のままコロコロと転がっていると、水差しを使って水分補給をしていたフリードがこちらを向いた。鍛えられた分厚い胸板に自然と目が行く。六つに割れた腹筋も相変わらず眼福だ。

この理想の腹筋は私だけが楽しめるのである。その事実が堪らなく嬉しい。

「どうしたの？」

ニマニマしながらフリードの腹筋を眺めていると、フリードはカップをサイドテーブルに置き、私の側へとやってきた。手を伸ばすと隣に寝転んでくれたので、遠慮なく彼の首に両手を巻き付ける。

ちゅ、と頬に唇を寄せた。フリードの目が優しく細められる。

「結局、どうするのかなって」

「どうするのかって……ああ、シオンのこと?」

「うん」

そうだと告げると、フリードはお返しと言わんばかりに唇にキスをくれた。しっとりとした唇の感触は心地いいばかりだ。

「……フリード、シオンに協力するの?」

何度か唇を重ねてから、思い切って尋ねた。

シオンに協力するかしないのか。それをはっきり聞いておかなければと思ったのだ。

私としては、シオンが日本に戻りたいと言うのなら協力してあげたいところだけれど、メイサさんの話によれば私だけでは駄目なようなのだ。私とフリードと。

ふたり共がシオンに協力しなければ意味がない。

「リディは私にどうして欲しい?」

「え、私?」

「うん」

フリードを見る。彼が頷いたのを確認し、思うところを正直に告げた。

「フリードの好きにすればいいと思う。協力の内容も分からないし、断ってもいいんじゃないかって思うよ」

「え」

驚いたように彼が私を見つめてくる。そんなに吃驚することを言っただろうか。

私としては当たり前の判断だと思うのだけれど。

だってフリードはこの国の王子で将来の国王なのだ。それを第一に考えるのなら協力などもってのほかだと思うし、何と言ってもこういうことは強制するものではないと思う。

「協力してとは言わないんだ」

「言うと思った？」

「……うん」

少し間があったが、フリードは正直に頷いた。

「リディは優しい子だしね」

「私が優しいかどうかは知らないけど……うーん、確かにシオンは前世の同郷だし、帰してあげたいなって思うけど、私はフリードの方が大事なの」

優先順位を間違えてはいけない。私が一番に考えなければならないのはフリードのことであってシオンではない。

たとえばの話だけど、協力することでフリードに何か不利益があったとしたら。そんなの許せる話ではないし、そこまでして彼に協力して欲しいとは思わない。

可哀想《かわいそう》だから助けてあげてなんて言葉は私には言えない。言えるはずないではないか。

「フリードに何かあったら嫌だから」

シオンには申し訳ないと思うけど、フリードを犠牲《ぎせい》にすることは私にはできない。

一番大事なのは彼だから。

きっぱりとそう告げると、フリードはあからさまに機嫌が良くなった。どうやら私の回答がお気に召したらしい。

いや、フリードを喜ばせようと思って言ったわけではないのだけれど。

「そう。まあ、その辺りは私も同じだけどね。リディに危険が及ぶような協力ならさせられないし」

「うん」

「でも、個人的には協力したいと思っているよ」

「え……」

静かに告げられた言葉を聞き、目を見張る。

確認するようにフリードを見ると、彼は穏やかな笑みを湛《たた》えていた。

「リディと両想いになった時にね、思ったんだ。こうして私がリディを手に入れることができたのは、ある意味シオンのおかげだなって。彼がリディの背中を押してくれたからリディは私に好きだと言いに来てくれたんでしょう？」

「う、うん」

その通りだ。フリードを好きだと気づけなかった私の背を押してくれたのは間違いなくシオンだった。彼が教えてくれなければ、きっと私とフリードは今の関係になるまでかなりの遠回りをすることになったと思う。

「だから決めたんだよ。この先、シオンがもし国に帰りたいと自らのことを明かして、何らかの協力を私に望むことがあるのなら、その時はできる限りのことをしようって。それが、彼にできる私の最大の礼だと思ったんだ」

「フリード……」

「だから、考えさせてくれなんて言ったけど、本当は答えなんて決まっていたんだ」

厳《おごそ》かな口調からフリードの確かな決意を感じ取る。

彼は本気だ。本気で、シオンに協力する気でいる。

「魔女がどういう協力をさせようとしているのか、不安がないわけじゃない。だけど前々から決めていたことだから、私はシオンに協力するよ。そうしたいと思っている」

「……それが不利益を被《こうむ》るものでも？」

「もちろん。誠意ってそういうものでしょう？　で、リディは？　リディはどうしたい？」

「私？」

「うん、正直なところを聞かせて」

じっと見つめられる。その視線が私の意思を確認するものだと気づき、緊張しつつ、思っていることを嘘偽りなく告げた。

「私も、シオンに協力したいって思ってる。シオンは私みたいにこの世界に生まれたわけじゃないもの。自分の世界に帰れるのなら、帰してあげたいってそう思うの」

「どんな協力を強《し》いられるのか分からないのに？」

さっき私が聞いたのと同じことを聞かれ、頷いた。

「うん。でもね、きっと大丈夫だよ。さっきも言ったけど、デリスさんが絡んでるんでしょう？　絶対変なことにはならないと思う」

　フリードをじっと見つめる。

「それにね、気がついたんだけど、前にメイサさんが言っていたこと、覚えてる？　私とフリードに頼みがあるって言ってたじゃない。その話。もしかしてこのことなんじゃないかなって思ったんだけど」

　結婚してすぐ、デリスさんの家に遊びに行った時に出会ったメイサさん。その時彼女に言われたこと。

　近いうち、協力して欲しいと彼女は言っていた。私とフリード、ふたりにお願いしたいことがあるのだと、彼女はそう言っていたのだ。

「ああ、そういえばそんな話もあったね」

　フリードも思い出したような顔をする。

「なるほど。魔女的には先に話を通しておいたってところなのかな」

「具体的に言ってよとは思うけどね。はっきり言ってくれないところがあるのはデリスさんも同じだから、魔女ってそういうものなのかも」

「あまり俗世に関わらないのが魔女だと以前彼女も言っていたものね」

「そうなの」

　魔女には魔女なりのルールがあるらしいというのはデリスさんと話してよく分かっている。ルールに抵触しないようにするため、わざと分かりにくい言い回しをするというのは、理解できなくもなかった。悪いのは、せっかくのヒントを見落としてしまう受け取り側であって、魔女ではない。

「分かった。じゃあ、シオンに協力する、で良いんだね？」

フリードから最終確認をされて、しっかりと頷いた。何を要求されるのかは分からないが、できることをしてあげたい。そう思う。

「私、シオンを元の世界に帰してあげたい。何かデメリットがあったとしても引き受けるつもりはあるよ」

「分かった。私も協力すると決めていたことだし、そうしよう。うん、今日はもう遅いし、明日にでもシオンと話そうか。こういうことは早いほうが良いだろうからね」

「うん」

返事を待つ時間というのは辛いものだ。できるだけ早く教えてあげた方が良いだろう。

とはいえ、今日はもう夜の時間。さすがに今からというのはどうかと思うし、それに確か——。

「デリスさんのところに行かないといけないんだよね？」

確認すると、フリードも気がついたような顔をした。

「そう言ってたね。仕事を調整して時間を作るから、明日……そうだな、午後にでも早速訪ねてみようか」

「そうだね。あ、でも、シオンも忙しいんじゃ」

彼は今、兄の補佐として仕事をしている。急に連れ出したら兄が困るのではと思ったのだが、フリードは言った。

「明日の午後はシオンは休みにして欲しいとアレクには私の方から言っておくよ。アレクは聡《さと》い男だからね。何かしらの事情があると察してくれるはずだ」

「……うーん、兄さんには申し訳ないけど、今回ばかりは仕方ないよね」

上司であるフリードが抜け、補佐のシオンが抜けるのだ。

兄に負担が集中するのは目に見えている。

書類に追われる兄を想像し、私は両手を合わせて拝んでおいた。

◇◇◇

次の日の午後、フリードはシオンを私たちの部屋へと呼び出した。

緊張した面持ちのシオンがやってくる。彼は今日も黒を基調とした丈の長い上着を着ていた。考えてみれば、シオンはいつも黒っぽい服を着ているような気がする。

——もしかして、喪服のつもり、だったりするのかな。

シオンの桜さんに対する深い愛を感じ、胸が痛くなった。

真っ直《す》ぐな想い。それが当人に届かないことが酷く切ない。亡くなってしまったのだからそれも仕方のないことなんだろうけれど。

——先輩。本当に桜さんのこと、好きだったんだな。

菩提を弔うために帰りたいというくらいだ。その想いは相当なものなのだろう。

「お呼びだと伺い、まかり越しました」

静かに告げるシオン。その手が少し震えていることに気がついた。

どういう答えが返ってくるのか、不安で仕方ないのだろう。

昔の紫苑先輩を知っている私からしてみれば、あの先輩が緊張している⁉　と驚いてしまうのだが、彼にとっては故郷に帰れるかどうかの瀬戸際だ。緊張するのも当然だった。

フリードに勧められ、シオンがソファに座る。唇を引き結ぶ彼にフリードは言った。

「昨日の話だが」

「っ……は、はい」

シオンの声が上ずっている。フリードは前置きはせず、はっきりと告げた。

「お前の願いを聞き入れよう」

「えっ……」

あっさりと告げられた言葉に、シオンは目を丸くした。

「え、あの……」

「お前の願いを聞き入れると言った。お前が日本に帰るには私たちの協力が必要なのだろう？　協力すると言っている」

「……」

信じられないという顔でフリードを凝視するシオン。その彼が私を見た。私もフリードと同意見だと示すように頷く。

「ええ、私もフリードと同じ。あなたに協力するわ」

「……良いのですか？」

喜ぶかと思いきや、シオンから返ってきたのは戸惑いの声だった。

思わず首を傾げてしまう。

「良いも何も……協力して欲しいと言い出したのはあなただと思うのだけれど」

「いえ……それはそう……なのですが……」

あり得ないものを見たような顔で首を左右に振るシオン。その様子を見ていると、十中八九《じっちゅうはっく》断られるものと思っていたのだなと分かった。

「断られると思っていたの？」

「……ええ。それが当たり前だと思いますから」

私の質問に、シオンは硬い顔をしながらも答えてくれた。

「私の言ったことは、ただ、私の我が儘《まま》を聞いて欲しいというだけの話です。あなた方には何の利もない。いや、もしかしたら不利益を被るかもしれません。そんな願い、誰が叶えると思います？　だから言い出してはみたものの受け入れてもらうのは難しいだろうと、諦《あきら》めていました」

シオンの正直な気持ちを聞き、確かになと思う。

私だって、前世での知り合いだから協力しようと思えたのであって、見知らぬ他人なら、一蹴《いっしゅう》したと確信できる。フリードも似たようなものだ。

彼はシオンに恩義を感じている。それを返そうと思ったから話を受け入れたけれど、そうでなければさすがにこんな簡単には了承しなかったと思う。

私たちの立場は代わりが利くものではない。

なんらかのリスクがあるかもしれないのに、気軽に「うん、いいよ」とは言えないのだ。

それをシオンも分かっていたのだろう。だから不審に感じている。

「協力してもらえるのは本当に有り難いです。ですが本当に宜しいのですか。私は何もあなた方に返せません。なにせ、国に帰ってしまうのですから。何も渡せない私を、あなた方は本当に助けてくれるのですか」

「ああ、もちろんだ」

フリードが力強く頷く。

「詳しくは話さないが、私はお前に返さなければならない恩があるからな。対価を、なんて考えなくていい」

「返さなければならない恩？　私が？　フリードリヒ殿下に何かしましたか？」

本気で分からない様子のシオンを見て、フリードが苦笑する。

彼としても、シオンのおかげで私と両想いになれたからとは言いにくいのだろう。うん、私もちょっと恥ずかしいから勘弁して欲しい。

「分からなければ分からないでいい。とにかく、私たちはお前の帰還に協力することにした。それで――今一度確認するが、メイサ殿はデリス殿を訪ねろと、そう告げたのだな？」

「は、はい……！」

急いで姿勢を正し、シオンが頷く。

フリードが私を見る。その目を見て、にっこりと笑った。

「オッケー。じゃあ、早速デリスさんのところへ行こうか。早い方が良いでしょう」

ソファから立ち上がり告げると、シオンが驚いたような顔で私を見てきた。

「ご正妃様？」

「リディはデリス殿と親交がある。当然、その居場所も知っているとそういうことだ」

「魔女デリスと知り合い？」

目を見開くシオンに、私は笑顔で答えた。

「ええ。デリスさんは私の友人なの。だから彼女のところへ行くこと自体は問題ないわ」

「……魔女メイサがご正妃様たちに魔女デリスのところへ連れていってもらえと言ったのはそういう意味でしたか」

納得したように呟き、シオンも立ち上がった。そうして私を見つめてくる。

「まさかご正妃様が、魔女デリスと親交があるとは思いもしませんでした」

「偶然、知り合ったの」

それ以上は言わない。フリードも立ち上がり、私に手を差し出してきた。迷わずその手に己の手を重ねる。

「出よう。行くのなら早い方が良い」

◇◇◇

フリードとシオンと私、三人で城を出る。シオンと一緒というのは変な感じだ。普段一緒に行動しないせいか、少し居心地が悪い。

三人だけのように思えるが、実はカインには離れたところからついてきてもらっている。

護衛役なので当然といったところか。

シオンには申し訳ないが、カインがいることは伝えていない。下手《へた》に話すとややこしくなりそうだし、フリードもわざわざ護衛のことまで告げる必要はないと言ったからだ。

隠れて護衛というのは嫌かなと思ったのだがカインは全く気にしていないようで、「護衛なんてそんなものだろ。任せとけ」と笑顔で言っていた。

本当に私の忍者は頼もしい。

「ここよ」

いつもの靄《もや》をくぐり抜け、デリスさんの家にたどり着く。

デリスさんの家への通り道については、シオンがものすごく驚いていたが、道の真ん中で立ち止まられても困るので、申し訳ないが急《せ》かしてもらった。

緊張している様子のシオンを気にしつつも、家の扉をノックすると、自動的にドアが開いた。入れということだと分かっているので遠慮せず中に入る。私の後にフリードが続き、最後にシオンが入った。

「……これが、魔女の家……」

薬草の匂《にお》いが立ち込める家に入り、階段を下りていると、後ろから感嘆の響きが聞こえた。

立ち止まり、シオンを見る。彼はいたく感動していた。

「シオン？」

「あ、申し訳ありません。先ほどの奇妙な道もですが、なんと言うか感動してしまって。魔女なんて私の世界には過去の歴史やお伽噺《とぎばなし》の中くらいにしかいませんから。いえ、自称とか怪しいのならいくらでもいますけど。ですが、ここの魔女は間違いなく本物でしょう？　そんな人物の住む家に自分が……と思うと、なんだか胸がいっぱいになってしまうのですよ」

そういえば、紫苑先輩は歴史を専攻していたなと思い出した。

過去の歴史と言えば、魔女狩りとかその辺りの話だろうか。興味はあるけれど、少なくとも今はやめておいた方がいいなと思ったので、なんでもないように話を続ける。

「へえ。でも、シオンはメイサさんとも会ったんでしょう？　魔女と会うのが初めてってわけでもないのに感動するの？」

「確かに魔女メイサとは二度ほどお会いしましたが、彼女はいきなり現れて、言いたいことだけ言って突然消えて……という感じでしたから。こちらから会いに行くというのが新鮮なのですよ」

「そういうものなの？」

よく分からないけれど、シオン的に拘りがあるようだと理解し、とりあえずは頷いておく。

「こんにちは、デリスさん」

「ああ。しばらくぶりだね」

階段を下りると、そこには出迎えに来てくれたデリスさんが待っていた。

彼女と会うのは、ヴィルヘルムの港町以来となる。

挨拶《あいさつ》をすると、彼女は私とフリード、そして一番後ろにいるシオンに目を向けた。

「――なるほど。彼が異世界からの客人だね」

「あ、あの……私は」

自己紹介しようと、シオンが一歩前に出る。だがデリスさんは顔を背け、興味なさそうに言った。

「必要ないよ。メイサの奴《やつ》から全部聞いてる。気の毒だったね。あいつのミスでこの世界に跳ばされたんだろう?」

「えっ……」

さらりと告げられた言葉を聞き、目を見開く。私の隣に移動していたフリードが驚いたように言った。

「シオンはメイサ殿のミスでこちらの世界に来たのですか?」

「ああ、そうだよ。メイサらしい、くだらないミスをしてね。あいつもさすがに責任を感じたのか、色々飛び回って、その男を元の世界に帰す算段を付けていたってわけさ」

「……そう、なんだ……」

「普通なら異世界からの転移者なんて放っておくものなんだけどね。それが人為的ミスなら話は別。同じ魔女仲間の失敗だ。気は乗らなくても私たちも協力せざるを得ないって話だよ」

「……」

「まあいい。すぐにメイサが来るよ。適当に座りな」

デリスさんがテーブルに目を向ける。それに頷き、近くの席に座った。フリードとシオンも椅子《いす》に腰掛ける。デリスさんも面倒臭そうに自席に座った。

「あ、あの……」

シオンがデリスさんに声を掛ける。彼女はチラリとシオンを見たが、どうでもいいとばかりにすぐに視線を逸らした。

「なんだい。悪いが私はあんたには興味ないよ。あくまでもメイサの補助としているだけなんだからね。誤解はしないでくれ」

「は、はい……」

——なんか、デリスさん、冷たい？

普段とは違うデリスさんの様子に内心驚きつつも、そういえばデリスさんは人間嫌いだったなと思い出した。

いつも私やカイン、そしてフリードに愛想良く接してくれているからすっかり忘れていたけれど、そもそも彼女は人間があまり好きではないのだ。

シオンは私やフリードにとっては大事な仲間だけれど、デリスさんにとっては面識のない、どんな性格かも分からない人物。しかもメイサさんの事情に巻き込まれただけと考えれば、塩対応になるのも仕方ない。

——す、少しでも雰囲気を良くしなければ。

「で、デリスさん！」

ギスギスしたこの空気感をなんとかしたくて声を上げる。シオンには冷たかった彼女の声がいつもの声音に変わった。

「ん？　なんだい、リディ」

「え、えーとですね。質問しても良いですか？　私たち、協力して欲しいとしか聞いていなくて。具体的にどういうことをすればいいのか教えて欲しいんですけど」

「なんだ。メイサの奴、説明していないのかい」

「ええと、ヴィルヘルム王族が持つ特殊な力が必要……とかいうのなら聞いています」

「ああ、間違ってないね」

「具体的には？」

少しでも不安を払拭《ふっしょく》させたくて尋ねると、デリスさんは少し考えたあと、意地悪く笑って言った。

「その辺りの説明はメイサに聞きな。協力者に説明するのも術者の義務だからね」

「術者……ですか」

「ああ、メイサが中心となって異世界への扉を開くんだ。前に言ったことがあるだろう？　ひとりで異世界へ渡れそうな奴に心当たりがあるって。メイサのことだよ」

「……ああ！」

以前、デリスさんに聞いたことを思い出し、頷いた。

シオンと出会ってすぐくらいの頃、念のためという気持ちで彼女に聞いたのだ。

別の世界に渡る方法はないか、と。

それに対し、彼女は『ある』と答えた。ただし、魔女が最低三人。できれば四、五人必要で更には気候条件や時間を合わせるなど、とにかく条件が厳しいのだと言っていた。

それを聞いた私は、ほぼ不可能だと思ったのだけれど。

ただ、最後にデリスさんは、ひとり、自力でなんとかできそうな存在がいるとも言っていた。それがメイサさんと知り、納得する。

「確かに言っていましたね。でも、条件とか結構難しいんでしょう？　大丈夫なんですか？」

「開く世界の住人であるその男がいるからね。それに、補助となる魔具をメイサが手に入れたと言っていたから不可能ではないと思うよ」

「魔具……」

「異世界に繋がる特別なモノだよ。正直、そんな代物手に入れられると思っていなかったんだけどね。一体どこで見つけてきたのだか……。とにかくそれがあるからなんとかなるというところだね」

「へえ……。じゃあ、メイサさんとデリスさんのふたりで魔法を使うんですか？」

「いや、少しでも確率を高めるために、できればもうひとり欲しい。だからアマツキにも声を掛けているよ」

「アマツキさんも！」

「本当は、ミーシャの奴に手伝わせようと思ったんだけどね。あんたたちと面識のある魔女の方がいいかと思って」

「……ミーシャさん、ですか」

「千里眼の魔女。聞いたことはないかい？」

「いえ……」

新しく知った五人目の魔女の名前に首を横に振って答える。

そもそも私はデリスさんのことすら碌に知らなかったのだ。フリードに目を向けると、彼は「名前だけなら」と言った。

「千里眼の魔女。世界中を見渡すことができる脅威の魔女。彼女がどこにいるのか、どんな人物なのか、誰も知らないと言われているんだ」

「へえ……」

「偏屈だよ、あいつは。私たちの中でも一番年上でね。ギルティアとは別の意味で厄介なんだ。でも、悪い奴じゃない。だから今回も名前が挙がったんだが――」

言いながら、デリスさんが顔を顰める。

「面白半分にあんたたちにちょっかいを掛けそうだし、さっきも言った通り、あんたたちはミーシャと面識がないだろう。だからやめたんだ。代わりにアマツキに声を掛けた。あいつは渋っていたけどね。本来、魔女は国にひとりとされている。その慣例を破ってヴィルヘルムに来たんだ。それくらい協力しろと言ってやったよ」

「そ、そうなんですか……」

アマツキさんは元々はイルヴァーンの魔女だ。だが、私の包丁をメンテナンスするためにとわざわざヴィルヘルムに越してきてくれた。それを私は嬉しく思っていたけれど、あまりよくないことだったのか。

「その……なんか、すみません」

私のせいでと思い謝罪すると、呆《あき》れた顔をされてしまった。

「何言ってんだ。あんたが謝ることじゃないだろう。そうすると決めて、勝手に行動したのはアマツキなんだから。あいつは自分の行動のツケを自分で払うだけ。あんたが申し訳なく思う必要はないよ」

「はい……」

そうなのだろうなとは思うが、やはり無関係とは言えないので、返事は鈍る。

だけど、メイサさんとデリスさん、そしてアマツキさんという三人の魔女が揃《そろ》うという話にはドキドキした。世界に七人しかいない魔女のうち、三人が集まるのだ。

「話を聞いていると、ずいぶん大がかりな魔法になりそうですね」

黙って話を聞いていたフリードが口を開く。デリスさんが「ああ」と頷いた。

「間違いなく、過去最大規模の魔法になると思うよ。異世界への扉を開くなんて早々ないから、私たちも緊張しているんだ」

「デリスさんでも緊張するんですね」

「あんたは私をなんだと思っているんだい」

呆れたような顔をされたが、デリスさんはいつも飄々《ひょうひょう》としているイメージがあるのだ。だからあまり緊張とか、そういうことをしているような気がしない。

「あら、無事にヴィルヘルムの王太子夫妻を連れてくることができたのね」

デリスさんと話していると、蠱惑《こわく》的な声の主が突然会話に割り入ってきた。

声のした方向を見る。そこにはいつの間にかメイサさんがいて、こちらに向かって手を振っていた。

今日も彼女は薄絹を何枚も重ねたような色っぽい衣装を身につけている。その上から黒いローブを羽織っていた。黄金色の瞳と真っ赤な唇に自然と目が行く。

前回も思ったが、相変わらず強烈な美人だ。外を歩けば、全員が振り返ると思う。

「お久しぶりね。元気だった？」

突然現れた彼女はドキドキするような微笑みを浮かべ、私を見ている。綺麗に手入れされた爪《つめ》にはネイルが施されており、キラキラとしてとても綺麗だった。

「ご無沙汰《ぶさた》しています。メイサさん」

立ち上がり、頭を下げる。隣のフリードも私とほぼ同時に立ち上がり、礼を取った。

「お久しぶりです」

「直接会うのはこれで二回目かしら。前回は会えなかったから、ある意味初めましてよね、ヴィルヘルムの王子様。メイサよ。人からは結びの魔女と呼ばれているわ」

フランクなメイサさんに対し、フリードは恭しく頭を下げた。

「その節は名乗りもせず、大変失礼いたしました。改めて、ヴィルヘルム王国王太子、フリードリヒと申します」

「ご丁寧にどうも。でもあれは占い師として会ったから気にしなくていいのよ。ふふ……気力が充実して、幸せそうね。それで？　ここに来てくれたってことは、あの子に協力してくれるって話で合っているのかしら」

あの子、と言いながらメイサさんがシオンを見る。私たちと同じように立ち上がっていたシオンが、表情を強《こわ》ばらせつつも黙って頭を下げた。

メイサさんが目を細める。

「無事、ふたりを連れてくることに成功したようね。良かったわ」

「はい。おふたりの慈悲のおかげで……」

「そ。ちゃんと話したくないことも話した？」

「……はい」

少し間があったが、シオンは首を縦に振った。メイサさんが私を見る。

「この子から、ヴィルヘルムに来るまでの色々、聞いたかしら」

「は、はい」

返事をすると、メイサさんは含みのある笑みを浮かべた。

「そ。それならいいの。それがこの子が払う対価だから。ということは、あなたたちは全部納得した上でこの子に協力すると思って良いのね」

「全部かは分かりませんが、私たちは己の意志で彼に協力すると決めています」

私の代わりにフリードが答える。メイサさんは「そう」と満足そうに言った。

「なら、早速だけど話をさせてもらうわ。あなたたちにしてもらう協力だけど――」

私たちが一番知りたいところだと思いながら彼女を見つめる。だが、そんなメイサさんの話をデリスさんが容赦なくぶった切った。

「メイサ、その前にあんたにはすることがあるだろう」

「え？」

メイサさんがキョトンとした顔でデリスさんを見る。デリスさんは不機嫌丸出しでシオンを指さした。

「あんた、この子に謝ったのかい？　聞いていれば、自分のミスを棚に上げて、この子にだけ代償を払わせて。そもそもこの子がこちらに来る羽目になったのはあんたのせいだろう。あんたはこの子に誠心誠意《せいしんせいい》謝る必要がある。偉そうに『助けてあげる』なんて言っているんじゃないよ。ふざけているのかい」

「え、私そんなつもりじゃ……」

デリスさんの指摘にメイサさんが動揺する。一歩下がった彼女にデリスさんはツカツカと歩み寄り、いつの間にか持っていた杖《つえ》で頭をポコンと叩いた。

「い、痛っ！　何するのよ、デリス！」

「あんたが救いようのない馬鹿だからだろう。この子がこの世界に来たのは間違いなくあんたのミス。それをあんたは本当に分かっているのかい？」

「わ、分かっているわ！　だから私は必死で魔具だって集めて……」

「ほう？　そのわりには上から目線で、偉そうな態度だったように見えたがね。あんたがまずしなければならないことはなんだい。この子に謝って、必ず元の世界に帰すから待っていてくれと頼むことじゃなかったのかい。その様子だと最低限のことさえできていなかったみたいだけどね」

冷たい目でデリスさんはメイサさんを睨んだ。メイサさんはうっと呻《うめ》き、唇を尖らせている。

「だ、だって！　私たちは魔女よ！　ただの人間に対してそこまでする必要ないじゃない！　それに、私だってできることはやっているもの！」

「そういう考えが、ギルティアみたいな魔女を生むのだとあんたは知っていると思ったけどね」

「……そ、それは」

冷静な指摘に、メイサさんが黙り込む。だが、デリスさんは追及の手を緩めるつもりはないようだ。

「大体、あんたのミスで呼んだ子を保護すらせず放置するのも信じられない。最低でも自分の庇護《ひご》下に置いて生活を保証するのが当たり前だろう。それをあんたはつまらない予言まがいなことを言うだけ言って、タリムに放置したんだって？　責任って言葉の意味も知らないのかい」

「……」

「あんた、本当に分かっているのかい？　幸いにもこの子はここにこうしてたどり着いた。リディとその夫を連れてね。だが、そうなる可能性はとても低かった。もしかしたらタリムで死んでいたかもしれない。もしそうなったらあんたはどう責任を取るつもりだったんだい？　ああ、それとも自分のミスを隠蔽《いんぺい》するつもりだった？　ふざけるのも大概にするんだね」

「ち、違うわ。私、そんなことしようなんて……」

「あんたから話を聞いて、私はずっと怒っていたんだ。だけど、ここでこの子に今までのことを真摯に謝るのならよしとしようと思ってた。ところがどうだい。あんたは謝るどころか、自分のミスと認めながらも、この子に対価を払わせた。クズの所業だよ。あんたと同じ魔女だなんて吐き気がする。同類だと思われたくないね」

吐き捨てるようにデリスさんが言う。

本気で怒っている様子の彼女を見て、初めて私は、今日のデリスさんの様子がなんだかおかしかった理由が分かったと思った。

彼女は、ずっと怒っていたのだ。

メイサさんのシオンの扱い方に。

だからずっと不機嫌だったし、多分、これは八つ当たりになってしまうんだろうけど、それを大人しく当たり前と受け入れているシオンに対しても態度が悪かった。そういうことなんだと思う。

「人ひとりの人生をめちゃくちゃにしておいて、『助けてあげる』だなんて思い上がりも甚《はなは》だしい。『絶対に帰しますから、どうか許して下さい』の間違いだろう」

「う……」

「話を初めて聞いた時は、開いた口が塞《ふさ》がらないとはこういうことかと本気で思ったよ」

ビシビシとメイサさんをやり込めていくデリスさんをポカンと見つめる。

同じ魔女と思っていたが、どうやらデリスさんの方が立場が強いようだ。デリスさんの指摘にメイサさんは何も言えないでいる。タジタジだ。

「わ、私だって悪いと思っているのよ……」

「へえ？　そうは見えない態度だったけどね。で、最終的に私やアマツキまで巻き込もうって言うんだから大した女だよ」

「だ、だって私ひとりでやったら、また失敗するかもしれないじゃない……！」

メイサさんが泣きそうな声で言う。その様子はまるで子供のようで、私が知るミステリアスな彼女とは全然違った。人を煙《けむ》に巻く物言いは鳴りを潜め、必死でデリスさんに言い募っている。

「仕方ないじゃない！　ちゃんと帰そうと思ったら、魔女が最低三人はいるんだもの。で、でも私だって頑張ったわ。ヴィルヘルムの王太子夫妻に先に布石を打っておいたもの。お願いをするから宜しくねって。シオンだけに口説かせる気はなかったわ！」

「だから、何度言ったら分かるんだい。宜しくねじゃなく、どうか協力して下さい。お願いします、だろう。自分のミスから始まった問題のくせに偉そうに」

「……ううっ」

不機嫌そうに言うデリスさん。メイサさんはなんとも情けない顔をしている。

デリスさんがギロリとメイサさんを睨んだ。

「で？　その子とリディたちにまず言うべきことがあるだろう？」

圧力に負けたのか、メイサさんが私たちの方を向く。そうして小さく頭を下げた。

「……わ、私のミスでシオンはここに来ることになったの。ごめんなさい。その……なんとか彼を帰すために協力してくれると嬉しいわ……」

「えっ、えっと……」

まさか魔女から頭を下げられるとは思っていなかったので、返答に窮《きゅう》する。

そんな中、謝罪されたシオンが静かに告げた。

「──私は、別に。無事、日本に帰していただけるのなら、謝罪は必要ありません」

声音はしっかりとしていて、慰めの言葉を言っているようには見えない。フリードも口を開いた。

「私が協力するのもあなたのためというわけではありませんので、別に」

「わ、私も同じです」

急いで追随する。

私たちが協力しようと思ったのは、メイサさんに頼まれたからではなく、それぞれに思うところがあったから。だから、メイサさんの都合とかはどうでもいいのだ。

彼女に怒ることができるのはシオンだけ。でもそのシオンは謝罪はいらないと言っている。

「……ふん。皆、甘いね。せっかくだからここぞとばかりに対価を搾り取ってやればいいんだよ。私ならそうするけどね」

デリスさんが不機嫌そうに告げる。だけど声音にどこかホッとしたようなものを感じるから、彼女なりにメイサさんを心配していたのだろうと思う。同じ魔女のメイサさんを諫《いさ》めたことからもそれは明らかだ。

「全く……メイサはすぐ自分のやったことを棚に上げて偉そうに振る舞うんだから。あんたはそういうところ、昔から変わらないね」

「……説教なんてしないでよ。謝ったんだからいいじゃない」

口を尖らせながらもデリスさんに文句を言うメイサさん。それがまるで母親に叱《しか》られた娘のように見えてしまった。

ふたりの関係がますます分からなくなるが、決して仲が悪いわけではなさそうだ。叱られたメイサさんもデリスさんに対して、悪い感情を抱いていないようだし。

「……その、それで、私は帰れるのでしょうか」

張り詰めた空気が少し和《やわ》らいだタイミングで、シオンが話を切り出した。それを受け、しょんぼりしていたメイサさんがしゃきっと姿勢を正す。

「ええ、大丈夫よ。必要な魔具はあるし、他の魔女たちの協力も取り付けた。それに王太子夫妻を連れてきてくれたのだもの。これだけ条件が揃えば失敗はしない。間違いなくあなたが住んでいた世界へ帰せると思うわ」

「……良かった」

心底安堵したように息を吐くシオン。

その様子から、彼がどれだけ日本に帰りたいと願っているかが窺《うかが》い知れた。当たり前だ。彼にとっては自分が生きていた故郷なのだから。

白分のあるべき場所に帰りたいというのは当然の感情なのだ。

――うん、これは私も気合いを入れて協力しなければいけないな。

そう思っていると、フリードが口を開いた。

「それで魔女メイサ。教えて下さい。私たちがしなければいけない協力とはなんですか？」

「ええ、その話をまずはしないとね。長話になるから座ってちょうだい」

どうやらようやく本題に入れるようだ。メイサさんに言われ、先ほどまで座っていた席に腰掛ける。全員が座ったことを確かめ、メイサさんもデリスさんの隣の席に腰掛けた。

そうしていけしゃあしゃあと言う。

「デリス、あのまずいお茶はいらないから」

「……ここまでこっちを振り回しておいて、よく言うものだよ。まず、茶を出してもらえると思っているのがふてぶてしい」

「え、だって喉が渇いたもの」

「……ちっ。少し待ちな。全く、人の家を勝手に集合場所にしたことにも文句を言いたいって言うのに」

億劫《おっくう》そうに立ち上がり、デリスさんが部屋を出ていった。そんな彼女にメイサさんが言う。

「だって仕方ないじゃない。他に良さそうな場所がなかったんだもの。まさかヴィルヘルムの王太子夫妻にこちらの工房まで来いとは言えないし、アマツキはヴィルヘルムに越してきたばかりだし。どう考えてもあなたの家が適当だったのよ」

「……はあ」

隣の部屋から重いため息が聞こえ、思わず苦笑した。

しばらくして、デリスさんがお茶を持ってくる。配られたお茶の中身を覗き込んでみたが普通だった。薄い緑色のお茶。今日は緑茶なんだなと思いながら、有り難くいただく。口に含んだ瞬間、予想だにしなかった強烈な味が喉を焼いた。

「っ⁉」

吹き出さなかったのが奇跡だと思った。

とてつもない青臭さと苦みが口内に広がる。喉が焼けるように染みた。ただの液体にしか見えなかったのに喉に絡んで気持ち悪い。刺激が強すぎたのか舌がピリピリと痺れている。

全く構えてなかったところにきたこの衝撃。デリスさんのお茶の威力に撃沈した。

「うっ……あ……」

なんとか飲み込む。あまりの気持ち悪さに喉を押さえた。

これは……酷い。

そういえば、前にもこんなことがあったなと思い出す。

あれはカインと一緒にデリスさんのところへ行った時のことだ。

緑茶が出てきたと思い、何も構えず飲んだ結果、青汁を煮詰めたような強烈な味に泣いたのだ。

その時のことをすっかり忘れて警戒していなかった。

デリスさんはわりとこういうことをやる人だと知っていたのに。

「か……は……あ……」

ぶるぶると震えながらもフリードとシオンを見る。彼らも声こそ出してはいなかったが、悶絶《もんぜつ》していた。特にシオンはデリスさんのお茶は初めてだったから、衝撃はかなりのもののようだ。毒でも盛られたのではという顔をしている。

私は誤解を解くべく、必死に言った。

「あ、あの……デリスさんには薬の魔女という異名があって……その、お茶自体はアレだけど効能はすごいから……だからその……決して毒とか、そういうのじゃないの……」

喉に絡み付く苦みと戦いながらも告げる。シオンは私とフリードの反応を見て、自分だけではないと納得したのか、苦しみつつも頷いた。しかし、強烈な苦みと臭みだ。

いつまで経っても舌に残って気持ち悪いことこの上ない。

「フ、フリード、大丈夫?」

今度は夫に声を掛ける。フリードは小刻みに身体を震わせながらもなんとか頷いた。

完全無欠《かんぜんむけつ》の王太子が悶絶している様などそう見られるものではない。だが、現在進行形で同じ苦しみを味わっているものとしては、そうなるよねと同意しかなかった。

フリードが私を見る。その目に涙が滲んでいるような気がした。……分かる。

「……大丈夫……だよ。デリス殿のお茶を飲むのは初めてではないし。しかし、これは……」

「うん、すごいね。私もこのレベルは初めてかも」

口の中が気持ち悪い。

苦笑しながらもこのお茶を出してくれたデリスさんを見る。彼女は私と目が合うと、待っていたかのように新しいカップをテーブルの上に置いてくれた。

「水だよ。飲むかい？」

「ぜひっ……！」

フリードとシオンにも配る。コップ一杯の水を飲むと、ようやく臭みが落ち着いた。それと同時に身体が軽くなったように思う。

「あ……」

「国際会議とやらで疲れただろう？　その疲れを取ってやろうと思ってね」

意地悪い顔で言うデリスさん。確かに疲れは取れたように思うけれど、それなら先にそう言って欲しかったと思うのは贅沢だろうか。心の準備ができているのといないのとでは、衝撃が全然違うというのは彼女も分かってくれていると思うのだけれど。

いや、そういう可能性があることを分かっていたくせに、警戒を怠った私が悪いのか。

「……ごちそうさまでした。すごい、味、でした」

美味《わい》しいとはさすがに口が裂けても言えない。すごいと表現すると、デリスさんは楽しげに笑った。

「ま、そうだろうね。メイサへの嫌がらせも兼ねているから」

「えっ……」

そういえばメイサさんは？

デリスさんの隣に座っていたメイサさんの姿がいつの間にか見えなくなっていると思っていると、床の方から呻き声が聞こえてきた。

「何よ……これ。私、まずいお茶なんて嫌だって言ったのに……」

メイサさんが涙目で床に手を突いている。どうやら座っていることすらできなかったようだ。余程嫌なのか、吐き出すようなポーズをしていた。

デリスさんを睨み付ける。

「水……デリス、私にも水を寄越しなさいよ」

「嫌だね。あんたはそのままだよ。どうにもあんたは全く反省していないようだからね。少しくらい痛い目を見た方が良いだろう」

「少し⁉　こんなの毒の方が美味しいくらいじゃない！」

「良薬は口に苦いんだよ」

「最っ低！」

文句を言うメイサさんだったが、あまりの不味《まず》さに力が出ないのか、その声はどこか弱々しい。デリスさんから水をもらえないと分かった彼女は立ち上がると、渋い顔をしつつも椅子に座り直した。

むにむにと唇を動かす。

「本当にクソ不味いったら」

「最悪に臭くて不味い薬草をたっぷり混ぜ込んでやったからね。当然だろう」

「何よ。私への嫌がらせにこの子たちまで巻き込むとか最低」

「大丈夫さ。リディは私の出す茶に慣れているからね」

そうだろうとこちらを見られた。

確かに、慣れていると言われれば慣れているが、こんな突然のテロみたいな真似《まね》はやめて欲しいのが本音だ。

「えと……できれば、ヤバいお茶は先にそう言って下さると助かります」

お茶自体はデリスさんの厚意だと分かっているので飲まないとは言わないが、せめてどんなお茶なのか教えて欲しい。そういう気持ちで告げると、デリスさんは不思議そうに言った。

「言ったら面白くないだろう。お前さんたちの驚く顔が見たいのに」

「……」

どうやらデリスさんはメイサさんへの嫌がらせと同時に私たちの反応を楽しむということもやっていたようだ。

今後はデリスさんから出されたお茶は、たとえ匂いと見た目が普通でも、心して飲むことにしよう。

大丈夫と思い込むと碌な目に遭わないから。

——うん。

油断大敵《ゆだんたいてき》という言葉を私は自分の胸に刻み込んだ。

◇◇◇

「それで——あなたたちにしてもらう協力の話なんだけど」

なんとか全員が立ち直り、話を聞ける状況になったタイミングで、まだ涙目のメイサさんが切り出した。

　ようやく聞きたかった話が聞けると身を乗り出す。

　フリードはまあ分かるが、私にできる協力。それがなんなのか知りたかった。

　メイサさんがシオンを見る。

「……今から、ヴィルヘルム王家の人間以外が知ってはいけない話をするわ。悪いけど、あなたは少し席を外してくれないかしら」

「え……」

　突然席を外せと言われたシオンが目を見張る。デリスさんが立ち上がり、シオンに言った。

「あんたが知る必要のない話だよ。しばらくの間、私と一緒に隣の部屋で待っているといい」

「……ですが……いえ、分かりました」

　食い下がろうとしたシオンだったが、諦めたように頷いた。デリスさんと一緒に隣の部屋へと消えていく。扉が閉まったところで、メイサさんが言った。

「まず言っておくわね。私が今から話すことを知っているのは魔女だからよ。決して誰かから漏れた話ではないから、そこは心配しないで」

「……分かりました」

　少し遅れてフリードが返事をする。間違いなく、神力関連の話なのだろうなと私も察した。

　メイサさんは頷き、話を続ける。

「あなたのお父様とも親交はあるけどね。彼から聞いたということもないから」

　国王と交友があると告げるメイサさんを見る。

デリスさんやフリードからその話は聞いていたので、今更驚いたりはしなかった。

フリードが静かに言う。

「……あなたは父と付き合いがあるのですね」

「ええ、結構長いかしら。お父様から聞いた？」

「少しだけ、ですが」

フリードが答える。メイサさんは楽しげに言った。

「ふふ、そう。その様子だと詳しい話は聞いていないのね？」

「……聞いてはいけないと思いましたので」

「賢明な子って好きよ」

にこりと笑い、メイサさんは私たちにウィンクをした。そういうポーズがとても様になる人だ。

「そうね、そのご褒美に教えてあげるわ。もう終わったことだしね。以前、あなたの結婚相手について、相談を受けたのよ。そろそろ息子に婚約者をと考えているが、誰を選ぶのが正解か、とね。ヨハネスとは付き合いも長いし、相談に乗ってあげたわ」

「……」

さらりと告げられた話に驚きを隠せない。フリードも目を見張っていた。

「父上が？」

「ええ。私は助言しただけで、最終的に選択したのは彼だけれど。でも、おかげであなたは、文句の付けようのない婚約者を得られたでしょう？」

思わず、メイサさんを凝視した。

もしかしなくても、フリードの婚約者を決める話に彼女が一役買っていたのか。

「あなたが……リディを？」

「指名したわけではないわよ？　そこまで私たちには許されていないもの。彼女をあなたの婚約者とすることを決めたのは間違いなくヨハネスなの。――あなたのことを想ってね」

「……」

「大正解だったでしょう？」

笑みを浮かべるメイサさんに、フリードは絶句していたが、ややあって頷いた。

「はい。リディが私の婚約者だったことで、全てがスムーズに進みました」

「これぞと思い連れてきた女性が、偶然にも自分の婚約者だった。運が良いと思ったでしょう？　お父様に感謝しなさいね」

「……はい」

言外に偶然ではなかったと言われ、フリードは神妙な顔をした。

私はといえば、唖然といったところだろうか。

一体どこからどこまでが魔女の手の内だったのかと真面目に考えてしまった。

もしかして、私が仮面舞踏会に行ったことすら、魔女にとっては想定内だったのかもしれない。

「……」

――さすがにそれはないな。

なんだか、自分の意思ではなかったように一瞬思ったが、いやそうでもないなと思い直した。

だって仮面舞踏会に行くと決めたのは間違いなく私の意思だった。フリードに狙いを定めたのも、自分でちゃんと決めてのこと。

誰かに指示されたわけではないのだ。

それに、今の私は幸せなので。

メイサさんが絡んでいたと聞いても、「ふーん」程度にしか思わない。

フリードを見ると、彼もいつもと変わらない顔に戻っていた。どうやら心配する必要はなさそうだ。

メイサさんが真剣な顔になり、私たちに言った。

「話を戻すわね。あなたたちにしてもらう、協力のことなのだけれど。……異世界へ通じる扉を開くには、様々な条件が必要なの。魔女が最低三人。特別な魔具に気候条件、そしてその異世界に住む人間。あとは、想像はつくでしょうけど、膨大な魔力が必要になるわ。ここまではいい？」

「はい」

本題に戻ったことに気づき、こちらも姿勢を正す。

そうだ、今聞きたいのは、シオンが日本に帰るために、私たちが何をしなければならないのか、だ。

メイサさんの言う異世界転移の条件についてはデリスさんに聞いていた通り。

膨大な魔力が必要というのも異世界への扉を開くというのなら当然と思えた。

「――最後にひとつ、異世界への扉を開くのに欠かせないものがあるわ。そもそも世界というのはそれぞれの世界の神が管理しているの。異世界への扉は普段は神の力で封じられていて、それを私たちは己の力を使って開かなくてはならない。分かるかしら」

「……はい」

鍵が掛かっているみたいなものかなと思いつつ返事をする。

「神の力で封鎖された扉は、同じく神の力でしか開かない。神の力。神力が必要になるのよ」

「っ……」

やはりそうなるのか。どうしてメイサさんがフリードを必要としたのかその言葉で理解したと思った。

神力。

フリードが持つ特別な力。神の子孫であるフリードは魔力ではなく神力と呼ばれる力を有している。それは人間に制御できるようなものでなく、だからこそ王華というシステムが必要なのだとか。

王華があって初めて、神力制御は可能になる。フリードも私に王華を与えるまでは、かなり制御に苦心していたと言っていた。

私が知っているヴィルヘルム王家の王族にのみある力なんてそれくらいしかないからもしかしてそうかなとは思っていたけれど、正解だったようだ。

メイサさんがフリードに目を向ける。

「私たちの魔力が扉への道を開く。その扉を開くのはフリードリヒ王子、あなたの持つ神力なのよ。それがなければそもそも扉は開かない。鍵がなければ扉が開かないのは当然ということは分かるわよね？」

「……はい」

フリードが頷いたのを確認し、手を挙げた。

「すみません。フリードの役目は分かったんですけど、私は？　私は神力なんてないんですけど」

今は確かにヴィルヘルムの王族として名を連ねているが、元々は普通の公爵令嬢。中和魔法は使えるけれど、フリードみたいな力はない。

だが、メイサさんは否定した。

「あなたには、王華があるでしょう？　扉を開くにはかなりの力を使うわ。それこそ人ひとりでは制御できないほど大きな力を使うのよ。それを問題なく使用するためにあなたがいる」

「リディがいなくても、王華があれば神力制御には問題ありませんが」

いつものように魔力とは言い換えず、あえて神力という言葉を使い、フリードが尋ねる。

「それでは駄目なのですか？」

「駄目ね。直接、王華を授けられた存在が側にいることに意味があるのよ。彼女が側にいるかいないかで、あなたの神力を制御する力は大幅に変わる。フリードリヒ王子。あなただって分かっているでしょう？」

「……はい。リディがいるとより力が安定するのは以前から感じています。ただ、離れていても支障はないと思いますが」

フリードが己の拳《こぶし》を開いたり閉じたりしながら確かめるように言う。

「普段の生活や戦争程度では支障はないでしょうね。でも、あなたにやってもらうのは、神の力で封じられた扉を開くという偉業。今まで扱ったことのない量の神力を使うことになる。その安定に彼女は必須《ひっす》なのよ」

「……なるほど」

「ちなみに、力を使ったあとは、著しく弱体化するから。ほぼ空っぽになるまで神力を使ってもらうことになるんだもの。全快まで……そうね、ひと月からふた月くらいは掛かると思って間違いないわ」

「そんなに……？」

あまりにも長すぎる期間にギョッとした。

思わずフリードを見る。

「だ、大丈夫なの？　確か、冬にはタリムの南下があるんだよね？」

毎年あるタリムの南下。その対処に当たるのはフリードなのだ。

フリードも厳しい表情で考え込んでいる。

「うん……タリムの南下の時期は大体決まっていて、普段なら今からふた月後ぐらいに始まるんだ。二国間会議でハロルドも南下の準備を始めていると言っていたから今年もあるのは確実だろうし……今、準備をしているということは……いつも通り、いや、早めの可能性もあるからひと月後ということもあり得るかも」

「ひと月後って……！　フリードが回復してない可能性があるってことじゃない。そんなの駄目だよ！」

キッとメイサさんを見る。

「メイサさん。申し訳ありませんけど、フリードは貸せません。だってこの人は軍の総指揮官で、前線に立たなければならないんです。その時力が出なくて……なんて話になったら、私、後悔してもしきれない。シオンのことは戻してあげたいって思いますけど、私はフリードの方が大事なんです。だから――」

必死だった。

戦争のことはよく分からないけど、フリードがいつも傷ひとつなく帰ってくるのは、彼が普通にはあり得ない力を有しているからだと知っている。だけど、その力を使えなくなったら？

――嫌だ！

ゾッとする。

フリードが怪我《けが》をするなんて、想像だけでも無理だと思った。

私は立ち上がり、彼女に訴えた。

「駄目、駄目です。フリードが怪我したりしたらそんなの私……」

「リディ、落ち着いて」

泣きそうになる私を宥《なだ》めたのは、同じく立ち上がっていたフリードだった。

彼は私を引き寄せ、抱き締める。

「リディ、私は大丈夫だから」

「大丈夫って……そんなの分からないじゃない……！　だって、メイサさんはふた月は掛かるって

……！」

去年のことを思い出す。まだ私がフリードのことを好きだと自覚する前の話だ。

その時も彼はタリムとの戦争に出立したが、やはり私は平静ではいられなかった。話を教えてくれた兄に取りすがり、動揺したことを覚えている。

あの時でさえそんな状態だったのだ。相思相愛《そうしそうあい》となり、結婚した今となっては、彼に何かあるかもと思うだけで動悸《どうき》が激しく、胸が苦しくなってくる。

目を潤ませながらフリードを見つめる。そんな私を落ち着かせるような声が掛かった。

「あくまで全快するにはってだけの話よ。いつも戦争時に使っている力くらいなら数週間もすれば回復するわ」

「えっ……」

告げられた言葉を聞き、メイサさんを見る。彼女は酷く楽しそうな目をして私を見ていた。そうして今度はフリードに尋ねる。

「それとも、タリムの南下は今すぐに行われるようなものなの？」

「いえ。先ほども言った通り、最短でもひと月は後かと。……メイサ殿なら、タリムの南下時期もご存じなのでは？」

フリードの質問は尤もなものだと思ったが、彼女は緩く首を振った。

「もちろん占うことはできるけど、やらないわ。デリスなら頼めば教えてくれるかもしれないけれど、私たちの関係はそこまでではないでしょう？　……それに詳細な時期まで教えるのは、魔女のルールに抵触するのよ。だって、知ってしまったら完璧《かんぺき》な対応ができてしまうじゃない。介入しすぎ、と判断されるわ」

「……なるほど。失礼いたしました」

フリードが頭を下げる。魔女のルールと言われれば退《ひ》くしかないし、確かに詳細な時期を知ってしまうのはルール違反だと思った。

「分かってくれればいいのよ。とにかく私が言いたいのは、タリムが南下してくるのが少なくともひと月は後なら、彼が力を使ってもなんの問題もないんじゃないいってこと」

「分かりました。だってさ、リディ。戦場に立てるレベルには回復しているらしいよ？」

フリードが腕の中にいる私に優しく告げる。私は小さくなって謝った。

「……はやとちりしてごめんなさい」

よくよく思い返してみれば、確かにメイサさんは『全快には』と言っていた。普段通り戦えるレベルに回復するにはとは言っていないのだ。

いつも通りにフリードが振る舞えるのであれば、私が反対する理由はどこにもない。

しょぼくれる私の頭をフリードが愛おしげに撫でる。

「リディは私のために反対してくれたんだよね。ありがとう」

「うっ……でも、結果として、私がはやとちりしただけだったから……」

「私は嬉しかったけどな」

本当に嬉しそうにフリードが笑う。だが、彼に喜んでもらおうと思って言ったわけではない。

「メイサさんに失礼なことを言ってしまったのが問題なの。その……本当にすみませんでした。きちんと話を聞いていなかった私が悪かったです」

メイサさんの方に向かって頭を下げる。彼女は微笑ましいものを見るような顔をしていた。

「良いのよ。大事な旦那様に何かあったら嫌だって気持ちは分かるもの。本当に仲が良いのね。素晴らしいことだわ」

「うう……すみません」

「謝らなくて良いって言ってるのに」

笑いながら告げ、改めて彼女が私たちに言う。

「私があなたたちに協力してもらいたい内容、理解してくれたかしら。これはヴィルヘルム王族であるあなたたち以外にはお願いできないことなの」

「確かに、私たち以外では無理でしょうね」

「あなたのお父様とお母様でも可能と言えば可能だけれど、それこそあの子とはなんの関わり合いもないでしょう？　頼めるのはあなたたち以外にいないのよ」

「分かります」

フリードと一緒に私も頷く。確かに話を聞けば、国王や義母でも大丈夫だとは思うが、彼らがシオンに協力する理由はどこにもない。私たちだからこそ協力しようと思えるのだ。

「ひとつ、質問をしても宜しいでしょうか」

フリードが尋ねる。メイサさんは頷いた。

「ええ、もちろん。不安を残しておくのはよくないもの。何でも聞いてちょうだい」

「……今の話を伺うと、そもそも異世界への扉を開くには私……というか、ヴィルヘルム王族の力が必要という話になります。ですが、魔女デリス殿はおっしゃいました。あなたはひとりでも異世界の扉を開くことができる……と。それはどういうことでしょうか」

「あっ……」

確かに、と目を瞬かせる。メイサさんはにっこりと笑った。自信に満ち溢れた笑みだった。

「いいところに気づいたわね。確かに私には神力なんてものはないわ。でも、これでも魔女なの。正攻法以外の方法だって知っているし、それを使って自分ひとりで行き来できる程度の穴ならなんとかこじ開けることだってできるのよ。……まあ、失敗もよくするんだけど、渡るだけならそう難しいことではないわ。でも、狙っていた世界に跳べるかと聞かれれば、確実にとは言えない。世界は移ろいゆくものだから。間違った世界に万が一送ってしまった時のことを考えるとね、私の方法をあの子には使えないのよ。できるだけ、確実な方策を取りたいの」

「なるほど」

「ちなみにあの子がこの世界に来たのは、私の転移失敗に巻き込んだから。まさか向こうの人間をこちらに連れてきているとは思わなくて、気づいた時には焦ったわ。ま、たまに異世界から人がやってくるってことはあるんだけど、それはあくまでも偶然だしね。神すら意図しない穴が突然あいて、異世界から人が来る。でも、その面倒を見る気はないわね」

私の責任ではないことは知らないとはっきりと言ったメイサさんを見る。

「異世界への扉をこちらから開けるのには、かなりの準備と労力がいるわ。正攻法でも邪道でも。慈善事業でできることじゃないのよ」

「慈善事業、ですか」

「ええ。先ほど言った、扉を開くのではなく、ひとり分の穴をあける方法。こちらなんかね、かなりのリスクがあるのよ。まあ、正攻法ではないのだから危険があるのは当然よね。私はそれに納得して、時折魔法を使っているけれど、赤の他人のためにリスクを冒してあげる気はないの。魔女にとっても厳しいリスクなのよ」

「そう、なんですか」

魔女であるメイサさんですら躊躇するほどのリスク。それはなんだろうと思ったが、聞いてはいけないのだろうなと思い、口を噤んだ。メイサさんが私の心情を読んだかのように微笑む。まるで、それでいいと言わんばかりだ。

「ありがとう。あまり、話したいことじゃないから、聞かないでくれるのは嬉しいわ。とはいえ、あの子がこの世界に来たのは私のせいだから、あの子のためにならそのリスクを冒しても構わないのよ。それくらいの責任を取るつもりはあるから。でも、さっきも言った通り失敗する可能性が高いの。二度もあの子を私の失敗に巻き込むわけにはいかない。だから、正攻法を使うしかない。確実に、あの子を元の世界に帰してあげるために」

真剣な口調で告げるメイサさんを見つめる。

彼女が本気で、シオンをこの世界に連れてきてしまった責任を取らなくてはと思っていることが伝わってきた。

反省しているのかと聞かれれば難しいけれど、彼女がシオンを元の世界に帰そうとしている、そのつもりがあることはよく分かった。

確率の低い方法ではなく、できるだけ確実に。シオンのために。

それは正しいと私も思う。

話を聞いたフリードが鋭い視線をメイサさんに向ける。

「よく分かりました。それでは最後にもうひとつだけ。リディに危険はないのですね？　話を聞くと、彼女は私の補佐としてのみ必要なようです。それに相違ありませんか？」

「あなたの妃にしてもらうことは他にもあるんだけど、命の危険とかそういうのはないって誓えるわ」

「私の力も数週間もあればある程度は回復する。そういうことですね？」

「ええ」

「――分かりました」

最終確認をし、納得したのかフリードは頷いた。

椅子から立ち上がり、メイサさんに言う。

「シオンが日本に帰る協力をしましょう。私の力でよければ、使って下さい」

私もフリードに倣《なら》い立ち上がった。

「私も、協力します。私にできることがあるのなら、言って下さい」

「――本当に、いいのね？」

メイサさんが真偽を確かめるように私たちを見てくる。それにはフリードが答えた。

「もちろんです」

「……助かるわ」

メイサさんがほうっと息を吐き出す。疲れたように微笑んだ。

「良かった。あなたたちに拒否されたら、もうどうしようもないもの。扉は開けられない。失敗覚悟で穴をあけるしかないかしらって、半分覚悟していたの」

「……それ、失敗したら、シオンがもっと悲惨な目に遭うやつじゃないですか」

この世界の別の場所に跳ばされたくらいならまだいい。全くの別世界にまた跳ばされたらと考えるとゾッとする。

私の言葉にメイサさんは「そうなのよ」と同意した。

「だから、できればそれは最終手段にしたかったの。もちろん、こちらの世界に戻ってこられる片道切符の魔具もあるのだれど、一度使えば終わりだし、いくつもあるものでもないの。異世界に行くって、思うほど簡単な話じゃないのよ」

「そ、そうなんですか……」

手間を想像したのか、メイサさんがうんざりした様子で言う。

「ま、それはしなくて済んだから良かったんだけど。とは言っても、正攻法が一番難しいのだけれどね。あなたたちがいるのなら、失敗はしないでしょう。鍵があるのとないのとでは全然やりやすさが違うわ。扉まで繋げる魔力だって魔女が三人いれば十分賄《まかな》えるし、魔具だって手に入れた。扉さえ開けば、あの子は絶対に帰れるわ」

「はい」

魔女が絶対と告げたのだ。シオンは必ず日本に帰れるのだろう。そう信じることができた。

――良かった。

心からホッとする。話は済んだのか、メイサさんが隣の部屋に続く扉を開けた。中に首を突っ込み、「終わったわよ」と声を掛ける。

「やれやれ、無事、話はついたのかい」

待ちかねたとばかりにデリスさんとシオンがこちらにやってくる。シオンはどこか落ち着きがない様子だ。話し合いの結末がどうなったのかと不安なのだろう。

全員がもう一度椅子に腰掛けたのを見て、メイサさんが切り出す。

「協力は取り付けたわ。異世界への扉を開く条件は揃った。やれる」

「……ありがとうございます」

シオンが安堵したように頭を下げた。デリスさんがメイサさんに鋭く尋ねる。

「で、いつやるんだい？」

「そうね。準備があるから、さすがに今すぐには無理だけど、五日もらえるのならなんとか用意してみせるわ」

少し悩んだものの、メイサさんは具体的な日数を口にした。デリスさんが確認するように言う。

「五日後、か。ちょうどその日は満月だったね」

「ええ、火曜日だから赤い月。赤い月と満月が揃うの。異世界転移にはちょうどいいわ」

「異世界転移に月って何か関係があるんですか？」

気になって聞いてしまった。

私の質問にメイサさんではなくデリスさんが答える。

「ああ。昔から魔女の間では、赤い満月の日は魔力が高まると言われていてね、魔力を多量に使う魔法を行使する時はわざとその日を選ぶことがあるのさ」

「へえ……」

「魔女の血を沸き立たせる赤い火曜日。あんたちには分からないだろうけどね、実際、魔法の成功率や効能が全然変わるんだよ」

「そういえば……」

それまで黙っていたシオンが何かに思い当たったように口を開いた。

その名前を呼ぶ。

「シオン、どうしたの？」

「いえ、今思い出しましたが、私がこの世界に来た時にも空に、真っ赤な月が昇っていたなと。それで、ここは地球ではないのだと思い知ったんですよ」

今まで忘れていましたと呟くシオン。メイサさんが当然のように言った。

「私が異世界転移を試す時は、火曜日を選ぶもの。少しでも成功率を上げたくてね。ま、それでもあの日は失敗したんだけど」

「自慢げに言うことじゃないよ」

ぽかっとデリスさんがメイサさんの頭をはたく。メイサさんは「痛っ」と言いながら己の頭を押さえた。

「何も叩かなくてもいいじゃない！」

「あんたが馬鹿だからだろう、全く」

軽く睨《ね》めつけ、ため息を吐くデリスさん。そんなデリスさんにメイサさんが突っかかっている。本当に今日だけで、かなりメイサさんのイメージが変わった。

もっとミステリアスな女性かと思っていたのに、子供のように愛らしい人だと今は思う。

「……では、私は五日後に帰れるのですか」

ぽつんとシオンが言う。その声音に嬉しそうなものが見えず、全員が困惑したように彼を見た。

メイサさんが首を傾げながら彼に聞く。

「そうよ。え、何、嬉しくないの？　あなたは帰りたいからヴィルヘルムの王太子夫妻を連れてきたのでしょう？」

「もちろんです。私は今まで帰りたいという気持ちだけで生きてきましたし……でも、なんと言うのでしょうか。あまりにも突然すぎて実感が湧《わ》かないと言うか……失礼な言い方になるのは分かっていますが、今までが今までしたので、本当に帰れるのかと疑ってしまう気持ちが……」

そう言って困ったように笑うシオン。彼は私たちに向かって頭を下げた。

「申し訳ありません。私のために骨を折って下さっているのに」

「……あんたは今まで散々しなくていい苦労をしてきたんだ。そんな風に思うくらい別に誰も気にしたりしないさ」

　デリスさんが仕方ないと言わんばかりに言う。私も彼女に続いた。

「ええ。突然帰れるとなって戸惑うのは当然だと思うもの。でもシオン。デリスさんがいるんだから大丈夫よ」

　励ましの言葉を贈る。シオンが小さく笑った。

「メイサ殿ではなく、デリス殿なんですね？」

「ええ、長い間お世話になっているのはデリスさんだから。あ、でも、別にメイサさんを信じてないとかそういうわけではないんです！」

　慌ててメイサさんに言う。彼女は笑って言った。

「分かっているから、気にしてくれなくていいわ。私よりデリスの方が付き合いが長い。そういう話でしょう？」

「は、はい！　そうなんです！」

　良かった。分かってくれたと思いつつ、何度も頷く。デリスさんが、ふむ、と顎《あご》をさすった。

「まあ、メイサを信じられないというのは分かるよ。私もこいつはあまり信用しない方が良いと思うからね」

「デリス！　また余計なことを言って!!　私は魔女としてちゃんとやっているわ！」

「そうだといいねえ。そうだ。アマツキにも連絡しておやりよ。今日、ここには来ていないんだから」

アマツキさんの話題が出た。

最後の協力者であるアマツキさん。そういえば彼女が来ていないなと思っていると、メイサさんが苦虫を噛《か》み潰したような顔で言った。

「アマツキね。アマツキはあれよ。事情は分かったから協力するけど、忙しいから日時が決まったら教えてくれって言ってたわ。実行日以外は呼ぶなって。だから今日は呼んでいないの」

「……あいつらしい。どうせ、刃物《はもの》でも打っていたんだろう」

「多分、そうだと思うわ。ヴィルヘルムの水と相性がいいとかなんとか言ってたから」

なるほど。アマツキさんらしい答えだ。

メイサさんが気を取り直したようにシオンに言った。

「異世界転移の魔法を使うわ。五日後の夜。月の力が一番強くなる時間帯にね。集合場所はここ。それまでに、これまでお世話になった人たちにお礼を言っておきなさい」

「え……」

予想外のことを聞いたという顔をするシオンに、メイサさんが呆れたように言う。

「黙って消える気だったの？　それはあまりにも恩知らずというものよ。最低限、挨拶くらいはしておきなさい。異世界へ帰る、なんて言わなくてもいいわ。そうね、故郷に帰ることになったとでも言えば、納得してくれるでしょう。フリードリヒ殿下。そういうことにしていただけるかしら？」

「もちろんです」

フリードが了承する。

「異世界へ帰った、などとはさすがに言えませんから」

「そういうことね。立つ鳥跡を濁さずという諺《ことわざ》は知ってる？　精々、自分の身の回りくらい綺麗にしてから帰りなさい。いいわね、シオン」

「――はい」

念を押すように名前を呼ばれ、シオンが返事をした。話の終わりを感じ、辞去の挨拶をしようとすると、フリードが私の腕を掴む。

「フリード？」

「シオン、先に帰ってくれ。私たちは少しデリス殿に用事がある」

「……お付き合いいたしますが」

不思議そうに言うシオンに、フリードは首を横に振った。

「お前は帰るのだろう？　だからもう、ヴィルヘルムのことに首を突っ込まなくてもいい。これは当事者である私たちの話だ」

「……分かりました」

フリードがするのはこれからのヴィルヘルムの話。そう言われれば、シオンは引き下がるしかない。無関係だと言われ、悔しそうにはしたが、フリードの言うことの意味は分かるのか、大人しく従った。

「それでは、先に城に戻らせていただきます」

「ああ、一応言っておくが、アレクには話しておけ。あれはお前の上司のようなもの。話をするのが筋というものだろう」

シオンが了承するように、深く頭を下げる。

「……出発までには必ず。ですが、それまでは仕事を続けることをお許し下さい。少しでもヴィルヘルムという国に貢献がしたいのです」

「分かった」

「ありがとうございます。……失礼します」

再度頭を下げ、シオンがデリスさんの家を出ていった。

シオンがいなくなり、なんとなく家の中の空気が緩む。メイサさんが「それじゃあ私も」と口を開いた。

「魔法を使うための事前準備があるからもう行くわ。五日後の夜に宜しくね。あ、忘れてたわ。フリードリヒ王子。当日、神剣を持ってきてちょうだい。神力を更に安定させるために使うから。安全のための方策は多ければ多いほどいいでしょう？」

「アーレウスを？　分かりました」

不思議そうにしながらも、フリードは承知した。

メイサさんの言う神剣とは、私と婚約した後にフリードが国王から授けられた、歴代国王が持つ黄金の剣だ。正式名称は神剣アーレウス。

ものすごく綺麗で、鑑賞用のように見えるけど、実戦用の剣だと知っている。

室内にいる時は知らないが、確か外に出る時はほぼ腰に提げていたのではないだろうか。

案の定フリードが言った。

「常に身につけていますので、言われなくても持っていくとは思いますが、忘れないようにします」

「お願いね。じゃ、私も一旦《いったん》戻るわ。お疲れ様」

艶《あで》やかに笑って、メイサさんがその場から消える。ほぼ同タイミングで、カインが家の扉を開けた。

「シオンの奴が出ていったのを確認したから来たけど、構わないよな?」

どうやら外で様子を窺っていたらしい。家の主であるデリスさんが声を掛ける。

「いいよ。こっちにおいで」

許しを得て、階段を三段飛ばしで下りてくるカイン。ある意味いつものメンバーになったなと思っていると、デリスさんが言った。

「で? わざわざ話があるとはなんだい? ま、どうせギルティアのことなんだろうけどさ」

「……慧眼《けいがん》、恐れ入ります」

フリードが頭を下げる。彼はそのままの姿勢でデリスさんに聞いた。

「魔女のルールに抵触しない程度で構いません。サハージャの魔女、ギルティアについて教えて下さい。私たちにはあまりにも情報が少ない。魔女とマクシミリアンが繋がっていると判明した今、少しでも情報が欲しいんです」

「デリスさん、私からもお願いします」

フリードの隣で、私も一緒に頭を下げた。ギルティアの話を聞きたいと彼が言っていたのは覚えているし、私だって他人事《ひとごと》じゃない。一緒に頼むのが筋だと思った。

「……頭を上げな」

しばらく無言が続いたあと、デリスさんが言った。

おそるおそる顔を上げる。彼女は難しい顔をしていた。

「ギルティアとサハージャの国王が手を組んだのは確かなんだね？」

「はい。サハージャ国王本人がそれを認めましたから」

きっぱりとフリードが告げる。デリスさんはとても嫌そうに舌打ちした。

「そうかい。やっぱりあれは自己を誇示することをやめられないんだねえ」

「あなたにお聞きするのがよくないとは分かっています。ですが、あなたを頼るより方法がなく。もちろん、依頼金はお支払いします。お望みの金額を言っていただければすぐにでも——」

「いらないよ」

フリードの言葉をデリスさんは静かに拒絶した。

「いらない。あれが魔女としてのルール違反をしようとしているのは明白なんだ。それに対しての金などもらうわけにはいかないよ」

「では」

「だけど、申し訳ないが、教えられることなどないんだ」

「えっ……」

心底すまなさそうに言うデリスさん。そんな彼女を凝視する。

「誰よりも毒と呪《のろ》いについての知識が豊富な魔女、それがギルティア。だけどその彼女がどんな毒を作っているのか私たちは知らない。魔女同士でも秘密はあるんだ。そしてギルティアは、皆の中でも特に秘密主義で、自分のことを話さない奴だった」

「……自己を主張するタイプの魔女なのに、ですか？」

そういうタイプなら、自分のことを喋《しゃべ》りまくるような気がしたが、デリスさんは否定した。

「それと同時に、己の成果をたとえ僅《わず》かにでも他人に分け与えたくないタイプなんだよ、あいつは。だから何をしているのか、何の研究をしているのか教えない。魔女なんて皆似たり寄ったりだけどね。あいつの秘密主義は異常だ。仲間であるはずの私たちにすら、毒や呪いを扱うのが上手《うま》い、以外の情報を殆ど出さないんだからね。徹底しているんだよ」

「……」

「だから、あいつが何を企《たくら》んでいるのか。そのために何を使おうとしているのか、そういうことの全てが分からないんだ」

すまないね、とデリスさんが所在なげに微笑む。

「性格くらいなら教えてやれるけど、それも前回伝えたのが全てだし、容姿は……あいつは、姿を魔法でコロコロと変えていた。それこそ服を着替えるようにね。参考にはならないよ」

「厄介な……魔女なんですね」

そうとしか言えなかった。

容姿を服を着替えるように替え、何を研究しているのかも分からない。

性格は分かるけど、それだけで彼女がやりそうなことを推測しろというのは難しい。

フリードも思った以上の収穫のなさに難しい顔をしていた。

「そう、ですか」

「力になれなくてすまないね。無関係じゃないんだ。何か分かれば、あんたたちには教えるようにするが、本当に今は情報がなくて」

デリスさんが悪いわけではない。だけどそこで、ハッと閃《ひらめ》いた。

「デリスさん！　あの、駄目元で聞きますけど、占いで分かったりとかは？」

「無理だね」

もしかしてと思ったが、こちらも駄目なようだ。がっくりと項垂《うなだ》れる。

「あう」

「あんたたちにギルティアの存在を教えてから、すでに何度も試したんだ。ギルティアは今、己の工房に籠もってる。特別な結界を張った工房にね。あれは己に関するあらゆる魔力的要因を弾く。占いも同様だ。あれに関することは占えない」

「……」

まさに八方塞がりとも言える状況に、本当にギルティアという魔女は徹底しているんだなと思った。

デリスさんが覚悟を決めたように言う。

「だけどね。もし、あいつがこれから何か具体的にやらかしたら、その時は私たちも出るよ。同胞の不始末をつけるのは私たちの役割だからね」

「今ではないんですか？」

「現状、あいつは何もしていない……と言うか何かをしたという証拠《しょうこ》がないからね。それじゃあ私たちも動けないいんだ。あれは昔から姑息《こそく》で、自分ではなく相手を動かすことを得意としていたから」

ため息を吐き、デリスさんは私たちを見た。

「とにかく、ギルティアに関しては私たちが引き受ける。あんたたちは、サハージャに目を光らせておくことだけを考えな」

「分かりました。ありがとうございます」

「礼を言われるようなことは何も教えられていないけどね」

自嘲気味に呟くデリスさんにフリードは首を横に振って否定した。

「いいえ。ギルティアを気にしなくていいと言っていただけただけで有り難いです。私が危険だと思っていたのは、もし戦になった時、戦場でギルティアが何らかの魔法を使ってこないか。その魔法は我々にも防御できるものかと、そういう話でしたから」

「ああ、その心配はしなくていいよ。私たちが絶対にさせないから。直接戦場に出て攻撃魔法を使うなんて、魔女として許される範囲を逸脱しすぎている。そこは、『ない』と思ってくれて良い」

「ありがとうございます。助かります」

フリードの言葉には実感が籠もっていた。

ギルティアがサハージャの味方として戦場に立った時、相対するのはフリードだ。彼もとてつもない力を持つ人だけど、ある意味『魔女』はその比較にもならない。

なにせ、魔女には常識が通用しないから。こちらではできないはずのことが、当たり前のようにできてしまう。それが、魔女という存在。

魔女がいつからいるのか、そしてどれくらい生きるのか、そもそも人間なのか。

そんなことすら私たちは知らない。

いつの間にか存在していた、脅威の力を持つ七人の魔女。

人に紛れて生き、人を助け、だけどもその姿を公に晒すことはない。

私がデリスさんと関わることができたのだって偶然だ。

私が中和魔法という特殊な力を持っていたから。だから隠れ住む彼女を見つけることができて、付き合いを許されて、今は幸いにも友人と呼ぶことを許されている。

それは本当にとてつもなく低い確率がもたらした奇跡だと思う。

「リディ、帰ろうか」

「あ、うん」

デリスさんとの出会いを思い返していると、フリードが声を掛けてきた。それに返事をする。どうやら話は終わったようだ。

「お邪魔しました」

フリードと一緒にデリスさんに頭を下げた。顔を上げた彼が、確認するように彼女に告げる。

「では五日後の夜。こちらに伺わせていただきます」

デリスさんは無言で頷いた。

◇◇◇

「……五日後、かぁ」

カインも交え、三人で町を歩く。時間が経つにつれ、シオンが帰還するという実感が湧いてきた。口本から突然、ハイングラッド大陸に来た私の元カレ。まさかの日本から転移してきた人物が先輩だったなんて、あまりにもできすぎているなと思いつつそれなりに過ごしていたが、ついに帰る日が来たのだ。

「……気になる？」

私の手を握ったフリードが、心配そうな声音で聞いてくる。

それに素直に答えた。

「そりゃあね。無事に帰れるのかな、とか。あと、ほら、時間とかどうなるのかな、とか」

「時間？」

どういう意味だとフリードが聞いてくる。

「前にも言ったと思うけど、多分、この世界と向こうの世界って時間の流れが違うんだと思うの。

だってシオンってまだ若いでしょう？　私が相当な早死にだとしても、時間の流れが同じなら最低で

もシオンは四十代になっていないとおかしいもの。それが、何故か彼は私が覚えているよりほんの少

し大人《おとな》になった程度の年で現れた。時間がずれているとしか思えない」

たら？

「だから、帰れたとしても、そこはシオンの望む世界なのかなって。それが気になるかなあ」

たとえばだけど、帰った日本が何十年も未来だったとしたら？　もしくはその逆。過去だったりしたら？

どちらも可能性としてはあり得ると思うのだ。

「その辺りは、魔女も折り込み済みなんじゃない？　こう、上手く調整してくれるとか」

「そうだったら良いんだけどね」

フリードの言葉に、苦笑いで答える。

せっかく日本に帰れるのだ。彼が望んだ場所、望んだ時に戻れるといい。そう思う。

「あとは、やっぱりうちの城にいた人だから。いなくなると思うと寂しいなって」

心情を正直に告げる。

下手に誤魔化すと碌なことにならないのは分かっているのだ。

今、私が感じているのはシオンへの恋情ではない。親しい人と別れる時に感じる寂しいという感情。

「確かに、それは私も同感、かな」

素直に話したのが良かったのか、フリードからは嫉妬ではない、普通の同意が返ってきた。

「彼は優秀な男だし、アレクも喜んでいたから」

「兄さん、シオンのこと、お気に入りだもんね」

今やシオンは兄の右腕的存在だ。

最初は猫の手も借りたいという気持ちでシオンを使っていたのに、気づけば欠かせない存在となっていた。兄がシオンを褒め称《たた》えているのはよく聞くし、兄は使えない人物を褒めるなんてことは絶対にしないので、相当気に入っているのだと思う。

「シオンが辞めるって聞いたら泣くかも」

「彼のおかげで書類仕事がずいぶんと楽になったと言っていたからね」

「うん。あとは——レナかな」

フリードと話しながら猫の獣人であるレナのことを思い出す。

彼女がこれからも頑張ると両親に宣言したのは、つい昨日のことなのだ。

自らを奴隷から解放してくれたシオンのためにと張り切る彼女を思うと胸が痛い。

こんなことなら両親と一緒に帰れば良かったのにと思ってしまうが、未来なんて誰にも分からないのだから、言っても仕方のない話だ。

でも——。

「レナ、大丈夫かな……」

どうしたって心配してしまう。

レナはシオンに懐いていた。恋心を抱いているようには見えなかったけど、彼のことを尊敬していたし、信頼していた。

今だって、この人のために働けるのが幸せなのだという顔で毎日を過ごしている。

そんな彼女がシオンの帰還を知ったら……泣くだけでは済まないのではないだろうか。

「……」

「リディ」

レナを思い、口をへの字にしていると、フリードが優しく声を掛けてきた。

「リディが思い詰める必要はない。それは、シオンの役目だ。レナにきちんと話をして、さよならを言う。彼はそれをしなければならないし、泣かれても耐えなければならない。彼はもう、帰ることを選んでいるのだからね。レナを傷つけるのは間違いないけれど、それは仕方のないことなんだよ」

「分かってる。でも、無邪気にシオンに懐いていたレナを知っているだけに、ね。酷く悲しむって予想できるから」

レナはきっと泣くだろう。それを思うと胸が苦しくなる。

帰りたいシオンと帰って欲しくないレナ。その思いは正反対で、両方の望みが叶うことはない。レナは、シオンと別れなければならないのだ。

「辛いね」

思ったことをそのまま呟く。フリードが私の手を握る力を強くした。

「――皆がハッピーエンドに、なんてやっぱり理想でしかないのかなあ」

誰かの願いの裏側に、誰かの涙がある。

それが分かっているのにどうしようもできない切なさに、私はただ、空を見上げることしかできなかった。

2・彼女と五日間（書き下ろし）

メイサさんの指定した赤い月の火曜日まで、あと二日。

この日、私はフリードと一緒に町へと繰り出していた。

二日後、フリードは多くの力を使う。ほぼ空っぽになるとメイサさんも言っていた。

そうすれば、どうなるのか。

普通なら魔力が空になっても、ただ魔法がしばらく使えないというだけで、日常生活を送るのには支障がない。だけど、フリードの場合はどうだろうか。

なにせ彼の力は魔力とは言っているものの、実際には神力という特殊すぎる力なのだ。

フリードにも聞いてみたのだが、無尽蔵と呼べるくらいに潤沢な力を持っている彼だ。空っぽになるほど力を使ったことがないらしく、どうなるか分からないと言っていた。

「大丈夫だとは思うんだけどね。ただ、魔法や魔術を使えなくなるだけだと考えているんだけど」

そうは言っていたが、私としてはやはり心配だ。だからある程度彼の力が回復するまでは、城内にいてもらって、外には出ないようにして欲しいと思っていた。

もちろん私も一緒だ。フリードに籠《こ》もってもらうのに、妻の私が外に遊びに出るなど論外だろう。

フリードの自粛《じしゅく》期間中は、私も外に出ず、できるだけ彼の側《そば》にいようと思っていた。

そういうわけで、シオンの帰還後は引き籠もり決定。その期間も、力がどのくらいで回復するか分からないので未定とくれば、今の内に外でやらなければならない仕事を片付けておこうとなるのは当然のことで、ふたりして外出しているのだった。

今、私たちが向かっているのは、ティティさんの店。

ウサギ獣人であるティティさんに、イリヤの姉のことを伝えなければと思って出てきたのだ。

なにせ彼女には、イリヤの姉であるフィーリヤさんを探して欲しいと頼んでいる。

彼女にその発見と結末を報告しなければならないと思っていた。もちろん、事前に訪問する旨は伝えてある。直接行くのは、こういう話は顔を見てした方がいいかなと判断したからだ。

今日一緒に来ているのはカインではなくレヴィット。

レヴィットはイリヤたちと同郷で、アルカナム島出身の虎《とら》の獣人。ティティさんとも昔からの知り合いらしいと聞いている。

それならと、今朝方声を掛けてみた。ティティさんのところへ行くけどと告げると驚いていたが、おそるおそる同行を希望してきたので護衛として連れてきたのだ。なので、カインはお休み。いや、もしかしたらこっそりついてきているのかもしれないけれど、私には与《あずか》り知らないところだ。

「……」

私とフリードの後ろを歩くレヴィットを振り返る。騎士らしく、マントを羽織った彼は、ずっと複雑そうな何とも言えない顔をしていた。それが気になり、声を掛ける。

「レヴィット、どうしたの？　何か考え事でも？」

レヴィットは、ハッとしたようにこちらを見ると、慌てたように否定した。

「い、いえ、何でもないんです」

「それが、何でもない人の顔？　何か悩み事があるのなら聞くけど」

ずっと妙な顔をされているより良いと思って告げると、彼はもごもごと口を動かしながら言った。

「いや、その……ティティ姐《ねえ》さんと会うんだなと思ったら、その……緊張して」

「……緊張？　あなたたちって、確か昔からの知り合いじゃなかったかしら？　というか、すでに連絡を取り合っているのではないの？」

少し前、イリヤにティティさんと連絡を取る、みたいなことを言っていたような気がするのだけれど。

首を傾《かし》げると、レヴィットは慌てて言った。

「い、いえ。実はその……まだ、連絡を取ってはいなくて」

「はあ？」

「……取ろう取ろうとは思っていたんですけど」

「フリード。もしかしてプリメーラ騎士団って休みがなかったりするの？」

まさかと思い、フリードに尋ねた。彼は「えっ」と驚きつつも口を開く。

「いや？　最低でも週に二日は休みを与えられているはずだけど……どうして？」

「だってレヴィットがまだティティさんと連絡を取っていないって言うから。休みがないから行けてないのかなって思って。……違うの？」

レヴィットに確認する。彼は気まずげに、私から視線を逸《そ》らした。

「お休みはいただいています。その……単に私がなかなか踏ん切りがつかなかっただけで」

「踏ん切りって……。昔からの知り合いなのに？」

さくっと連絡を取れば終わりなのではないだろうか。そう思ったのだが、レヴィットは否定した。

「ご正妃様のおっしゃる通りなのですがその……ティティ姐さんは怖い人なので。……これはイリヤには格好付けたくて言わなかったんですが、実は私は昔から姐さんが苦手でして。なので、見かけても声を掛けなかったという理由もあるんです」

「へ？」

驚いて、彼を見る。

レヴィットは虎の獣人だけあり、身体《からだ》が大きく、力も強い。そんな彼がティティさんのことを怖がっている？　そんな馬鹿《ばか》な。

あまりに信じられない話に、思わず確認してしまった。

「ティティさんが苦手だったの？　明るくて、話しやすい人なのに」

ティティさんは気っぷが良く、誰《だれ》とでもすぐに打ち解けるタイプの人だ。夜の仕事をしているのも関係があるのかは分からないが、コミュニケーション能力が高く、気づけばするっと相手の懐に潜り込んでいるような女性。彼女を苦手と思うような男性がいたのが珍しく、しかもそれが昔からの知り合いというのが気になった。

「……私たちの世代で一番強かったのが、ティティ姐さんなんですよ。私もイーオンも他《ほか》の皆だって、誰もティティ姐さんには敵《かな》わなかった。怒ると怖くて、よく拳骨《げんこつ》を落とされていたんです。その当時の記憶があるもので、怖いとか苦手とか、そういうイメージが消えなくて……」

「へえええ……」

過去を思い出したのか、レヴィットが苦い顔をする。

私はと言えば、ティティさんはお山の大将的な存在だったのかなと思っていた。姉御肌なところがあるのは知っているので、想像はつきやすい。

「あー、会ったらなんて言われるんだろう。と言うか、何を話せばいいんだ？」

レヴィットは頭を抱え、呻《うめ》いていた。その姿は嫌そうというより、どうしたらいいのか分からないというもので、彼が混乱しているのが伝わってくる。

「ふふ。普通にしておけば良いんじゃない？」

「普通。普通ってなんでしょう。ああ……ティティ姐さんのことを思い出しただけで身体が震えてきた……」

「……」

言葉通り、ガタガタと身体を震わせ始めるレヴィットを呆《あき》れた目で見る。どうやらイリヤの前では相当見栄を張っていたようだ。兄と呼ばれていたから、格好悪いところは見せられなかったのかもしれないけれど、プリメーラ騎士団の騎士がこれで大丈夫なのだろうか。

フリードも同じ気持ちのようで、苦笑いしている。

「レヴィット。会うと決めたのはお前だろう。腹を括《くく》れ」

「殿下……。はい、分かっています」

しおしおと萎《しお》れながらも、レヴィットはフリードの言葉に頷《うなず》いた。

足取りの重いレヴィットを引き連れ、娼館《しょうかん》が立ち並ぶ通りへ入る。

大通りとは全く違う、昼間なのにまるで夜のような雰囲気は、独特のものだ。

柄の悪い人たちが出入りすることもあるため、私も普段はあまり近寄らないようにしているのだが、今日は用事があるし、フリードとレヴィットがいるので問題ない。

「リディ。彼女の店の場所は覚えてる？」

「うん、大丈夫」

フリードに聞かれ、頷きを返した。

ティティさんが店主を務める店は、昔何度か行ったことがあるので覚えている。彼女とはその時に知り合ったのだが、今となっては懐かしい記憶だ。

迷わず、通りを歩いていく。

騎士服を着た男を引き連れた私たちのことが気になるのか、すれ違った人たちがこちらを見てくる。途端、ギョッとした顔になるのは……うん、こちらでも顔バレしているからだろうな。

王太子妃となってから、私とフリードの絵姿が町のあちこちで売り出されているのは知っている。王家の人間の顔を覚えてもらうための一環なのだが、それは功を奏しているようだ。

だって、どうして新婚の王太子妃がこんなところを歩いているのかと、そういう顔をされているのだから。

でも、騒がれたりしないのは、ひとりではなく、護衛らしい騎士を連れていることと、隣に髪を黒く染めてはいるものの、どう見ても自国の王太子らしき人物がいるからだと思う。

「黒髪のフリードも、すっかり有名になったよね」

ちょうど私に気づいたあと、フリードに視線を移し、信じられないという顔をして逃げていった男性の背中を見つめながら抱いた感想を素直に述べる。

婚約時代は黒髪フリードは珍しく、ふたりでデートに行っても、殆《ほとん》どその正体に気づかれることはなかったのだけれど、今ではパッと見ただけで正体を察せられる有様だ。

「リディと一緒に町に出ることが増えたからね。噂《うわさ》も広まっているだろうし、すぐに気づくんだと思うよ」

「う……それは……ごめん」

基本外に出たがるのは私なので、そこは本当に申し訳ないと思う。私と婚約するまで、フリードは殆ど町に出たりはしなかった。だから髪を黒く染めただけでも変装として成立したのだけれど、今はそれ、変装の意味があるの？　レベルである。

まあ、私のせいなんだけど。

私がカフェを経営したり、町へ出かけたりするせいで、フリードも外出する機会がグッと増えた。

私を迎えに来るからという理由なのだが、すでに私が顔バレしているのだ。

隣にいる男は誰だ。既婚者なのにヤバくないか。王太子様は大丈夫なのか。いや、よく見ろ、あれは王太子様じゃないか。ああ、髪を黒くしているだけで一緒にいるのか。じゃあ安心だな的な感じで芋《いも》づる式に気づかれてしまうのである。

「……こんなに有名になってしまったんじゃ、仮面舞踏会に来ていた正体不明の男がフリードだってバレるのも時間の問題なんじゃない？」

　ふと思い出し、小声で言ってみたが、フリードには軽く笑い飛ばされてしまった。

「大丈夫だよ。正体を悟られるようなへまはしていないから」

「そうかなあ。フリード、目立つから」

「……リディほどじゃないと思うけど」

「私？　まさか！　少なくとも、フリードより目立つなんてことはないよ！」

　その時のことを思い出しながら否定する。

　フリードが会場に現れた途端、場の雰囲気が変わった気がした。あれを超える衝撃を私が与えていたとはとてもではないが思えない。

「ない。さすがにない」

「えー……。私にはいつだってリディだけが輝いて見えるけど」

「うん。嘘《うそ》だとは言わないけど、それはフリードだけだからね」

　なんか、論点がズレてきた気がする。

　どうしてこんな話になったのかと悩んでいると、フリードが機嫌良さそうに話しかけてきた。

「ふふ……急に仮面舞踏会の話を持ち出すなんて、もしかして私のことを心配してくれたの？」

「いや、心配はしてないけど」

　フリードがそんな分かりやすいミスをする男ではないと知っているので、そこは本当に気にしていない。なんとなく、もしかしてと話題にしてみただけなのだ。

だけど、と思う。

私の方が目立ったと言うフリードの言葉を全面的に信じるわけではないが、考えてみれば、変装のひとつもせずのうのうと夜会に行っていた私の方が気づかれる可能性は高いのかもしれない。

髪色も目も、ついでに言えば髪型すら変えなかった。もう少し何かなかったのかと言いたくなる始末だ。お粗末すぎる。

そういえば、二回目の仮面舞踏会参加時も、変装はしなかった。

むしろ全力で一回目と合わせた覚えが……。

フリードを騙《かた》る輩《やから》に怒っていたからという理由はあるが、それでも自分からバレやすい状況を作っていた気がする。フリードは髪色を変えていたからまだいい。だが私は……。

「……う、うーん。私の方が正体バレしている可能性」

頭を抱えたくなる事実に気づき呻く。フリードが笑いながら言った。

「大丈夫。誰もリディだなんて思わないよ。気にしなくていいって」

「そうかなあ」

「うん。もし何かあっても、その場合、アレクが動くだろうからね。あっという間に証拠《しょうこ》を隠滅してくれると思うよ」

「へ？　兄さんが？」

「アレクはそういうのが上手《うま》いんだよ。ああ、あと宰相も動くんじゃないかな。娘のためなら全力で協力してくれると思う」

「……」

まさかの兄と父が証拠隠滅を図ってくれるらしいと知り、無言になった。

フリードがとどめと言わんばかりにキラキラの笑顔で言う。

「あ、もちろん、私も黙って見ているつもりはないからね。夫なんだ。全力でリディを守るために動くから」

「あ、うん」

父と兄だけでも大概なのに、それに更にフリードも加わるとか、完全に過剰戦力である。

——バレるとかバレないとかどうでもいいか。

私は考えることを放棄した。

◇◇◇

「確か、ここ……だったよね」

古い娼館を見上げる。ティティさんが経営する娼館。それは、私の記憶通りの場所に建っていた。

「誰かいないかな……」

過去を懐かしみながらキョロキョロと辺りを見回す。そんな私の手をフリードが引っ張った。

「リディ、とりあえず裏口に回ろう。私たちが正面から入ると、間違いなく営業妨害になってしまうからね」

「あ、うん」

確かにと納得し、彼と一緒に裏手に回る。店に迷惑を掛けたいわけではないのだ。裏手には箒《ほうき》を持った女性がいて、一生懸命掃除をしていた。

知らない顔なので、私がここに通わなくなってから入った人なのだろう。

私と同年代と思われる彼女に、声を掛けた。

「お忙しいところ、すみません。ティティさんにお会いしたいのですけど、呼んでいただけますか？　リディが来たと言っていただければ分かると思います」

「えっ……、は、はい、分かりました」

掃除をしていた女性は、私たちに気づくと驚いた顔をしたが、すぐに得心したように頷き、ティティさんを呼びに行ってくれた。どうやらティティさんがあらかじめ、話を通してくれていたらしい。

ホッとしつつ、その背中を見送る。

「ひぃ……俺《おれ》の命のカウントダウンが……」

「あのねえ」

後ろで情けない悲鳴を上げているレヴィットにため息を吐《つ》く。気持ちは分からなくもないが、いい加減腹を括ってはくれないだろうか。

「レヴィット」

フリードが窘《たしな》めるような声で名前を呼ぶ。それで気づいたのか、レヴィットはハッとした様子で背筋を伸ばした。

「も、申し訳ありません。殿下」

「いや、構わないが、覚悟を決めろと言っただろう。もう、彼女は来るぞ?」

「……はい」

蚊《か》の鳴くような声で返事をし、レヴィットは項垂《うなだ》れた。

「自分でも情けないと思うのですが、身体に染みついた恐怖がどうしても――」

「リディ、よく来たね」

レヴィットの言葉を遮るように新たな声が話しかけてくる。

声がした方を見る。そこには腕を組んだティティさんが立っていた。

身体の線を強調するような胸元の開いたロングドレスを着た彼女は、とても華がある。

たっぷりとした艶《つや》のある髪は美しく、きちんと化粧を施した彼女はお世辞抜きに美しかったし、色気があった。

「こんにちは、ティティさん」

笑顔でティティさんに挨拶《あいさつ》する。ティティさんは頷き、フリードを見た。

「王太子殿下も。このような場所までご足労いただき、ありがとうございます」

「私はリディのついでみたいなものですから。あなたのことはアレクから聞いています」

「アレクセイ様から? 何を言われているのか怖い気もしますが……いえ、いつもアレクセイ様にはお世話になっています」

丁寧に頭を下げるティティさん。だが、その姿には貫禄《かんろく》があり、フリードに対し、へりくだっているわけではないのが伝わってくる。

ティティさんが組合の有力者というのを実感する瞬間だ。

「手紙では直接会って話がしたいとありましたが、まずは中へどうぞ。……は？」

顔を上げてそう告げた彼女は、私たちの後ろにいた人物に気がついたようだった。

まじまじとレヴィットを見つめている。その唇がにやりと吊《つ》り上がった。

「おやまあ、そこにいるのは泣き虫レヴィットじゃないか。いっちょ前に騎士の格好なんかして、どうしたんだい？」

「……ティティ姐さん」

ビクリと身体を震わせ、レヴィットはティティさんに頭を下げた。

「お、お久しぶり、です。その、今は俺、ヴィルヘルムのプリメーラ騎士団に籍を置いていて……」

「へえ！　知り合いがこんな身近にいるとは驚いた！　その様子だと私がここにいるのも知っていたんだろう？　どうして今まで声を掛けてくれなかったんだい。昔馴染《なじ》みに無視されるのは悲しいねえ」

ニヤニヤと、全然悲しくなさそうな声で告げるティティさん。反してレヴィットは大きな身体を小刻みに震わせている。力関係が一瞬で理解できる構図だ。

「……そ、その……声を掛けようと思ったんですが」

「どうせ、私が怖くて逃げていただけなんだろ。あんたは本当に昔から変わらないねえ。図体ばかり大きくてさ。イーオンの方がよほど度胸があったよ」

「……う」

「久しぶりの再会なんだ。もっと喜んでくれてもよくはないかい？」

「も、もちろん嬉《うれ》しいと思っています」

「本当に？」

「は、はい……怖いのも本当ですけど」

「レヴィット」

「ひぃっ」

ティティさんから低い声で名前を呼ばれ、レヴィットがその場で飛び上がった。そんな彼をティティさんが呆れたように見る。

「あんたは本当に……びびりなのもそのくせ余計な一言が多いのも変わらないね」

「ティティ姐さんに対してだけですよ」

「女の私にビビってるのが問題だって言ってるんだけどね？　あんたの方が力も強ければ身体も大きい。その気になれば私なんてどうにでもできるだろうに……」

「うう……昔の記憶がどうしても」

「情けない。それでも男かい」

なんとか言い返したレヴィットだったが、ティティさんから容赦なく反撃され、撃沈した。

筋骨隆々《きんこつりゅうりゅう》としたレヴィットが女性ひとりにやり込められるのは不思議な感じだと思いつつ、昔の力関係ってなかなか変わらないよね、と納得もする。

幼馴染《おさなじ》みってそういうところがあると思うのだ。たとえばウィル。

彼のことは昔から友人であると同時に、もうひとりの兄のように思ってきたが、今もその気持ちは変わらない。きっとレヴィットにとってティティさんは、嫌いなわけではないけれど、怖い人というイメージが残ったままで払拭《ふっしょく》できないのだろう。

今もビシビシとやり込められているレヴィットを生ぬるい目で見つめる。

イリヤに対しては、それこそ兄のように振る舞っていたのに、ティティさんに対しては、出来の悪い弟のような彼。

そのギャップが面白いと思った。

「レヴィットの意外な一面を見たって感じ」

ふたりのやり取りを聞きながら感想を述べると、フリードも頷いた。

「うん。普段の彼は職務に熱心な将来有望な騎士って感じだからね。騎士道に忠実な真面目《まじめ》な彼を知っているだけに、今の彼は驚くかな」

「仕事場で見せている顔とプライベートは別ってことだよね」

そりゃそうだと、深く頷く。

フリードだって、私にはいつもデレデレだけど、仕事モードの時はキリッとしているし、口調だって違う。その時の立場や状況によって態度を変えるのは当然のことで、レヴィットも似たようなものなのだろう。さすがに、これは想像もしていなかったけれど。

ティティさんにひぃひぃ言わされているのを見ていると、なんだか気持ちがほっこりしてきた。

それでも、いつまでも彼らのやり取りを見ているわけにはいかない。こちらも用事があって訪ねているのだから、まずはそれを終わらせたいと、私はティティさんに声を掛けた。

「ティティさん。そろそろ良いですか？」

私の声に反応し、ティティさんがこちらを向いた。

「ん？　ああ、すまないね。久々にレヴィットを揶揄《からか》うのが楽しくて、あんたたちのことを忘れていたよ」

「そんな気はしていました。できれば、そろそろ私たちのことを思い出していただけると助かります」

「そうだね。名残《なごり》惜しいけど、レヴィットを揶揄うのはこれくらいにするか」

ティティさんの言葉に、レヴィットが明らかにホッとした顔を見せた。もちろんそれに気づかない彼女ではない。

「別にこれで終わりってわけじゃないからね。せっかく年単位ぶりに再会したんだ。時間はあるんだろう？　今夜は一緒に飲もうじゃないか。このティティ姐さんが奢《おご》ってやるよ」

「お、俺には職務があるので……！」

「あ？　私の誘いが受けられないって言うのかい？　リディ、騎士団っていうのは、そんなに忙しいものなのかい？」

「私は知りませんけど……フリード？」

プリメーラ騎士団の実質上のトップは彼だ。なのでフリードに尋ねると、彼は苦笑しつつも首を横に振った。

「まさか。さすがにそこまで忙しいなんてことはないよ。旧交を温める時間くらいは十分に取れると思う」

「だそうですよ」

ティティに伝える。

「ありがとね。問題はないそうだ。……今夜、空けときなよ」

「ひぃっ……！」

震え上がるレヴィットを無視し、ティティさんが私たちに言った。

「待たせたね。中に入っておくれ。二階に私の部屋があるから、そこで話を聞くよ」

「はい」

「ありがとうございます」

フリードが軽く頭を下げる。それに私も倣《なら》った。

フリードは基本、町の人たちに対して、丁寧な態度で接している。私は彼のそういうところが好きだし、見習わなければと思っていた。

「お邪魔します」

ティティさんに招かれ、娼館の中に入る。この店に入るのは、久しぶりだ。

兄の娼館通いの真相を突き止めてやろうと興味本位でやってきた時以来だなと思いながらも、ティティさんのあとに続いた。

「ここだよ」

彼女が通してくれたのは、店主のための部屋だった。

当たり前だけれど、ここに入るのは初めてだ。物珍しさに、思わずキョロキョロとしてしまう。

怪しい雰囲気は一切ない。暖炉があり、来客用のソファとテーブルが設置されている。部屋の隅には大きな花瓶、そして生花が飾られていた。窓は開け放たれ、レースのカーテンが揺れている。ここが娼館の中とはとてもではないが思えない。

壁には有名な画家が描《か》いた風景画。背の高い書棚もあり、中にはびっしりと本が詰まっていた。経済関係の本が多い。暖炉の上には時計。多分アンティークだと思う。

絨毯《じゅうたん》も敷いてあったが、それなりに値段が張る工房のもので、彼女が一般人であると考えれば破格の品揃《ぞろ》えだった。

「……すごいですね」

素直に感嘆の声が出る。

名のある貴族の応接室だと言われても、普通に信じられる。目を丸くする私に、ティティさんが胸を張った。

「ま、こういう職業だからね。馬鹿にされたら終わりだから、舐《な》められないようにきちんとしているんだよ。あんたから見ても、見窄《みすぼ》らしいと思わないかい？」

その言葉にぶんぶんと首を横に振った。

「思うわけありません。むしろよくこれだけの品を揃えられたなって」

「王太子妃のあんたにそう言ってもらえたのなら、ま、合格だね」

満足げに笑い、ティティさんがソファを見る。座れということだと理解し、フリードと一緒に腰掛けた。レヴィットは黙って私たちの後ろに立つ。

しかし、本当に全く夜の匂《にお》いがしない。これがティティさんの部屋なのかと改めて驚いていると、私の思考が分かったのか、彼女が目の前のソファに腰掛けながら言った。

「私は店主だからね。今、店にはほぼ出ていないんだよ。ま、たまに気に入った男がいれば娼婦《しょうふ》として仕事もするけど、最近は書類仕事ばっかりだね」

「そうなんですか」

書類仕事という言葉を聞き、その辺りはフリードと一緒だなと思った。彼もいつも書類の多さには嘆いている。

「ウサギの獣人としては物足りないんだけどね。店主の私が、働いている子たちの客を取るわけにもいかないだろう？　皆、理由があって働いているんだからさ。稼ぎたい子には稼がせてやらなきゃ」

そう告げるティティさんの瞳《め》は真剣で、彼女が真面目に娼館を経営しているのが伝わってきた。

「で？　わざわざ夫婦揃ってここまで来たのはどうしてなんだい？」

雑談に興じていたティティさんの表情が、ピリリとしたものに変わる。フリードが頷いたのを見て、私は慎重に口を開いた。

「その、フィーリヤさんのことなんですけど」

「フィーリヤ？　ああ、残念だけどあの子の情報はまだ手に入ってなくて――」

申し訳なさそうに言うティティさんに、私は慌てて続きを話した。

「違うんです。そうじゃなくて、フィーリヤさんが見つかりましたって、そういう連絡なんです」

「フィーリヤが見つかった⁉」

ティティさんが目を丸くして私たちを凝視する。それに「はい」と肯定した。

「だからティティさんに連絡しようと思って。……レヴィットもその辺りは知ってるわよね？」

後ろにいるレヴィットに確認する。

「はい。ご正妃様からいただいたイリヤの手紙に書いてあったので……正直、驚きましたが……」

帰国する折りにイリヤから託された手紙。それを私はその日のうちに彼に渡していた。内容は見ていないが多分、その辺りのことは書いてあったのだろうなとは推測していたので、彼の言葉に苦笑いを返す。

「色々あったのよ」

「詳しく、話してくれるかい？」

ティティさんが険しい顔になり、言う。私とレヴィットの口調から、楽しい話題ではないと察したのだろう。私は頷き、フィーリヤさんの今の状況をティティさんに話した。

◇◇◇

「――そうかい。フィーリヤがサハージャの暗殺者に、ねえ……」

事前にフリードと相談した、話しても良いところを全部説明し終わった。

ティティさんは難しい顔をして、腕を組んでいる。そうして小さく息を吐き、頭を下げた。

「すまないね。わざわざ伝えに来てもらって」

「いいえ。元は私の方でお願いしたことですから」

探して欲しいと頼んだのは私なのだ。だがティティさんは納得しなかった。

「そりゃあその通りだが、探して欲しいって相手が身内みたいなものだからね。でも……そうか……暗殺者か。身体を売ることを選んだ私が言うのもなんだが、またどうしてそんな道に行ったのかねえ」

「……」

その言葉に対する回答を私は持っていない。フィーリヤさんにもなんらかの事情があったとは思うが、憶測で物を語るのは失礼だと分かっていた。

「ま、いいさ。教えてくれてありがとね、リディ」

「はい」

「でもそうか……アルカナム島の代表がヴィルヘルムに来ていたんだねえ。あの、内に籠もるばかりだった島の連中も少しは変わったってことなのかね」

感慨深いと言わんばかりの顔でティティさんが言う。

「ま、今の現状はどうあれ、フィーリヤが見つかったこと自体はめでたいよ。これで私も心のつかえが取れたってものさ。レヴィットにも会えたし」

「……」

物言いたげな視線を向けられたレヴィットが思いきり顔を逸らす。

話がひと区切りついたタイミングで、フリードが立ち上がった。

「時間が来てしまいましたので、私たちはそろそろお暇《いとま》させていただきます。お忙しいところ、お邪魔しました」

どうやら帰城の時間らしい。急いで時計を確認すると、予想していたよりも長居していたことが分かった。フィーリヤさんのことを話すのに手間取ったからなのだけれど、帰城すると告げた時刻までには帰らなければならないだろう。

私も彼に倣い、お礼を言った。

「お時間を取っていただき、ありがとうございました」

「なんだい。もう帰っちまうのかい。せっかく来てくれたんだ。ゆっくりしていけばいいのに」

「そうしたいところなんですけど、皆が待っていますから」

「ふうん。王太子妃も大変だねえ。自由も何もあったもんじゃない」

気の毒そうに言われたが、それには笑って否定した。

「そうでもないですよ。私なんか相当自由にさせてもらっている方だと思いますし」

「……本当に？」

疑わしいという顔をされたが、即座に頷く。

実際、やりたいことは全部させてもらっていると思うからだ。

「ま、あんたがそれでいいって言うんなら、私が口出しすることじゃないか。幸せそうだしね」

「はい！」

先ほどよりも大きな声で返事をする。

ニコニコしていると、フリードが私の腰を引き寄せてきた。

「わっ……」

「リディ」

名前を呼ばれたので彼を見ると、フリードは上機嫌に微笑《ほほえ》んでいた。

「私も幸せだからね」

「うん。知ってるよ？」

今更何をと思いつつ首を傾げると、フリードはチュッと頬《ほお》に口づけてきた。

「ひゃっ……」

慌ててキスされた頬を押さえる。まさかティティさんの目の前でされるとは思わず驚いた。

「フ、フリード……」

「ごめん。リディが可愛《かわい》いなって思ったらつい」

「もう……」

つい、でＴＰＯを無視しないで欲しい。だけどキスされたこと自体は嬉しいので、どうしても口元が緩んでしまう。

「えへへ……」

「……ほんっと、あんたたちはブレないねえ」

いっそ感心した、とティティさんが真顔で言う。そうして思い出したように言った。

「そうだ、リディ。さっきも言ったけど、良かったらレヴィットを置いていってくれないかね。このまま帰したら、二度と来てくれないような気がするから、その前に、がっつりしつけておきたいと思ってね」

「しつけ……」

「ああ。何年も会っていなかったんだ。どちらが上の立場なのか、教え直してやる必要があるだろう?」

「……」

にたりと笑うティティさん。

まるで女王様のような発言に、思わずレヴィットを見る。彼は顔を青ざめさせ、ブンブンと首を横に振っていた。本気で嫌がっているのか判断が難しいところだ。

どうすればいいのかフリードを見ると、彼はあっさりと言った。

「分かりました。レヴィットは置いていきましょう」

「助かります」

ティティさんがフリードにお礼を言い、改めてレヴィットを見る。

「ほれ。あんたの雇い主は置いていって良いってさ。どこか店に連れていってやろうと思ったが、気が変わった。今夜は私が取っておいた、とびっきりの酒を出してやる。何、明日の勤務時間までには帰してやるから心配する必要はないよ」

「で、殿下！　お、俺には……おふたりを無事、城までお送りするという役目があって……！」

「大丈夫だ。護衛には別の者を呼ぶ。何年も離れていた昔馴染みと久しぶりに会ったんだ。積もる話もあるだろう。プリメーラ騎士団の団長には私から話を通しておくから気にするな」

「そんな！」

百パーセント善意と思われる言葉をフリードに言われ、レヴィットはその場に頽《くずお》れた。

よほどティティさんとふたりきりが嫌だったのだろう。だけど、申し訳ない。

私はティティさんが好きだし、彼女が良い人だと知っているので、私の結論もフリードと同じなのだ。多分、大いに揶揄われるだけだと思う。まあ、レヴィットはそれが嫌なのだろうけれども。

それに護衛は多分、近くにカインがいるから問題ない。大体、フリードがいればどうにでもなるし。

私は私の強すぎる旦那《だんな》様のことを信じているのである。

「頑張ってね、レヴィット」

「私たちのことは心配しなくていい」

「ご正妃様……殿下……！」

「いやあ！　久々に楽しい夜になりそうだ」

上機嫌なティティさんが、レヴィットの肩をむんずと掴《つか》む。

私たちはそんなふたりに別れを告げ、揃って彼女の店を出た。

◇◇◇

「ちょっと、可哀想《かわいそう》だったかな」

ティティさんの店を出て、フリードと歩きながら話す。私の言葉にフリードは「そうでもないと思うよ」と言った。

「ああいう風に、素を出せる相手がいるのはいいことだと思うし、レヴィットは本気で彼女を嫌っているようには見えなかったから」

「そうだよね。私も、嫌がってはいるけど、それは揶揄われるのが嫌、みたいに見えたもん」

「私も同じ意見。だから放《ほう》っておいてもいいんじゃないかな」

「そうだね」

フリードと意見が一致したので、これ以上考えるのはやめようと決める。

そろそろ時刻は夕方に差しかかってきた。急いで帰らなければと思っていると、ある意味思った通りと言おうか、カインが顔を見せた。

「よ。護衛は必要か？」

「カイン！」

「あのレヴィットって奴《やつ》がいないからさ」

心配して出てきてくれたらしい。ちょうど呼ぼうかと思っていたタイミングなので助かった。

「レヴィット、置いてきちゃったの。城までお願いできる？」

「任せとけ」

快く了承し、カインが私たちの少し後ろに並ぶ。

彼の目は今日もデリスさんの薬の効果で黒くなっていた。おかげで周囲から奇異の目で見られずに済むのだけれど、彼本来の綺麗《きれい》な赤い目を隠さなければならないというのは残念だ。私はカインの赤い瞳《ひとみ》が大好きなので。

でも、カインがわざわざ赤い目を隠しているのは私のためだと知っているから、馬鹿な我が儘《まま》は言わない。

「なあ」

ふと、カインが話しかけてきた。それに答える。

「何？」

「あのシオンって奴。アレクたちに、別れの挨拶をしてたぜ」

「……そう」

カインの報告を聞き、頷いた。

昨日、兄に会ったが変わった様子は見えなかった。だからまだシオンは何も言っていないのだろうと思っていたのだが、ついに今日、話したのか。

決別の言葉を告げたと聞き、フリードも目を伏せる。

「いよいよ、か」

「うん」

二日後には、シオンは日本に帰る。

その時が確実に近づいていることを感じ、不思議な気持ちになった。

「シオン、いなくなるんだね」

「うん。彼は優秀な男だったから、本当に残念だよ」

フリードの声音は彼を心から惜しむもので、それに私も同意した。

「そうだね。でも、シオンは帰りたいんだから笑って送り出してあげるべきだよね。私だってフリードから離されたら嫌だもの。大事なものがある場所に帰りたいっていう気持ちは分かるよ」

自分の気持ちに置き換え、思ったことを告げる。フリードがぽん、と私の頭に手を乗せた。大きな手が優しく頭を撫《な》でていく。

「そうだね。私もリディのいない世界なんて考えられないから、シオンが本心から帰りたいと思っていることは理解しているつもりだよ」

「うん。……じゃああとは無事、シオンが家に帰れますようにって祈るだけ、かなあ」

シオンは帰ると決断しているし、私たちも協力すると決めている。

時計の針は動いている。前に進むしかないのだ。

夕日が目に眩《まぶ》しい。次第に昼の時間が短くなってきた。

「急ごうか」

「うん」

少し早足になる。

「……」

私たちの話をどこまで理解しているのかは分からないけれど、カインはその間一言も話さなかったし、それが私には彼の気遣いのように思えて嬉しかった。

3・カレと別れの挨拶（シオン視点・書き下ろし）

アレクセイ様にチェックの終わった書類を持っていったついでに声を掛けた。

「少し、良いですか」

彼は不思議そうな顔をして私を見ている。

魔女やフリードリヒ殿下に言われたからではないが、この人にはきちんと話さなければと思っていた。

◇◇◇

魔女デリスのところから帰って、三日が経《た》った。彼女たちの話だと、あと二日で私は日本へ帰れることになる。

念願の日本への帰還。疑うわけではないが、あまりにも唐突に訪れた機会に、どうしても本当だろうかと思ってしまう自分がいることも確かだった。

それでも、魔女たちやフリードリヒ殿下にご正妃様。彼らが私のために骨を折ってくれるのは事実。

何も返せない私にできるのは、彼らに言われた通りきちんと別れの挨拶《あいさつ》を済ませることだと理解していた。

それでもずいぶん迷って、三日が経ってしまったけれど。

ある意味、五日という猶予があったのは良かったのかもしれない。三日の間、しっかりと考えることができたから、こうして落ち着いた気持ちでアレクセイ様と向き合える。

——私も、ずいぶんと絆《ほだ》されましたね。

タリムにいた頃《ころ》の私なら、絶対に何も言わなかったと思う。だけどこの国の人たちにはあまりにも世話になったから。

黙って帰ってしまうのは、いくらなんでも失礼すぎるとそう思ってしまうのだ。

——レナにも話をしなければならないけれど。

私を追って、ヴィルヘルムまで来てくれたレナ。

私がここにいるからと、故郷に帰ることを拒絶した彼女に話をするのが、実のところ一番心が重い。レナが私を慕ってくれているのを知っているからこそ、話せないと思ってしまうのだ。

もちろん、許されることではないし、話すことを決めてはいるけれども、できるだけその時を後にしたいと思ってしまうくらいには、私は彼女に情を持っているらしい。

「どうした、シオン」

レナのことを考えていると、アレクセイ様が私の名前を呼んだ。ハッと我に返る。先ほど、少し良いかと聞いた問いに対する答えなのだと気づくのに、少し時間が掛かった。

我ながら呆《ほう》けすぎている。帰れると分かって、気が抜けているのだろうか。

まだ、その時が来たわけでもないのにそれはあまりに緊張感がない。

これでは駄目だと改めて気を引き締め、アレクセイ様を見た。

さあ、まずはこの方からだ。彼にさようならを告げなければならない。

「――お話が、あります」

精一杯の気持ちを込め、告げる。アレクセイ様が何かに思い当たったような顔をした。

「話？　ああ、数日前にフリードとリディにだけ話すって言ってたやつか？」

「まあ……似たようなものですね」

少し違うが、大枠では一緒だと思い頷《うなず》く。執務机で仕事に勤《いそ》しんでいたアレクセイ様だったが、私の言葉を聞き、「よし」と言って立ち上がった。グッと伸びをする。

「ちょうどいいから休憩にするか。どうせ今日はフリードたちもいないし、少しくらい構わないだろう。外で話を聞くぜ」

「おや、殿下方はお出かけですか？」

「デートなんだと」

「なるほど」

呆《あき》れたと言わんばかりに告げるアレクセイ様。だけどその瞳《め》が優しいことに気づき、自然と笑みが零《こぼ》れる。

この人は憎まれ口を叩《たた》きはするが、フリードリヒ殿下とご正妃様のことを本当に大切に思っているのだ。それは、ここ数ヶ月、共に仕事をする機会が増えたから知っている。

イチャイチャして鬱陶《うっとう》しいと言いながらも、その声が酷《ひど》く優しいことに気づいた時は、素直じゃない方だと思ったものだ。

「フリードもなー、最近は今日みたいな休みを取ることが増えたからな。ま、良い傾向だと思うぜ」

「もっと働けとはおっしゃらない？」

「あいつにか？　言うわけねえだろ」

冗談めいて告げると、アレクセイ様は肩を竦《すく》めて言った。

「フリードは働きすぎなんだよ。あいつ、超がつくくらい真面目《まじめ》な奴《やつ》だからな。リディと一緒になってようやく力を抜くことを覚えたんだ。多少息抜きできるようになってくれてホッとしたというのが本音だぜ」

「確かに、フリードリヒ殿下は真面目な方ですものね」

そう言う、アレクセイ様もかなり真面目な方なのだけれど。

自分のことを棚に上げて……と言うか自分より相手のことを心配する様は、本当に相手を大切に思っているのが伝わってくるようで、気持ちが温かくなる。

話しながら執務室を出る。扉の前にいた兵士たちに、アレクセイ様は「少し、休憩に出てくる」と声を掛けた。

私の方を振り返り、笑顔で言う。

「せっかくだ。昼食にカレーでも食べに行かないか？」

「カレー、ですか？」

「ああ、リディの店のやつな。美味《うま》いんだ」

「ぜひ」

まさかの誘いに驚いたが、断る理由もないので了承した。帰還予定当日の昼に、最後の思い出として食べに行くつもりだったのだけど、まあ、二回食べても構わないだろう。

桜《さくら》のカレーが食べられる機会が増えるのは嬉《うれ》しいことだ。

「お前、カレー好きだったか？」

「ええ、とても。一番の好物と言っても間違いないですよ」

「マジか。なんだ、知ってたら、もっと誘ったのに。じゃあ、店に行ったこともあるんだな」

「もちろんです」

雑談を交わしながら階段を下り、一階の廊下に出る。正門に向かって歩いていると、時折外部から来た貴族たちとすれ違う。彼らは皆、アレクセイ様を見ると足を止め、彼に向かって敬うように挨拶をした。

親と一緒に来たと見られる令嬢たちは、例外なく彼に熱い視線を送っている。

婚約者のいない、未婚の次期公爵。顔立ちも整っているし、王太子の側近で、おそらく将来は宰相となるであろう人物。そんな彼に愛されたいと願う令嬢の数は決して少なくはない。彼女たちが彼に熱視線を向けるのも当然と言えた。

「モテモテですね」

正門を出たところで話しかけた。アレクセイ様が振り返り、嫌そうな顔になる。

「ああん？　いらねえよ、あんなの。別に俺《おれ》自身が好きとかじゃねえだろ」

「まあ、大多数はそうでしょうけど、中にはあなた自身が好きという方もいるのではありませんか?」

　彼自身に想いを寄せている者だって少なくないだろう。そう思ったのだが、アレクセイ様は否定した。

「ないな。大体、俺のこのキャラをまず知らないだろうし。見せたら見せたで幻滅しましたとか言うんじゃねえの。そんなん知るかっつーんだ」

　べ、と舌を出すアレクセイ様。確かに彼がこういう姿を見せる人物は限られている。私がその中のひとりに入れたのは……単純に運が良かったからだろう。私は彼の上司であるフリードリヒ殿下直々の勧誘でその麾下《きか》に入った。最初からある程度の信頼があったのだ。

「ったく、喋《しゃべ》り方くらい俺の好きにさせろよな。大体、フリードは何も言わねえし、公の場ではちゃんとしてんだから関係ない奴らに文句を言われる筋合いはねえよ。鬱陶しい」

　秀麗な眉《まゆ》が不快そうに中央に寄っている。

　昔を思い出しているのか。よほど色々言われたのだろう。

「ふふ、そういえば、ご正妃様がアレクセイ様は相当な猫かぶりだと以前おっしゃっていましたよ」

「はあ?　あいつ……自分のことを棚に上げやがって……猫かぶりは自分の方じゃねえかよ」

　似たもの兄妹というのが伝わってくる言葉に、思わず笑ってしまった。

「何笑ってんだよ」

「いえ……おふたりはよく似ていらっしゃるな、と」

「似てねえ」

「ほら、そういうところもそっくりですよ」

「……」

自覚があるのか黙り込んでしまった。

「失礼しました。でも、次のご結婚はアレクセイ様かと、皆様が噂《うわさ》しているのは事実ですよ。だからこそご令嬢たちも期待するんじゃないんですか？」

先ほど頰《ほお》を染めていた令嬢を思い出す。そんな彼女も彼の口の悪さを知れば幻滅するのではないだろうか。いや、あばたもえくぼという言葉もある。親しい人にしか見せない姿と知れば、逆に自分は愛されていると喜ぶのかも。そんな令嬢を彼が選ぶとは思わないが。

「その噂、本気で迷惑してんだよな。どこから広まったんだか……」

「ご結婚する予定は？」

「ないに決まってんだろ。フリードとリディに振り回されて、そんな余裕なんてねえよ」

「おやおや」

心底面倒そうに言うアレクセイ様の様子を見て、本気で言っているのだなと察する。

結婚話があまり好きではないのを知っているので、これ以上この話題を引き摺《ず》るのはやめにし、見えてきたカレー店に話題を移した。

「着きましたよ。ああ、結構並んでいますね」

桜のカレーは南の町どころか、ヴィルヘルム中に有名で、あちらこちらから客が集まってくる。昼時ともなれば、いつも行列ができていて、今日もかなり並びそうだ。

店からはカレーの良い匂《にお》いが漂っていて、これだけでも客引きの効果がありそうだ。

「まあ、この時間だからな。こんなものだろ」

軽く頷き、アレクセイ様が素直に列に並ぶ。経営者の身内なのだから、一声掛ければ先に入れてもらうことも可能だろうに、彼にその考えはないようだ。

当たり前のように最後尾に立っている。

「うん？　どうした」

「いえ」

首を横に振り、私も彼と一緒に並ぶ。

ふと、思った。

この今私が得ている当たり前の日常がもうすぐ非日常へと変わるのだ。

彼らとは二度と会えなくなり、私は日本という自分の国へ帰る。

こちらのことは過去に、思い出になり、徐々に忘れていく。

フリードリヒ殿下も、アレクセイ様も、レナも。そして今生きている桜のことでさえも——。

「……」

それを望んだのは確かに自分なのに、酷く恐ろしいことだと思ってしまった。

◇◇◇

「あー、やっぱりカレーは美味かったな！」

「そうですね」

三十分ほど並んだ後、無事、店内に入ることができた。

頼んだカレーはやはり美味《おい》しく、懐かしい味がした。私が覚えているままの桜のカレー。

贅沢《ぜいたく》を言うなら、最後に彼女の作ったカレーを食べたかったが、それは叶《かな》わぬ願いだ。

王太子妃という地位にある彼女にカレーを作って欲しいと強請《ねだ》れるのは、それこそ夫であるフリードリヒ殿下くらいだろうから。

いや、今目の前で満足そうに笑っているアレクセイ様もそれが可能な人物か。

桜の兄という立場にある彼。桜とは仲の良い兄妹で、その関係性は羨《うらや》ましいほどだ。

彼ならフリードリヒ殿下の目の前であろうと、堂々とカレーを作って欲しいと強請ることができるだろう。そしてそれが許される人物でもある。

ある意味、一番羨ましい立場なのは彼かもしれないと思ってしまった。いや、桜に振り回されて大変なのだろうが、それすら今の私には眩《まぶ》しく、羨んでしまう。

「アレクセイ様――」

帰り道、人気《ひとけ》のない場所を通ったタイミングで立ち止まり、声を掛けた。私の少し前を歩いていたアレクセイ様が振り返る。

「なんだ？」

私が大事な話をしようとしていることを理解している。アレクセイ様はそんな顔をしていた。

軍師という立場はあったものの、あまりこれといった役目のなかった私に居場所をくれた人。

彼が「手伝って欲しい」と言ってくれたから、仕事を与えてくれたから、信頼を示してくれたから、肩身の狭い思いをしなくて済んだのだと分かっていた。

もしかしたら、それもフリードリヒ殿下の指示だったのかもしれないけれど。

それでもこの人に私がとても感謝しているのも事実。

彼には誠実でありたい。だから、別れをきちんと言わねばならないと分かっていた。

私は姿勢を正し、深々と頭を下げた。

「急な話ですが、二日後、故郷に帰ることになりました。短い間でしたが、本当にお世話になり、感謝しております。遠い場所ですので二度と会うことはないでしょうが、どうかお元気でお過ごし下さい」

目を掛けてもらったのにいきなり帰ると言う私をアレクセイ様はどう思うだろうか。

不誠実だと詰《なじ》られたとしても、私には謝ることしかできない。日本へ帰還することは私の宿願なのだ。帰れると言われれば、断る選択肢自体が存在しない。

それでも、世話になった人に蔑《さげす》まれるのは嫌だと思ってしまう。砂を掛けて出ていこうとしているのは自分だというのに都合の良い話だ。自己嫌悪に顔が歪《ゆが》む。

「……そう、か」

グルグルとした表現できない感情に囚《とら》われていると、ややあってアレクセイ様が声を出した。そうっと顔を上げる。彼は困ったような顔で私を見ていた。

「アレクセイ様……」

「まあ、そうなんじゃねえかな、とは思っていた」

うん、とひとつ頷き、彼が言う。

「お前、どこか諦《あきら》めたような顔で遠くを見ていることが多かったからさ。なんとなく、帰りたいところが別にあるんじゃねえかなって、でも無理なんだろうなって、そんな気がしてたんだ。だけどここ数日、少し様子が違ったからさ。俺の方を気にしつつも、お前は常になく浮かれていた。遠くを見る癖はいつも通りだったけど、それも諦めたようなものではなく、期待するような顔に変わっていたから」

「……申し訳ありません」

顔に出ていたと言われ、恥じ入った。

表情を読ませないのは昔から得意だったはずなのだが、そんなに分かりやすかったのだろうか。

「どこかソワソワとしていたしさ。多分、そうなんだろうなって。俺はさ、お前に助けてもらって助かっていたから残念だけど、お前のためには良かったよな」

ついでのように故郷はどこだと聞かれ、謝った。

「すみません。……言えるような場所ではなく」

「そう、か。ま、言えないって言うんじゃ仕方ねえよな。フリードたちは知ってるんだろ？」

「……はい」

ますます申し訳ない気持ちになる。

だけど、まさか異世界に帰るなんて言えないし、適当な国名をでっち上げるのも違うと思った。この人に嘘《うそ》を吐《つ》きたくなかったのだ。

「アレクセイ様には目を掛けていただいたのに……」

「帰りたい場所に帰れるのならその方がいいだろ。普段、全部を諦めているような顔をしているお前がそんなに嬉《うれ》しそうな顔をするくらいなんだ。俺には引き留められないって分かるぜ」

「……ありがとうございます」

ヴィルヘルムから去ることをあっさりと許してくれる彼に、目頭が熱くなる。

フリードリヒ殿下もご正妃様もそうだった。

彼らも私の帰りたいという言葉を真剣に受け取ってくれた。こういう人たちに会えたことをこの上なく幸運だと思う。

「……レナにはもう言ったのか？」

再び歩き出しながらアレクセイ様が聞いてくる。それに緩く首を横に振った。

「いいえ。今夜にでも話そうと思っています」

「そうか」

それ以上は言わない。踏み込んでこない優しさが骨身に染みた。

「……そっか。二日後にはお前、いなくなるのか」

「お引き立ていただいたのに、殆《ほとん》どお役に立てず申し訳ありません」

本心から謝ると、アレクセイ様は笑顔で言った。

「いや、俺からしたら、すっごく役に立ってくれたって思うぜ？　俺今、お前がいなくなったあとの仕事を本気でどうしようか、必死で考えてるんだからな？」

「アレクセイ様ならおひとりでも大丈夫ですよ」

優秀な人なのだ。私がいなくても大丈夫だと知っている。だが彼は否定した。

「ありがとな。でも、ひとりじゃないのが、良かったんだけどなあ」

「……」

その言葉に、私は何も言えない。言う資格がないのだと分かっていた。

◇◇◇

城に戻ったあとは、いつも通り仕事をし、定時で下がった。

今日はレナを私の部屋に呼んである。アレクセイ様にも話したのだ。レナにも言わなければと再度覚悟を決めた。

あの子が泣くところは見たくない。だけど、黙っていることはできないと分かっていた。

先にイルヴァーンの王女とも話をした。せっかく家庭教師として使っていただいているのに、職務放棄するような形になり、申し訳ないと謝ると、彼女は笑って「故郷に帰るのなら仕方ない」と言ってくれた。気をつけて、と言葉を掛けてくれた。

そして心配そうな顔で、「レナは大丈夫なのか」と聞いてきた。

オフィリア王女。

桜の友人とのことだが、こちらのことを気遣ってくれるとても優しい方だ。

きちんと話しますと告げると、そうしてやってくれと眉を下げて言っていた。レナのことを思ってくれているのだろう。

彼女にレナを付けたのは間違いではなかったと心から思った。

「シオン様」

指定した時間ちょうどに女官服に身を包んだレナがやってきた。彼女は私を見ると、嬉しそうに駆け寄ってくる。

「お久しぶりです！　最近なかなかお会いできないから、すごく楽しみにしてました！」

イルヴァーンの王女付きとなったレナは、毎日一生懸命頑張っている。そのせいで、会う機会が減っていたことをレナは気にしていたようだ。

弾んだ声に罪悪感が募っていく。それを目を瞑《つむ》ってやり過ごした。

「レナ……」

「シオン様？」

不思議そうに私を見上げてくる目には、明らかな信頼があった。それを今から裏切らねばならないのだ。決めたのは自分なのに、酷く苦しい。

私はできるだけいつもの自分であれるよう努力しながら彼女に言った。

「レナ、私は故郷に帰ることになりました」

「えっ……故郷？」

突然言われた言葉を理解できないのか、レナが目を丸くする。そんな彼女に頷いた。

「ええ、二日後に。ですので、ヴィルヘルムとはお別れです」

「二日後!?　いきなりですね。ええと、あたし、どうすればいいのかな。まずオフィリア殿下にお話しして、カーラ様やご正妃様たちにも暇乞《いとまご》いをしないと……」

当然のように私についてくるつもりの発言に、更に苦しくなる。彼女を突き放さなければならない事実が心を抉《えぐ》る。

「……レナ。申し訳ありませんが、あなたを連れてはいけません」

「え……」

「連れてはいけないと言ったのです」

もう一度、はっきりと告げる。レナの表情が徐々に強《こわ》ばっていく。私が本心から告げているのが伝わったのだろう。本当に申し訳ない。

「……あなたがヴィルヘルムまで私を追いかけてきて、再会した時のことを覚えていますか。あの時私は言ったはずです。あなたを放《ほう》って消える可能性もある、と」

「っ……」

レナが唇を噛《か》み締める。その様子だと、覚えているようだと安堵《あんど》し、続きを話した。

「それが、今です。私は行かねばなりません。故郷に帰れるチャンスはきっと今しかない。これを逃《のが》せばきっと私は二度と向こうに帰れない。だから」

「そ、そこにあたしも連れていってもらうわけにはいきませんか！」

精一杯の勇気を出し、レナが叫ぶ。その言葉を嬉しく思いつつも首を横に振った。

「残念ですが無理です。私の国には獣人という存在はいません。社会の在《あ》り方もここことは全く違う。あなたを連れていくわけにはいかないのです。それに――」

言葉を句切り、彼女を見る。愛らしい猫耳が揺れている。彼女を一緒に日本に連れていけば、バレた時、間違いなく研究機関的なところに収容されるだろう。そうして彼女はきっと尊厳を奪われる。それはタリムで奴隷として過ごすよりもっと屈辱的で、それこそ死にたいと思うような扱いで。そうなると分かっていて、連れていくことなんてできなかった。

「それに、何ですか。シオン様」

目に涙を溜《た》め、私を見上げてくるレナ。その彼女に近づき、頭を撫《な》でた。

「なんでもありません。そういうことですからレナ。私のことは忘れ、可能ならあなたも故郷に戻って下さい。待っている人がいるんでしょう？」

「……」

レナが俯《うつむ》き、拳《こぶし》を握る。きっと思い出しているのは己の父母のことだろう。

彼女は数日前両親に会ったばかりだ。気持ちが揺れるのは当然だと思う。

「レナ」

「帰りません」

キッと顔を上げ、レナが口を開く。その目は涙で潤んではいたが、とても力強かった。

「あたし、帰りません。もう少しここにいて、ご正妃様たちにご恩をお返しするつもりですから」

「そう、ですか」

きっとそう言うだろうと思っていたが、本当にそう答えるとは。タリムにいた頃のレナからは考えられない成長だ。

彼女は必死に目を見開き、涙を零さないよう堪《こら》えている。そんな顔をさせている己を殴ってやりたい気持ちになった。

「……ひとつ、聞いても良いですか？」

「はい。なんでも」

声が震えていた。それに気づき、できるだけ優しい声音で告げる。

「答えられることならなんでも答えますよ。質問はなんですか？」

「……シオン様は先ほど故郷に帰られるとおっしゃいました。そしてそこに私を連れてはいけないと。あたしのことを放って消えるかもしれないっていうのは聞いてますし、なんとなく覚悟はしていましたから、もう良いです。でもシオン様、シオン様は故郷に帰れて嬉しいのですか？　それだけ、どうしてもお聞きしたくて……」

「嬉しいに決まってます」

レナの問いかけに、答える。

私にできることは、彼女に対し真摯《しんし》になることだと分かっていた。

「嬉しいですよ。私はずっと故郷に帰りたいと、その道ばかりを探し続けてきた。故郷には待っている人がいるんです。私が心から愛する人が。だから帰りたいし、帰らねばならないと思っています」

それがたとえ、もう亡くなってしまった人であっても。

こちらの世界で転生していることを知っていたとしても。

私にとっての桜は、日本に眠る彼女だ。それを間違えてはいけない。

「……分かりました」

私の答えを聞き、レナが萎《しお》れた様子で小さく頷く。慰めてやりたい気持ちに駆られたが、そんな資格は私にはない。上げそうになった手を下ろし、ただ、彼女を見つめる。

「私のために、こんなところまで追いかけてきてくれたのに、最後には置いていくことになって申し訳ありません」

頭を下げる。しゃくり上げるような音が聞こえ、目を瞑った。

帰れるとは思っていなかったが、もし帰れた時、共に過ごす人がいれば傷つけてしまうことになると分かっていた。だからタリムから去る時、私はレナを置いていったのだ。

だけど彼女は来てしまった。その過去は変えられない。

泣かせたくなかったのに、結局泣かせてしまうことになったのが辛《つら》い。

「謝らないで下さい。シオン様は悪くありません。あ、あたしが勝手についてきたんだから……。シオン様は駄目だっておっしゃっていたのに……うう……」

「すみません」

「謝らないで下さいって言ったのにぃ……ああああああ」

我慢の限界を超えたのか、ついにレナが声を上げて泣き始めた。彼女を慰めても良いものか悩み、その資格はないと手を握る。そんな私に彼女が言った。

「どうして……どうして撫でて下さらないんですか。あたし、泣いているのに。いつものシオン様なら慰めて下さるのに……！」

「あなたを泣かせたのは私ですからね。そんな資格はないでしょう」

至極当然と思った答えに、レナはブンブンと首を横に振って反論してきた。

「資格なんていりません！　あたしが！　撫でて欲しいって思ってるんですから！　もう、シオン様に撫でてもらえる機会なんてないんですよ。これで最後なんですから、ちゃんと撫でて下さいよ！」

「っ……！」

彼女の言葉を聞き、目を見開く。ストレートに告げられた言の葉は思いのほか心に刺さった。彼女に近づき、その頭をゆっくりと撫でる。感情に呼応し、ぺしゃんと萎れた猫耳が悲しい。

レナはぐしぐしと泣き続けた。

「シオン様……シオン様……」

「はい。すみません、レナ」

「謝らないで下さいって言ってるのに……うう……」

しゃくり上げ、なんとか泣き止《や》もうとする彼女。その一生懸命さに胸を打たれた。

私にはこんなにも私のことを想ってくれる人がいた。

それだけで全《すべ》てが報われた気がする。

今は幸せだと言えるが、この世界に来た当初は本当に辛かった。だけどその思いも、レナがいたおかげで悪くなかったと今は思える。

レナが小さな声で、だけどもはっきりと言う。

「シオン様。あの日、あたしを見つけてくれてありがとうございました。奴隷から解放してくれて本当にありがとうございました。シオン様がいなかったら、きっと今頃生きてはいなかった。あの日、シオン様が救いの手を差し伸べて下さったから、あたしは今、ここにいるんです。お父さんとお母さんに会えたのも、全部ぜんぶシオン様のおかげ。あたし、シオン様のことを忘れません。あたしを助けてくれた人のこと、絶対に忘れませんから……」

「ありがとうございます」

忘れない。そう言ってもらえたことが何より嬉しかった。

レナが顔を上げ、泣き濡《ぬ》れた顔で私を見る。

「悲しいけど、本当は嫌だけど、あたし、シオン様に良かったですねって言います。あたしを幸せにしてくれた人にも同じように幸せになって欲しいから。シオン様の望みが叶うって言うんなら、別にあたしが悲しくてもいい。シオン様がそれで笑ってくれるならそれだけであたしは幸せだってそう思えるから――」

「ありがとう、レナ」

彼女の優しい言葉が胸に染みる。

自分の想いとは違うのに、私を送り出そうとしてくれるいじらしい気持ちが申し訳ないと思うのと同時に嬉しかった。だから、私もずっと思っていた言葉を告げる。

「私も、あなたに出会えたから、あの地獄のようなタリムで頑張ろうと思えたのですよ。私こそあなたに礼を言わなくては。ありがとう、レナ」

最初は罪滅ぼしだと思っていたレナの救済。だけどそれは次第に形を変え、私の生きる意味へとなっていた。その思いがあったから、きっと私は正気を失わず、あの辛かった時期を乗り越えることができたのだ。

「あなたに会えて良かった」

その言葉を告げると同時に、レナが再び大泣きを始めてしまったが、私が彼女の頭を撫でるのをやめることはなかった。

4・彼女と別れ

いよいよ、メイサさんとデリスさんに指定された日になった。

シオンが日本へ帰る日。

魔力が一番高まるのが夜だということで、夕食後にデリスさんの家に集まることが決まっている。

フリードはいつも通り朝から仕事に行ったが、私はどうにも落ち着かなくてソワソワしていた。

シオンはきちんと別れを済ませたようで、レナが意気消沈《いきしょうちん》しているのが見ていて可哀想《かわいそう》だった。声を掛けたが力のない顔で「大丈夫です」と言うだけ。

引き留められないのは分かっているのか、己の気持ちに一生懸命蓋《ふた》をしているようだった。

シオンが帰ったあと、もし彼女の元気が戻らないようなら、それこそ島へ帰らないかと打診しよう。

そう思ってしまうくらいには彼女の様子は酷《ひど》く落ち込んでいて、痛々しかった。

兄はいつも通りなように見えたが、フリード曰《いわ》く、結構気落ちしているそうだ。空元気で見ていて辛《つら》いという話を聞き、兄がどれだけシオンを気に入っていたのかを再確認した気持ちだった。

私だって彼の望みが日本への帰還だと分かっているから、そちらの方向で全力で支援するつもりだが、少し、いやかなり残念だと思っている。

告げる気はないが、昔の知り合い。その姿を見ることができて嬉《うれ》しかったし、同じヴィルヘルムという国にいることに安堵《あんど》もしていた。

きっとこのままシオンはヴィルヘルムにいるんだ。

いつの間にかそう考えていた己に気づいたのはいつだっただろうか。希望的観測は所詮《しょせん》、希望でしかない。

シオンは今日、己の望み通り日本へと帰る。

生まれ故郷に帰りたいというのは、当たり前のことだ。特に跳ばされたのが異世界とくれば、帰れるチャンスを逃《のが》したくない気持ちはよく分かる。

彼にとって、ここは異世界。自分の生きる世界ではないのだから。

「リディ、そろそろ行こうか」

落ち着かない気持ちで夕方まで過ごし、仕事を終えた夫と一緒に夕食を済ませたあと、彼が言った。

季節は夏が過ぎ、秋も深まってくる頃《ころ》。太陽が沈む時間は日に日に早くなり、すでに外は暗くなっている。その中で赤い満月が一際明るく輝いている。

月の色が日本――いや、地球と全く異なることに驚いたのは前世の記憶を取り戻した最初の頃だけで、日ごと色を変える月を、今はこれこそがヴィルヘルムの夜なのだと思える。

火曜の赤い月。

きっと、日本では禍々《まがまが》しいと称されるであろう真っ赤な満月は、この世界の人たちにとっては当たり前のものだ。ああ、赤い。今日は火曜日だったな、程度の認識。

月から目を離し、声を掛けてきたフリードの方を向く。私もフリードも、町に出かける時の格好に着替えていた。彼の腰にはメイサさんに言われた通り、黄金に輝く神剣がある。

今日の外出には、カインはついてこないで欲しいと最初に言ってある。

行き先はデリスさんのところだし、フリードと一緒なのだ。

少し渋りはしたものの、なんとなく事情を察しているのか、カインは比較的素直に引いてくれた。

今日のお出かけは、誰《だれ》にも秘密。夜の外出なんてもってのほかだと怒られるし、無用な心配も掛けたくない。それに、何をしに行くのかと聞かれて答えられる自信もなかった。

今夜はふたりでゆっくり過ごしたいので夕食後は部屋に近づくな。

そうフリードが皆に命令している。

「準備はできた？」

再度フリードに話しかけられ、小さく頷《うなず》く。準備といっても、私が用意するものは何もない。どちらかと言うと覚悟とか、心の準備のことを言われているのだと分かっていた。

「いよいよ、だね」

上手《うま》くいくのだろうかという疑問は口にしなかった。

なにせ、魔法を使うのは魔女たちなのだ。しかも三人も揃《そろ》っている。彼女たちがやれると言ってそれを疑うことなど私にはできないし、してはいけないと分かっていた。

「そうだね。まさか私も関わることになるとは思わなかったから、少し緊張しているよ」

「フリードが？」

いつも泰然《たいぜん》と構えている彼から緊張という言葉が出てきて驚いた。

「嘘《うそ》でしょ」

「本当だよ。なにせ、魔女たち曰く、私の力が鍵《かぎ》となるみたいだからね。それって私が失敗したら終わりってことでしょう。さすがに色々と緊張もするよ」

「神力が必要なんだって言ってたものね……」

メイサさんの言葉を思い出す。

メイサさんの力だけでも異世界に渡ることは可能だが、それは邪道であって正攻法ではない。シオンをきちんと帰すには正攻法を使わなければならないのだ。そしてその鍵を握るのは私の夫。

それが私なら……うん、確かに緊張しかないかもしれない。

大いに納得した私はフリードに言った。

「責任重大って感じでしんどいよね……」

「そこまで思い詰めているわけではないけどね。協力すると決めたんだ。無事に帰らせてやれるといいなと思っているだけだよ」

「うん。私もそう思ってる」

フリードの言葉に頷く。

さすがに協力すると決めてからは、彼も妙な嫉妬《しっと》めいた発言をしなくなっていた。

むしろ何としても帰してやらなければという使命感に駆られているような気がする。

気持ちの切り替えが上手い人なのだ。

「リディ、私の手を握って」

「うん」

フリードから差し出された手を握る。今から彼の帰還魔術で、デリスさんの家の近くまで一気に跳ぶのだ。その場所は人目につきにくいところで、誰にも見つからないように移動するという意味では最適な手段だと私も思う。

「行くよ」

魔術陣が現れる。次の瞬間には、予定地点に移動していた。そこには事前に場所と時間を指定しておいたシオンが待っている。

いつもの黒一色の格好をしたシオンは、闇《やみ》の中に紛れているように見えた。

「待たせたな」

「いえ」

フリードがシオンに声を掛ける。

シオンは今朝方、城を出ていたのだ。皆に別れを告げ、円満に。

そして、夜になるまでひとり静かに待機していた。

「ご足労をお掛けして申し訳ありません」

頭を下げるシオンにフリードが否定の言葉を告げる。

「私たちが自身で判断したことだ。お前に謝られるいわれはない」

「うん。そうだよね」

彼の言葉に心から同意した。

シオンを帰したいと思ったのは私たちの意志。だから謝ってもらう必要なんてどこにもない。

「行こう」

これ以上謝られても困るだけだと思い、フリードの手を引っ張る。シオンも察したのかそれ以上は何も言わず、私たちのあとについてきた。

◇◇◇

デリスさんの家に行くと、彼女は家の扉の前に立っていた。

まさか外にいるとは思わなかったので、目を見張る。

「えっと、デリスさん？」

「集合場所こそ私の家にしたけどね、さすがに私の家で大魔法は使えない。場所を移動するよ」

「……場所を移動？」

尋ねる間もなくデリスさんが手に持っていた杖《つえ》を振る。次の瞬間には、場所が変わっていた。

見渡す限り、大草原。赤い月に照らされた見たことのない光景に、思わず目を見張る。

「えっ……ここって……」

ヴィルヘルムですか？　そう聞こうとしたところで、甘く柔らかな声がした。

「ここは、シオンが最初に跳ばされてきた場所よ。覚えてる？」

「メイサさん！」

「いい時間だね」

後ろから声を掛けてきたのはメイサさんだった。彼女の隣には不機嫌そうなアマツキさんがいる。

「アマツキさんも！　この間ぶりです」

挨拶《あいさつ》をすると、彼女は不機嫌だと一発で分かるような声で言った。

「本当にね。お前さんたちも運が悪い。ヴィルヘルム王家になんているものだから、まんまとメイサに使われる」

「言い方！　何よ！　私、ちゃんとお願いして納得してもらって協力を取り付けたわ！　まんまとなんて言い方しないでちょうだい」

「言うに決まっているだろう。なにせあたしまで駆り出されたんだ。しかも男を故郷に帰すために。このあたしに男のために協力しろなんて、よく言えたもんだよ。まあ、魔女仲間がミスをしたんだ。協力はするが……この借りは高くつくよ」

「アマツキの業突く張り！　良いじゃない。快く協力してよ！」

「時と場合によるね」

「酷いわ！」

プンプンと分かりやすく頬《ほお》を膨らませ、メイサさんが怒る。それに対し、呆《あき》れたように答えたのはデリスさんだった。

「あんたの失敗に付き合わされてるんだ。運が悪いというのは事実だと私も思うよ」

「もう！　デリスもアマツキも私を虐《いじ》めて！　私だって頑張っているのに！」

デリスさんに突っかかるメイサさん。そんな彼女のいた場所を見ると、大きな魔方陣が描《か》かれていた。

大人《おとな》ふたりくらいを囲めるような大きさの円形の魔方陣は三重になっていて、意味の分からない記号や言語と思われるものが描かれている。

草原の上に直接描かれたそれは、銀色にキラキラと光っており、暗い草原の中で酷く目立っていた。

「メイサさん……それ……」

魔方陣を指さすと、彼女はどこか自慢するような笑みを浮かべた。

「異世界転移のための魔方陣よ。魔術陣ではなく、魔方陣、ね。なくても良いと言えば良いんだけど、デリスとアマツキが絶対に失敗は許されない。真面目《まじめ》にやれってうるさいから、朝からこの辺り一帯に人除《よ》けの結界を張って頑張って描いていたの」

「異世界転移の魔方陣……」

「古代言語で描いてあるわ。こちらの世界では失われた言語という扱いね。あ、あと、夜の草原は冷えるから、結界内の温度も上げているわ。寒くないでしょう?」

さくっとものすごいことをついでのように言う彼女に驚いた。

確かにコートを着ているわけでもないのに、寒さは一切感じない。秋の夜。しかも草原のど真ん中。身体《からだ》が凍えてもおかしくない。それなのにどうして気にならなかったのか。それはこの人が事前に魔法を掛けていたからに相違ないのだ。

「暖かい……」

「ふふ、協力してもらうのだもの。これくらいはしないとね」

ウィンクをし、メイサさんはシオンを見た。

「来たわね。皆にお別れは済ませてきたかしら」

「はい」

硬い表情ではあったが、シオンははっきりと答えた。その言葉にメイサさんが「そう」と頷く。

「準備は万端ね。最後にもう一度聞くけど、帰還の意志は変わらないのね？」

「もちろんです。私はずっとそれを望んできたのですから」

想いが不変であることを告げる。シオンが彼女に聞いた。

「先ほどあなたは、ここが私が跳ばされてきた場所だとおっしゃいましたが」

「ええ。ずいぶん前のことだから忘れちゃった？」

「いいえ、覚えてはいますが……そうですか。ここはタリムなのですね」

久しぶりだ、と呟《つぶや》くシオン。私はといえば、予想はしていたものの『タリム』という言葉に驚いていた。

転移門を使ったわけでもなく、あの一瞬でデリスさんの家からタリムに。

現代の技術では考えられない御業である。フリードも信じられないと首を振っていた。

「魔女というのは本当にすごいんだな……」

「ね。フリードも大概だとは思うけど、一瞬でタリムはすごいよね」

「さすがに私もこの距離は無理だよ。大人数での長距離移動。しかも多量に魔力を使った形跡もない。どんな理論を使えば可能なのかぜひ教えて欲しいくらいだ」

「フリードよりすごいんだ」

教えを乞《こ》いたい、なんて真顔で呟く彼を見て、目を見張った。

私の中で、フリードはわりとなんでもできる完璧《かんぺき》超人なのだ。だってほら……完全無欠《かんぜんむけつ》、なんて言われているような人だし、実際大体のことをスマートにこなすものだから、不可能なんてないのかなと思ってしまうのである。

「リディは私のことをなんだと思っているの。もちろんできないことだって多いよ」

「本当に？」

抗議してくるフリードを疑わしいという目で見つめる。

「わりとなんでもできるイメージだったんだけど……」

「できない、できない。私も人間なんだよ」

「……」

ますます疑わしい話である。いや、もちろん彼が人間だとは分かっているけれど、その枠を大幅に超えているような気がする。ひとりで一万の兵を片付ける、なんて話もあるわけだし。

それが嘘ではないのだから驚きだ。

「うーん、特別な存在って感じだよね」

言い方を変えると、フリードは苦笑した。

「ヴィルヘルムの王族は大体こんなものだよ。それにね、特別なんて言ってくれるけど、そんな私はリディがいなくなるだけで一瞬で役立たずになる自信があるし。そういう意味では、リディの方が特別だって思うけどな」

「私は普通の人間だよ」

ちょっと中和魔法なんて特殊なものが使えるし、異世界転生を果たしてはいるが、十分普通の枠組みに収まると思うのだ。だがフリードは懐疑的だった。

「普通？　リディが？　こんなに私を虜《とりこ》にしておいてあり得ないよ」

「な、何言ってるの。それを言うなら、私だってフリードに囚《とら》われてるもん」

気づけば、彼しか見えなくなっていた。文句を言いたいのはこちらの方だ。

だが、更に言い返そうと口を開いたタイミングで、デリスさんから教育的指導が入った。

「仲が良いのは結構だけど、さすがに今日はそれくらいにしておきなよ」

「す、すみません」

仲が良い、つまりはイチャついていたと言われ、謝りつつも首を傾《かし》げる。

割と、普通の会話だったとは思うのだけど……いや最近、普通という概念がズレてきている自覚はあるので、気づいていないだけで本当はイチャついていたのかもしれない。

イチャつきとは……と深く考え込みそうになっていると、メイサさんと話していたシオンが周囲を見渡しながら言った。

「ここ、タリムなんですよね。ですが、私がお世話になったギリムという名の集落が見えないのですが。転移してきた時、天幕が見えたのを覚えています」

「っ！」

シオンの言った集落という言葉に敏感に反応した。

それは彼が反射魔法を初めて使ってしまった場所であり、初めて人を殺してしまった辛い思い出の場所でもあった。また、親切に対し、裏切りを返された忌むべき場所とも言える。

そのことを口にしたシオンに、メイサさんはなんでもないことを告げるように言った。

「あの集落なら、もうないわ。タリムの王様が潰《つぶ》しちゃったもの」

「……え」

「あなたがタリムから出奔したしばらくあとにね。完璧に腹いせよね」

「そんな……ギリムが？」

話を聞き、愕然《がくぜん》とするシオン。同様に私もショックだった。腹いせで集落をひとつ潰す？

――そこに生きる人がいると分かっているのに？

あり得ない。

話を聞いたシオンが青ざめる。

「なんてことを……集落の人たちは無事なのですか……？」

「さあ？　私はそこまで追ってないから知らないわ。そういう事実があったと知っているだけ」

「そんな……私のせいで……」

その場に膝《ひざ》をつくシオン。そんな彼にメイサさんは毅然《きぜん》と告げた。

「別にあなたのせいじゃないわ。ただ、運が悪かっただけよ」

「運が悪かっただけなんて。私に関わらなければ彼らは……」

「集落を潰されなかった？　さあ、どうかしら。元々あの集落はそろそろ終わりだと言われていたもの。それをあなたが知識を与えたおかげで延命した。あなたがいなければ消える運命だったんだから、どちらにせよ同じだったんじゃない？」

「同じだなんて……！」

「同じよ。それに集落の人たちが死んだとは限らないでしょう？　生きているかもしれないじゃない」

「……それは」

そうかもしれないが、亡くなっている可能性も高いだろう。確かめる術《すべ》がない言葉が重くのしかかる。

だが、今それを言っても仕方ない。シオンもさすがに分かっているのか口を噤《つぐ》んだ。メイサさんが満足そうに頷く。

「良い子ね。あなたは帰ることだけを考えていればいいわ。さて、そろそろ時間かしら」

メイサさんが空を見上げる。それにつられるように、全員が天を仰いだ。

黒い空に、真っ赤な満月が浮かんでいる。今日の月はいつもより大きいような気がした。

赤い月。普段はなんとも思わないのに、今日に限っては特異な存在に見えてくる。

転生前に見ていた銀色に輝く月。何故《なぜ》かあの月が、今はとても懐かしい。

「赤い、月……あの時と同じ」

シオンが月を見上げながら呟く。

彼がこの世界にやってきた時に初めて見た月がこの赤い月。彼はこの月をどんな思いで眺めたのか。異世界に来たと理解するには十分すぎる証拠《しょうこ》。それは同時に深い絶望を誘う。

「シオン、魔方陣の中心に立ちなさい」

「……はい」

ぼうっと満月を見上げていると、メイサさんがシオンに命じた。彼は返事をし、魔方陣の方に行こうとする。その足が止まった。

「シオン？」

どうしたのだろう。声を掛けると、シオンは私ではなくフリードを見た。懐から白い封筒を取り出す。その封筒は、封がされていなかった。

「フリードリヒ殿下にお願いがあります」

「？」

シオンが封書をフリードに見せた。そこには宛名《あてな》が書かれており、フリードが僅《わず》かに目を見開く。

「シオン……これは」

「タリムの第八王子、ハロルド殿下に宛《あ》てたものです。内容を確認してもらっても構いませんので、もし機会がありましたら、これをかの方に渡してはいただけませんか」

何とも言えない顔でシオンは笑った。もう仕方ない、みたいな表情だ。

「こんなもの、用意する気はなかったんですけどね。ですが、なんとなく、彼には私からきちんと説明した方がいいような気がして。急がなくて結構です。それこそ、来年の国際会議に偶然出会った時とかでも構いません。ですからどうか――」

「分かった。引き受けよう」

シオンの手から手紙を受け取り、フリードが頷いた。

「ハロルドも喜ぶだろう。必ず、彼に届けると約束する」

「ありがとうございます」

シオンが深々と頭を下げる。顔を上げた彼はふと、思い出したように言った。

「ああ、ひとつだけ、懸念が。国際会議で会った時の話ですが、何故かハロルド殿下は私が異世界から来たことを知っていました。彼は、誰かから聞いたと言っていましたが、それが誰なのかは教えてくれませんでした。私はこれまで、あなた方を除いて誰にも異世界から来たことを告げていません。それなのにどうして彼は知っていたのか。どこからの情報なのか。結局分からないままでしたが、帰る前にこれはお伝えするべきだと思いまして」

「……お前が異世界から来たことを知っている者がいる？」

「はい」

真剣な顔で肯定するシオン。彼の言葉はフリードだけでなく、私も吃驚《びっくり》だった。

だって、一体どこからその話を仕入れてきたのか。当事者のシオンが口にしていないというのに。

そしてそれを言ったのがタリムの第八王子だというのも怖いと思った。

――私たちの知らないところで何かが起こっている？

見えない何かの手が這《は》い寄るような悪寒がし、背筋が震える。

ハロルド王子にシオンのことを教えた人物は、何を思っていたのだろう。何を目的に、それを彼に知らせたのか、分からないのが気持ち悪いと思った。

「分かった。知らせてくれて感謝する」

「情報提供が遅くなったことをお詫《わ》びいたします。本当は、もっと早くにお伝えするべきでしたが、その時はまだ、自分が異世界から来たことを告げる気はなかったもので」

中し訳なさそうに謝るシオンに、フリードは笑って答えた。

「その判断は当然だ。私でもそうする」

「……ありがとうございます」

もう一度頭を下げる。顔を上げたシオンは今度は迷わず魔方陣へと歩いていった。当たり前だけれど、こちらを振り返ることはしない。

じっとその姿を見送る。

シオン。シオン・ナナオオギ。

七扇《ななおおぎ》紫苑《しおん》。私の、前世での先輩で、恋人だった人。

何の因果か生まれ変わって会うことができたこの人と、またこうして別れる。

それぞれ、自分の場所で生きるために。

シオンは日本を選んだし、私はフリードの側《そば》にいることを選んでいる。

互いの選択は互いのもので、誰にも強制されるいわれはない。

シオンが定位置についたところで、魔方陣を囲むように三人の魔女が等間隔に配置についた。

デリスさんがフリードの方を見る。

「神剣は持ってきたね？」

「はい、ここに」

フリードが腰に提げた剣を手で触れる。デリスさんは頷き、私たちに言った。

「その剣にあんたのつがいであるリディの血を吸わせな」

「えっ……？」

フリードがバッと私を見る。私もまさかここで己の名前が出てくるとは思わずたじろいだ。

彼がとんでもないと大声で叫ぶ。

「リディに傷を付ける？　そんなことできるはずがない！」

「うるさいね。話は最後まで聞きな。量はほんの一滴ほどだよ。指の先を少し傷付けるだけでいい」

「一滴……。ですが……」

話を聞き、安堵しつつも躊躇《ためら》うフリード。私はといえば、なんだと思っていた。血を吸わせるなんて言うから、大量の血液が必要なのかと勘違いしてしまったではないか。一滴くらいなら問題ない。

彼の服の裾《すそ》を引き、訴える。

「フリード、私、大丈夫だよ。協力するって言ったんだし、それくらいやるよ」

少し指先を傷つける程度なら迷うこともない。ただぼうっと眺めているだけより、己に役目があった方が良いとすら思う。

「リディ、でも私は……」

嫌だ、とフリードが顔を顰《しか》める。私を傷つけたくないというその気持ちは嬉しけれど、シオンを帰す手伝いをすると決めたのは私たちなのだ。

「フリード」

「……分かった」

不本意極まりないという顔をしつつも、再度名前を呼ぶと、彼は渋々了承した。

デリスさんがやれやれという顔をする。

「過保護だねえ。ほんの一滴ほどだと言っているのに。大体、それが必要なのは、あんたたちの繋《つな》がりをもっと深めるためだよ。今はやっていないが、昔のつがい持ちの王族たちは皆、していたことだからね。王華《おうか》の力をより、安定させるためにさ」

「え、そんなことをしていたのですか……？」

「ああ、そうさ」

フリードが驚いたように神剣に目を向ける。その様子から、彼が儀式を知らなかったことが窺《うかが》えた。

デリスさんが淡々と説明する。

「もう百年以上も前に廃《すた》れた儀式だよ。別に必須《ひっす》というわけじゃないし、知っての通り王華だけでも神力は安定するからね。徐々に必要とされなくなっていったのさ。だけど、今回だけは必要だ。扉を開けるために使う膨大な神力。それを制御するには王華だけでは足りない」

「……分かりました。リディ」

「うん」

フリードに名前を呼ばれ、少し考えてから右手の人差し指を差し出す。自分で傷つけても良かったが、フリードにやってもらった方が治りが早いかなと思ったのだ。綺麗《きれい》な傷口はすぐに塞《ふさ》がるというし。

それに、フリードなら無条件で信頼できる。

「お願い。私、フリードにやって欲しい」

じっと彼の目を見て言うと、フリードも覚悟を決めたように頷いた。

「……アーレウスの先で、ほんの少しだけ斬《き》る。いい？」

「うん」

一緒に血を吸わせるところもやってしまうつもりだなと気づき、了承の意味を込めて頷いた。フリードがすらりと剣を引き抜く。

黄金の剣は美しく、キラキラと輝いていて、思わず感嘆の声が出る。

「綺麗」

刃先《はさき》まで黄金色の剣を見つめる。フリードが苦笑した。

「美術品ではないんだけどね」

「知ってる。フリードが実際に使っているところも見たことあるし。代々の国王が持っている剣、なんだよね。全然錆《さび》とかないように見えるけど……」

昔、誰かに聞いた。

剣というのは数人の血を吸えば、使い物にならなくなってしまうのだと。だが、この剣はまるで新品のような輝きを放っている。

「この剣には精霊が宿っていると言われているからね。特別仕様なんだよ」

「へえ……」

なるほど。だから私とフリードの繋がりを強化する、なんてこともできるのか。

精霊なんて私は見たことがないが、この綺麗な剣にそういう存在がいるということは不思議と信じることができた。

なにせ、竜神だった初代国王が持っていた剣なのだ。それくらいできそうだと思う。

「うう……一気にやっちゃって」

構えていると余計にしんどい。そう思い、目をギュッと瞑《つむ》る。ややあって、指先にチクりとした痛みが走った。おそるおそる目を開ける。

「あ……」

神剣が光っていた。いや、黄金だった刃《やいば》の部分の色が変わっていたのだ。

黄金が、青白いものへと輝きを変える。

「え……？」

剣の持ち主であるフリードも驚いているようで、神剣を凝視していた。

「フリード？」

「い、いや、私は知らない。神剣の刃の色が変わるとか……」

どういうことだとデリスさんを見る。彼女、いや、三人の魔女たち全員が酷く驚いた顔をしていた。

「おや、まあ……」

「そうだとは思っていたけど……え？　本当に？」

「……まさかそれをこの目で見られるとはねえ」

三者三様の言葉。だがその声音は感心したというようなもので、意外の響きはない。

デリスさんが呻《うめ》くように言った。

「青薔薇《ばら》の王華。それに中和魔法。やはり、か」

「神剣の反応がコレなのだもの。間違いないいんじゃない？」

メイサさんまでもが難しい顔で言う。急に不安になってきた私はデリスさんの名前を呼んだ。

「デリスさん？」

デリスさんはハッとしたように私たちを見た。

「ああいや、気にしなくていい」

「気にしなくていいって……すごく気になるんですけど」

中和魔法と言っていたし、自分のことが話題になっているのは間違いない。どういうことなのか説明して欲しかったが、デリスさんは答えなかった。

「ま、知らなくてもいいことさ。今のあんたたちには関係ない」

「？」

ますます分からない。ただ、デリスさんが何も言うつもりがないことだけは理解した。

そして彼女が言わないと決めたのなら、諦《あきら》めるしかないわけで。

「うう……気になるのに」

がくりと項垂《うなだ》れつつも、これ以上聞くのはやめにした。きっと言わないことには何か意味があるのだろう。彼女がそういう人だと知っている。

フリードも気になるようだったが、魔女の決定には抗《あらが》えないようで、仕方ないという顔をしている。

私たちが諦めたことが分かったのか、デリスさんが話を戻す。

「さて、これで神剣の方の準備は整った。王太子。あんたも感じているだろう？　神力の制御が更に楽になったことを」

「……はい」

剣を持っていない方の手を握ったり閉じたりしていたフリードが頷いた。

神剣はすっかり様変わりし、まるで最初からこうでしたよ、みたいな感じで彼の手にある。

刃は青白く輝いたまま。まるで意志を持っているかのように見える。

精霊がいるという話も、これなら誰もが信じると確信できる姿だった。

「信じられないくらい、身体が軽く感じます」

己の身体の動きを確かめ、フリードが言う。デリスさんは当然のように言った。

「そうだろうさ。神剣の力も借りているのだから」

「昔は、これが普通だという話でしたが？」

「ああ。昔は今よりも戦争が多かったからね。それに、歴代王族全員があんたほど神力制御が上手かったわけじゃない。日常生活に支障はなくても戦争で力を使うには足りなかったのさ。だから、神剣を継ぐ当時のつがい持ちの国王は、皆、神剣に己のつがいの血を吸わせた」

「そうすると、神力を更に制御しやすくなるんですね？」

「そう。神剣は神の持っていた剣というだけあって、かなり特殊でね。自身の所有者のつがいの血を吸うことで、神力制御の手助けができるようになる、なんて能力も持っているのさ。国を守る国王には必要な儀式だろう？」

「……そうでしたか。では、今現在、この儀式が忘れられているのは？」

「さっきも言った。今は王華だけで十分だ。戦争だってそこまで頻繁じゃない。それに、これが一番の理由なんだが、たとえ掠《かす》り傷といえど、己のつがいに傷を付けたくなかったそうだよ。だからこの儀式はなくなったんだ」

「ものすごく納得しました」

デリスさんの説明を聞き、フリードがなるほどという顔をした。

「これだけの効果があるのに何故と思っていたのですが、その理由なら理解できる。私だって、どうしようもないと言われたから了承しましたが、本当はリディに傷なんて付けたくなかった」

「ヴィルヘルムの王族たちは皆、つがいに一途で大切にするからね。ま、そういうことだよ」

私としてはこれくらいなら全然平気なのだが、フリードには許せなかったらしい。

もう血は止まっているし、針で指を突くより痛くなかった。傷口がどこにあるのかも分からないくらいだ。だけどきっとそういう問題じゃないんだろうな。

大切に思ってもらえること自体は嬉しいので、まあいいかと流す。

フリードが剣を鞘《さや》へとしまう。デリスさんがメイサさんに目を向けた。

「こちらの準備はこれで終わりだ。メイサ、例のものは持ってきているんだろうね？」

「もちろん。これがないと始まらないもの」

言いながら、メイサさんが大きめの香水瓶を取り出す。その中には丸いものが入っているようだ。彼女とは少し距離が空いているので、それが何かまでは分からない。

「それ、何なんですか？」

「異世界転移に使うための魔具よ。正攻法で異世界転移するために絶対に必要なの。そうね、方位磁石のようなものと言えば分かるかしら。これを転移する人物が持つことで、その人の世界がある場所、そして望む時間を指し示してくれるの」

「指し示す、ですか」

「ええ、世界は無数に存在しているから。その中のどれがシオンの世界なのか教えてくれるアイテムは必要でしょう？　もう、本当にこれを手に入れるの、めちゃくちゃ苦労したんだから」

その時の苦労を思い出したのか、メイサさんがため息を吐《つ》く。アマツキさんが口を開いた。

「あたしは聞いていないんだが、それは結局どういう経緯で手に入れたんだい？　普通、出回らないだろう？　それの価値を知っているのはあたしたち魔女以外にはいないし、そもそも入手条件が難しすぎる」

「そうよ。だから他《ほか》の魔女から譲ってもらったの」

「その魔女とは？」

「……別にいいじゃない」

アマツキさんの追及から逃れるようにさっと視線を逸《そ》らすメイサさん。その行動を見たデリスさんがハッとしたように言う。

「あんた！　まさかギルティアからそれを買ったんじゃないだろうね!?」

「な、なんで分かったの!?」

驚いたように言うメイサさんに、デリスさんは言った。

「つい最近、聞いたんだよ！　ギルティアに対価として己の右目を差し出した男の話をね！」

「え……右目って」

——もしかしなくてもアベルのこと？

デリスさんが言っているのが誰のことか気づき、目を見張る。アベルがギルティアと取引をしたことは、私もデリスさんたちと一緒にフリードから聞いていたから知っているのだ。

誰とも契約しなくてもヒユマの秘術を使えるように。そのために、彼は己の右目を差し出した。

でも。

——え、ということは、メイサさんの持っている瓶の中に入っているのはアベルの瞳《め》？

驚愕《きょうがく》の真実にたどり着き動揺していると、メイサさんが言い訳をするように言った。

「仕方なかったのよ！　私だってギルティアになんかお願いしたくなかったわ。でも他の魔女たちに聞いても、皆、持っていないって。途方に暮れていた時、ギルティアの方から声を掛けてきたのよ。お前が探しているものを私は持っている。高くはなるが、譲ってもいいって」

「……ちっ」

「ギルティアが取引で嘘を吐かないのはあなたたちだって知っているでしょう？　だから応じたのよ。実際、手に取ってみれば分かった。これは確かに異界に繋がる特別な魔具だわ。彼を間違いなく、望む世界へ導いてくれる」

「……なるほどね。で？　ギルティアはどんな様子だったんだい？」

疑わしげな様子でデリスさんが尋ねる。メイサさんは首を横に振った。

「分からないわ。影だけ送ってきたから。品物のやり取り自体は、転送魔法を使ったし……」

「今の自分の姿をわざわざ隠してまで、あんたにそれを売りつけに来た。何か良からぬことを企《たくら》んでるんじゃないかい？　あれがわざわざ手に入れた希少品を売るなんて考えられないからね」

「うう……それは確かにそうかもだけど、私に断るって選択肢はなかったもの。これがなければ道を開けない。取引するしかなかったのよ」

必死に言い募るメイサさん。デリスさんとアマツキさんはじっとメイサさんを見つめていたが、やがて仕方ないという顔をした。デリスさんが言う。

「ま、確かに手に入ったのが奇跡のような魔具だからね。相手がギルティアでも受けざるを得なかったあんたの気持ちは分かるよ」

「ギルティアの考えが読めなくて気持ち悪いが……せっかく手に入れたんだ。とりあえずは予定通り異世界転移を行うべきだね。そのために、あたしは呼ばれたんだろう？」

アマツキさんも頷いた。

マクシミリアン国王と繋がっているギルティアが、私たちが必要としている魔具をタイミング良く譲ってくれたというのは裏がありそうで怖い。だけどここにものがあるのなら、使わない手はないと私も思う。

だって私たちは、シオンを日本に帰すために集まったのだから。

納得いかない点も多々あるけれどそれは今は置いておくことにし、全員が改めて配置につく。

私とフリードはどこにと思ったが、メイサさんにシオンの前に立つよう指示された。

「魔方陣には入らないでね。外側、シオンのちょうど正面にふたりで立ってちょうだい」

「分かりました」

指示された場所に移動する。いよいよ始まるのかと思うと緊張でドキドキした。

いや、私が何かするわけではないのだけれど、異世界転移などという魔法がこの目で見られるのはすごいし、それに多少なりと自分が関わっているのが信じられなかったのだ。

シオンの様子を見る。彼は黙って指定された場所に立っていた。すでに覚悟を決めているのか微動だにしない。その彼にメイサさんは持っていた瓶を放《ほう》り投げた。

「受け取ってちょうだい。あなたが持っていないと意味がないから」

「えっ……！」

動揺しつつも、シオンはなんとか瓶をキャッチした。受け取ったものを見て、ギョッと目を見開く。

「こ、これは……！」

「魔具だって言ったでしょ。それ以外の何ものでもないから驚かないでちょうだい」

「いや、でもしかし……これは、人の眼球、でしょう？」

動揺するシオンを見て、そりゃあ驚くよねと思う。

私だって知らなかったら、吃驚するどころの騒ぎではなかったと思うから。

それがどういう経緯で来たものなのか、多少なりとも知っているから、落ち着いた気持ちでいることができるのだ。頬を引き攣《つ》らせるシオンにメイサさんが毅然と告げた。

「異界に繋がる魔具だって言ったでしょ。確かにそれは人の眼球だけれど、特別な魔術加工を施して魔具化しているし、きちんとしたルートで入手したものよ。その目にも恨みは一切残っていなかったわ。それが意味するのは、ちゃんとその目の持ち主は納得して、それを手放したってこと。あのギルティアが嘘みたいだけれど、持ち主が納得する対価を示せたのね。だから魔具としてきちんと機能するわ。何も問題ないのよ」

「問題ないって……そんなわけ……」

シオンの顔色が変わる。倫理に反すると言いたいのだろう。だが、メイサさんはピシャリと告げた。

「つまらないことを言わないでちょうだい。それがないと、あなたは帰れないのよ？」

「……」

「あなたは意味のない正義感を振りかざしたいのかもしれないけれど、言っておくわ。これを拒否するというのは、帰れないということ。代替品なんてないわよ。これだって手に入ったのが奇跡みたいなものなんだから」

毅然と告げるメイサさんを呆然《ぼうぜん》と見つめるシオン。彼は懊悩《おうのう》するように瓶を見て、唇を噛《か》んだ。

「……これがないと、私は帰れないんですね」

「ええ、その通りよ。だけどさっきも言った通り、安心してちょうだい。これは無理やり生きている人から抉《えぐ》り取ったものでも、死体から採取したものでもないから。納得して提供されたものなのよ。だから、罪悪感なんて抱かなくていいの」

「……分かり、ました」

大分悩んだようだが、それでもシオンは頷いた。

きちんと提供されたものだと聞いたのも大きいのだろう。

アベルが納得して対価としてギルティアに差し出したもの。それが巡りめぐってここにある。

異界に繋がるとはどういう意味なのか分からないが、きっと彼の瞳には魔女にしか分からない特別な何かがあるのだろう。

「話はついたかい。全く、メイサは本当に話の進め方が下手《へた》くそだね。言わないでいいことだってあるだろうに」

デリスさんが億劫《おっくう》そうに言う。メイサさんがそんな彼女に食ってかかった。

「私だって言うつもりなんてなかったわ。でも、魔具は転移する当人に持っていてもらわないといけないし、気づかれたら誤魔化しようなんかないじゃない」

「だからあんたはまだまだなんだよ。まあいい。これ以上遅くなるのも良くない。決まったのなら、始めるよ」

デリスさんが静かに告げる。メイサさんも同意見なのか、気持ちを切り替えるように表情を変えた。

その手にはいつの間にか長い杖がある。デリスさんの持っているものとよく似ているそれを掲げながら、彼女は理解できない言葉を呟き始めた。おそらくは、呪文《じゅもん》、なのだと思う。それをまるで歌うように彼女は紡いだ。

「――。――――――。―、―――」

メイサさんの声に合わせるように、デリスさんとアマツキさんも同じように呪文を口にする。

アマツキさんの手にもふたりと同じような杖があった。三人は杖を掲げ、旋律《せんりつ》を紡ぐ。

彼女たちの声は、私たちの他には誰もいない草原によく響いた。

魔方陣の輝きが、彼女たちの声に呼応するように増し始める。ごごごという音が地面から聞こえる。まるで大地が揺れているような気がした。

「すごいな……」

私の隣にいたフリードが小さく呟く。感嘆の響きに気づき、彼を見た。

「フリード?」

「見たこともないような量の魔力が渦《うず》巻いているよ。これは……土地からも魔力を吸い上げているのかな。すごい……まだ増えていく……こんな濃い魔力、初めてだ」

「見えるの?」

私にはよく分からない。それこそ地面が揺れているように思えるくらいだ。

「そうだね、リディも集中して見てみるといい」

「……分からない」

首を横に振るとフリードが私の手を握った。

「じゃあ、教えてあげる。目を閉じて私と呼吸を合わせて。ここに集まっている魔力を感じ取ってみて。感じ取れたら、目を開けて、ものの見方を変えるんだ。そうだね。眼鏡《めがね》を掛ける、みたいなイメージが良いかもしれない」

「……うん」

どうやらレッスンをしてくれるようだ。魔法関係は、フリードと一緒だと不思議と上手くいくことが多いので、なんとかなる気がした。実際、彼の言う通りにすると、多量の熱量が立ち上っていくのを肌で感じることができた。目を開ける。

「……湯気みたいなのが見える」

「そう、それが魔女たちの集めた魔力。すごいでしょう?」

「うん……」

いつの間にか濃密な気配が場を覆っていた。淡く輝いていた魔方陣は今や眩《まぶ》しいほどの煌《きら》めきを放っていて、まるで昼間のように明るい。

呪文の詠唱が止《や》んでいる。

デリスさんたちがフリードを見た。

「扉までの道は繋いだ。それを開けるのはあんただよ。さあ、力を。ありったけの神力を解放するんだ。己の真上に全《すべ》てを放出するような気持ちで。あとは私たちがなんとかするから、あんたは神力を暴走させないことだけを考えな」

「……分かりました」

フリードが頷く。握っていた手を放された。集中したいだろうと思い、数歩下がる。

彼は小さく息を吐き、気合いを入れるように「はっ!!」と声を上げた。

ドンッという重い音が地を揺らす。心臓にクるような響きだ。それと同時に、フリードの身体が神剣の刃の色と同じ青白い炎に包まれるのが見えた。

「えっ……!」

「出した神力を分かりやすく可視化しているだけさ。大丈夫だから動揺するんじゃないよ」

「は、はい」

駆け寄ろうとしたが、デリスさんから注意された。慌てて思い留《とど》まる。確かに青白い炎に包まれた彼は熱さを感じてはいないようだった。

あれが、彼の力。

フリードは目を瞑り、唇を噛み締め、拳《こぶし》を握って全身を震わせている。苦しそうな姿だ。おそらく神力の制御に苦心しているのだろう。

私にも何かできないか。そう思うが、やれることはなにもない。ただ、彼を見つめるだけだ。

やがてデリスさんが持っていた杖を頭上でくるくると回し始めた。すると炎がフリードから離れ、
まるでひとつの生き物のように動いた。意志を持っているかのように炎は自ら魔方陣を輝かせている
光に飛び込んでいく。

「う……わ……」

　あまりの勢いに息を呑《の》む。

　魔方陣の中心にいるシオンは大丈夫だろうか。そう思ったが、炎は光と同化しただけのようで、彼にダメージはないようだ。フリードの力が混じった魔方陣の光はぐねぐねとうねり、その輝き方を変えた。白い光は金色の輝きとなり、ただ縦に延びていただけだった光が、くるくると横回転を始める。

「うっ……」

「フリード!?」

　変化した魔方陣の様子を唖然《あぜん》と見ていたが、呻き声が聞こえたことに気づき、ハッとした。

　フリードが膝をついている。慌てて側に駆け寄った。

「大丈夫!?」

　その場にしゃがみ、彼の背をさする。呼吸が酷く荒い。かなり消耗しているようだ。

　フリードは何度も深呼吸をし、力ない笑みを私に向けてきた。

「大丈夫、とは言えないけど、まあなんとか。でも、驚いたな。本当にごっそり力を持っていかれたよ。こんなに空になったのなんて生まれて初めてかもしれない」

「すごかったもんね……お疲れ様」

「ありがとう。上手くいったみたいで良かったよ」

　荒く息を吐き出しながらもフリードは満足そうだった。未《いま》だグルグルと回り続ける黄金色の光を見つめている。

　メイサさんがホッとしたようにシオンに言った。

「成功よ。異世界への扉は開いた。この金色の光が何よりの証拠。光が消えるのと同時に、あなたは元いた場所に帰れるわ。私が保証する」

回り続ける輪と魔方陣の中で、シオンが目を丸くしたのが見えた。

「これで、帰れるんですか？」

「意外と簡単だったとでも思ってる？　まさか。三人の魔女。ヴィルヘルムの王太子夫妻。異界に繋がる魔具に、その異世界の住人であるあなた。どれかひとつでも欠けていれば、この魔法は成功しなかったわ。そしてそのどれもが、普通ならひとつとして集められないものなのよ」

「ええ……それは、はい。分かっています」

咎《とが》めるようなメイサさんの声の響きに、シオンは殊勝な態度で頷いた。

「私ひとりでは、ここまでたどり着くことはできなかったでしょう。よく、分かっているのです。ただ、それがあまりにもあっさり叶《かな》えられてしまったので……」

「幸運というものは、ある日突然降ってくるものよ。でも、そうね。あなたの場合は幸運とは違うわね。あなたは、そもそも私のせいでこの世界に来たのだもの。――迷惑を掛けたわ。見えないかもしれないけど、これでも結構責任は感じていたの。だから無事、あなたを元の世界に送ることができてホッとしているわ」

「……」

「さあ、その光が消えれば、景色《けしき》は変わっているでしょう。目の前にはあなたの知った世界が広がっているはずよ。さよならの時ね」

「さよならの時……」

メイサさんの言葉に、シオンが何度も目を瞬かせた。彼が、思わずという風に私を見る。

「ご正妃様……」

「さようなら、シオン。あなたがいてくれて楽しかったわ」

お別れを言うのなら今しかないと思い、立ち上がって告げる。同じように立ち上がったフリードが私の腰を引き寄せながらシオンに言った。

「お前には世話になった。お前の帰還に協力することが、私からの餞別《せんべつ》だと思い、受け取って欲しい」

「フリードリヒ殿下？　いえ、そんな私は何も――」

「お前はリディを私に託してくれただろう？　その、礼だ」

「っ……！」

シオンが虚を衝《つ》かれたという顔をした。私もフリードは言うつもりはなかったと思っていただけに驚きだ。

「お前のおかげで、無駄なすれ違いをすることなくリディと想いを交わすことができた。本当に感謝している」

「いえ、そんな……私は……あなたのためにやったわけでは……」

「それでも、だ」

さっぱりと告げられ、シオンは黙った。黄金の光が薄れていく。よく見ると、シオンの輪郭がぼやけているような気がした。

異世界に――日本に転移するのだ。それが、分かった。

「――シオン」

名前を呼ぶ。

二度と会うことはないと思っていた人。だけど何の因果か、異世界で彼と再会することができた。

それは私にとって、とても幸運なことだったと思う。

「日本に帰っても、元気で」

彼に向かって手を振る。

私の腰を抱くフリードの手の力が若干強くなった気がして、苦笑した。

大丈夫なのに。私はどこにも行ったりしないと言ったのに。

日本へ帰っていくシオン。彼を見ても、良かったなという気持ちしかないし、たとえばだけれど、私も日本へ行きたいとか、そんな思いは微塵《みじん》も湧《わ》かないのだ。

私が生きる世界は、家族がいて、愛する旦那《だんな》様がいるこの場所。

決して、日本ではないのだ。

私にとって日本は、今や異世界でしかない。

大丈夫だということを示すために、フリードに寄り添う。彼の身体から少し力が抜けた気がした。

本当に心配性な旦那様で困ってしまう。

この人は、私がいないと駄目なのだ。それは私も同じだけれど。

「ご正妃様……」

シオンの姿がだんだん薄くなっていく。その声も徐々に聞き取れなくなってきた。

シオンが、堪《たま》らずという風に口を開く。

「あなたにまた会えたから、この世界に来て良かったと思えた。本当に、愛していました。それだけはどうしても伝えたくて――」

「え……」

「どうか、フリードリヒ殿下とお幸せに」

言うべきことは言ったとばかりに、シオンは優しい笑みを浮かべた。私たちに向かって手を振る。

それが私の見た彼の最後の姿となった。

黄金の輝きと共に、シオンの姿が掻《か》き消える。光のおかげで眩しかった草原が、あっという間に暗くなる。光源となるのは赤い月だけ。

夜空に輝く赤い満月だけは、変わらずそこにあった。

役目を終えた魔方陣が輝きを完全に失い、沈黙する。ずっと杖を掲げていた三人の魔女が、腕を下ろし、大仕事を終えたように息を吐いた。

だけど私は混乱の局地にあった。最後の最後、シオンの放った言葉が信じられなかったのだ。

彼は最後になんと言った。

また、会えたと言わなかったか。愛していたと言わなかったか。

それは一体、誰に向けて放った言葉なのか――。

ああ、それは少し考えれば誰にでも理解できる至極簡単な話で。

「え、え、え——？」

目を見開き、誰もいなくなった魔方陣をただ、見つめる。

言葉にされて、初めてシオンの心が届いた気がしていた。

「……気づいていたの？」

私が、桜《さくら》だということに。

彼は私に『また会えたからこの世界に来て良かったと思えた』と言った。私が『また』と言われる理由。それはどう考えてもひとつしかなくて。

「紫苑、先輩……」

この世界からいなくなってしまった人の名前を呟く。

彼は気づいていた。私が桜だと気づいていたのだ。

いつからなのかは分からない。だけど、私が私であるということを彼は知っていた。

その上で今まで黙っていたのだ。

「……」

衝撃で言葉が出ない。だけどもっと驚いたことがある。

それは、私が彼から愛されていたということ。

「嘘……でしょ」

信じられなかった。

だって私は愛されていなかったはずなのだ。愛していたなんて、そんなはずは――。

「だから、リディだと思うって言ったのに」

「っ、フリード……」

あまりのショックに呆然としていると、フリードが私をギュッと抱き締めてきた。当たり前だけれど、彼にもシオンの声は聞こえていたようだ。

「あ、あの……」

「シオンの好きな人はリディだって、私はずっと思っていたよ。だって、分かりやすく牽制《けんせい》されたこともあったしね」

「え、何それ、知らない」

「言うわけないでしょう」

当然のように言われた。こちらとしては教えて欲しかったところだが、私が彼だとしても、絶対に言わないなと思ったので、納得するしかなかった。

「多分、シオンはリディが誤解していると知っていたんじゃないかな。だけど彼はそれを受け入れ、黙って帰るつもりだった。でも、最後に欲が出たんだろうね。だから言ったんだと思うよ。本当は愛していたんだと知って欲しかったんだ」

「……うん」

フリードの言葉に頷く。その通りだ。

確かにああして言ってもらわなかったら、私はずっとシオンのことを誤解していたままだったと思う。

今でも信じがたい気持ちはあるけれど、彼が最後に残した言葉が嘘とはさすがに思わない。

でも、そうすると、彼が弔《とむら》いたいと願う墓の主は私ということになるのだけれど。

――え、私、いくつで死んだの？

やはり私は相当な早死にをしたらしい。これは碌《ろく》な死に方をしていないなと察した私は、絶対に死因を思い出したくないと思った。

そして、もうひとつ、気づいてしまった。

「……シオンは私のお墓を守るために帰ったって、そういうこと？　お墓の中に私はいないのに、本当にいいの？」

抜け殻が眠る場所に帰りたいと彼は言ったのか。

私はそこにいないのに。眠ってなどいないのに。

どうにも納得できないでいると、フリードが緩く首を横に振った。

「それはシオンが決めることであって、私たちがとやかく言うことではないよ」

「それは……そうだろうけど……」

「シオンも言っていたでしょう？　亡くなっていることは何も関係がないんだって。抜け殻だと、リディがそこにいないと分かっていても、彼は戻り、その墓を守り続けることを選んだ。彼は全部承知の上で、戻ることを決めているんだよ」

「……そう、だね」

確かにフリードの言う通りだ。

シオンは私が誰かを分かっていた。それでも彼は日本に戻ることを選んだ。

つまりはそういうこと。

彼にとっては、日本で眠る私こそが、『桜』だったのだろう。

それはその通りだと思う。

ここにいる私はリディアナで、桜ではないと私も思うから。

それでも愛していたと告げてくれた彼に、今はただ、ありがとうという言葉を贈りたい。

「で」

「？」

ちょっとした感傷に浸っていると、フリードがこほんとわざとらしく咳《せき》払いをした。そんな彼を訝《いぶか》しく思いながらも見つめると、フリードは気まずそうに私から目を逸らしながら言った。

「一応、確認しておきたいんだけどそれを知ったリディの気持ちは？」

すん、と真顔になった。どうやらフリードは私の気持ちの変化を恐れているらしい。

ある意味想定通りの反応にやれやれと思う。だけど聞いてくれたおかげで、いつもの自分に戻れたような気もする。

「……」

「あいたっ」

手を伸ばし、フリードの頬を思いきり抓《つね》る。彼が顔を歪《ゆが》めたのを見て満足した。

「疑わないでって言ったよね?」

「……疑ってない。確認しただけだよ」

「同じなんだけどな、もう。私はフリードが好きだって何回言えば信じてくれるの」

「信じてるけど、何回でも言って欲しい。言ってもらえると安心できるから」

欲望ダダ漏れの言葉を聞き、苦笑した。全くもって私の旦那様らしいと思ったのだ。

「はいはい。何度でも言うから。私はフリードだけが好き。フリードがいるところが私の居場所だよ」

「……うん」

「愛してるから心配しないで」

「してない。……少しも気持ちを動かされなかった?」

しつこい。

思わず笑ってしまった。もう一度、強めに頬を抓る。抵抗されないのは……自分でもしつこい自覚があるからだろう。

「心配性だなあ。大丈夫だって。過去の話なんだから。でも、そうだね。あの頃の私は気持ちを返してもらえなくてしんどいばかりだったけど、ちゃんと愛されていたんだなって分かって、少し報われた気はしたよ」

素直な気持ちを伝える。

紫苑先輩と付き合っていた頃、私はいつも辛かった。好きの言葉を伝えても同じ言葉が返ってくることはなく、本当に恋人関係なのかと悩んでいた。それに耐えきれず別れを告げたけれど、それを後悔したことはなかったけれど、心のどこかにしこりとして残っていたのは事実だった。

それが彼の言葉で少し楽になった気がした。

できれば桜が生きている時に聞かせて欲しかったけれど、それは言っても仕方ない。

過去は変えられない。私たちは今を生きていて、何とか足掻《あが》いて変えられるのは、未来だけなのだ。

「——きっと私の中にいた桜は、シオンと一緒に日本に帰ったんだよ」

「リディ？」

ふと思ったことを呟くと、フリードが私を見つめてきた。

「どういう意味？」

「え、そのままだけど。うーん、なんかね、ちゃんと桜だった自分にお別れが言えた気がしたの」

今までだって私は私以外の何ものでもなかったが、それでもそういう風に思ってしまう。

今、私が感じるのは、爽《さわ》やかな解放感だ。

すっきりした気持ちでフリードを見つめ返す。だが、彼は不機嫌だった。

「……リディは全部私のものなんだけど」

「え」

「リディを形作っているものは全部私のものだから、たとえ一部でも誰かにとか許せないんだけど」

「……え、えーと、今のはたとえと言うか……う、うん。間違い！　大丈夫。日本になんて行ってない、行ってない」

じーっと抗議するように見つめられ、気まずくなった私は前言を撤回した。

「本当に？」

「本当、本当」

「全部、私のもの？」

「うんうん、全部フリードのものだね」

「……」

納得しがたいという顔をしつつも、前言撤回したのが効いたようでそれ以上は追及されずに済んだ。相変わらず独占欲が強すぎる旦那様である。たとえと分かっていても許せないようだ。

——ま、私にはこれくらいの人が良いんだろうけど。

己の気持ちをいつだって偽らず告げてくれるフリードが相手だから、きっと私は不安にならないのだ。想いを信じることができるし、安心して愛することができる。

「私は、フリードだけが好きだよ」

変わらない想いを告げ、踵《かかと》を上げて、彼の唇に己の唇を重ねる。

ようやく安堵してくれたのか、フリードの表情が和《やわ》らいだものへと変化した。

◇◇◇

シオンを送り届けた私たちは、デリスさんの魔法で、彼女の家へと戻ってきた。時間はかなり遅かったが、さすがにじゃあと言って即座に帰るのも失礼かと思い、立ち寄らせてもらうことにする。

もちろんアマツキさんとメイサさんも一緒だ。真っ先に椅子《いす》に腰掛けたデリスさんが情けない声で言う。

「やれやれ。久々に大魔法を使ったせいで、腰が痛い」

はーっとため息を吐く彼女に、アマツキさんも同意した。

「全くだね。ところでメイサ、さっきも言ったが、あたしたちをここまで協力させたんだ。当然、何らかの対価は支払ってくれるんだろうね？」

「えー、魔女仲間じゃない。これは助け合いでしょ？　対価なんて――」

「いいや、対価はいるね。私も要求するよ」

「えっ……」

アマツキさんの言葉にデリスさんが乗ったことで、メイサさんの表情が焦ったものに変わった。

二対一。どう考えてもメイサさんが不利だ。ここ数日で、三人の関係性がなんとなく見えてきた私は楽しく見守ることに決めた。

三人の様子を観察していると、フリードが私を抱き寄せ、肩口に顔を埋めてきた。

「フリード？」

「……疲れた……」

フリードにしては珍しい言葉に、思わず彼を見る。神力を消費して、膝をついていたことを思い出した。

「大丈夫？」

「……結構、キツい、かも。力が空っぽになるってこんな感じなんだね。初めての経験だけど……うん、魔力が枯渇した時、皆が倒れていた気持ちが今なら分かるよ」

はあ、と熱い息を吐くフリード。よく見れば、立っているのもやっとな有様だ。グラグラと揺れている。労《いたわ》るように頭を撫《な》でた。

「お疲れ様。私に何かできること、ある？」

「……帰ったら、いっぱい抱かせて」

「え。疲れてるんじゃないの？」

いつも通り過ぎる答えに、ちょっと驚いた。どちらかと言うと寝たいのではと思ったのだ。

「リディを抱くと、回復するスピードが上がるから……」

そういえば、そんな話も聞いたなと思い出した。一応、念のため確認する。

「それって、神力も回復するものなの？」

「……経験がないから分からない」

「ええー……」

「だって、力なんて常に持て余しているのが当然だったんだ。気にしたこともなかったんだよ」

「……あー、そうだよね」

大きすぎる力に振り回され、疲れ果てていたのが私と出会った頃のフリードだったのだ。それを思い出し、納得した。

「じゃあ魔力……いや、この場合神力か。これって、普通はどうやって回復するものなの？」

「睡眠と食事が基本だね」

　私の疑問に答えてくれたのは、メイサさんとアマツキさんとのやり取りに億劫になってきていたデリスさんだった。なるほど、と頷く。

「じゃ、帰ったらとりあえず寝て、明日はたくさん食べないとね」

　料理長に栄養のつくものを作ってもらおう。いや、私自ら腕を振るうかと気合いを入れていると、フリードが反論した。

「嫌だ」

「ちょっと」

「リディを抱かずに寝ろとか、もしかして私に死ねって言ってる？」

「言ってない、言ってない」

　大袈裟《おおげさ》である。さすがに呆れてフリードを見ると、彼は意外と真剣な顔をしていた。

「別に私だって冗談で言ってるわけじゃないよ。神力が回復するかは経験がないからはっきりとは言えないけど、リディを抱くと間違いなく精神力は回復する。だから……ね？」

「いや、疲れてるなら寝ようよ……寝たら回復するって言われてるんだから」

「嫌だ。リディを抱く」

　絶対に帰ったらエッチするのだと主張するフリードに脱力した。

　何故、そこまで頑《かたく》ななのか。いや、絶対にシオンのアレコレが尾を引いているのだとは分かるのだけれど。

私としては別にするのは構わない。だけど、自らの疲労状態を少しは理解して欲しいと思うのだ。

「いいんじゃないかい？　ヴィルヘルム王族にとって、つがいとは特別な存在だからね。実際、あんたたちは魂と魂で繋がっている。つがいと交じり合うと、回復が早まるというのは嘘じゃないよ」

意外なところからフリードの応援がきた。驚きつつも、デリスさんの話を聞き、少し考える。

「ええっと……それって神力も同じなんです？　まさかとは思いますけど、寝るより回復するとか？」

いくらなんでもそれはないだろうと思いながら尋ねると、想像とは違う答えが返ってきた。

「もちろんさ」

「え……」

「せっかくだ。頑張った夫に褒美でもやったらどうだい」

「ご褒美……」

「好きなだけ抱かせてやったらいいじゃないか」

まさかのとんでもないヴィルヘルム理論に頭を抱えたくなっていると、フリードが言った。

「だそうだよ」

デリスさんにお墨付きをもらったフリードが、顔を上げ、にんまりと笑っているのを見てがっくりする。

うーん、ものすごく嬉しそうだ。

しかしデリスさんにここまで言われては、私も覚悟を決めないわけにはいかないだろう。

ノリードに早く本調子に戻ってもらいたい気持ちは強くある。

「分かった。そういうことなら付き合う」

何回でもどんとこい。

ここはデリスさん印の体力回復薬の出番だなと思っていると、フリードが嬉しげに言った。

「良かった。今の言葉だけで少し回復した気がしたよ」

「ん？　それはさすがに気のせいでは……？」

言いすぎだ。

「ねえ」

アマツキさんとの言い合いが一段落したのか、メイサさんが声を掛けてきた。慌てて返事をする。

「はい、なんでしょう。メイサさん」

「あなたの旦那様。前にも言ったけど、元の状態に戻るには、どんなに早くてもひと月は掛かるから。

それだけ頭に入れておいてね」

「ひと月。はい、分かりました」

頷くと、メイサさんが「でも」と言った。

「あなたたちはすごく特殊なケースだからもしかしたら……うーん、でも、そう上手くはいかないかしら。何しろ覚醒《かくせい》したばかりだし」

「覚醒？　何の話ですか？」

気になる言葉が聞こえ尋ね返すも、メイサさんは笑顔で言った。

「なんでもない。こちらの話よ」

誤魔化されてしまった。だが、私たちの話ではないのだろうか。

だけど聞いても答えてくれないだろうなということはなんとなく分かる。

そういうことが今日は多くて、どうにもモヤモヤするなと思いつつも頷くと、メイサさんは含みのある顔で言った。

「頑張って旦那様に付き合ってあげることね。それが一番簡単で、近道なのは間違いないから」

「……」

すんと真顔になってしまった。

いや、いつも通りと言えばいつも通りなのだけれども、魔女ふたりからエッチするのを推奨されるってどういうことだと思ってしまう。

もちろん、フリードのためだ。付き合うことは吝《やぶさ》かではないけれど、なんだかなあという気持ちにもなる。

「だってさ、リディ」

何と答えればいいのか微妙な顔をする私を、結果としてこちらでも応援をもらうことになったフリードが弾んだ声で抱き締めてきた。

今日の徹夜が確定した瞬間だった。

5．カレと別れ（シオン視点・書き下ろし）

「ああ――。日本、だ」

聞こえてくる車が走る音。向こうの世界では見ることのなかった硬いコンクリートの地面。そして何より空を見上げれば、赤かったはずの月が消えている。

代わりにあるのは、数年前までは毎日のように見上げていた銀色の月。

私は、日本に帰ってきたのだ。

◇◇◇

日本に帰る――。

夢物語と思っていたことが現実となる日がやってきた。

この日私は朝の内に皆に別れを告げ、城を出た。

「寂しくなりますね」

そう言ってくれたのは、近衛《このえ》騎士団団長であるグレゴール様だ。忙しいのに正門まで見送りに来てくれた。その側《そば》にはアレクセイ様もいる。

「本当にお世話になりました」

頭を下げる。

今朝方、レナには改めて別れを告げてきた。彼女は目に涙を溜《た》めてはいたが、精一杯笑顔を作り、「さようなら、シオン様」と返してくれた。ヴィルヘルムに残る意志は変わらないらしい。私としては故郷に帰って欲しいところだが、無理強《じ》いはできないのは分かっている。「頑張って下さい」と最後に彼女の頭を撫《な》で、与えられた部屋を出た。萎《しお》れていた猫耳が悲しかった。

「本当に行くのかよ」

ぶっきらぼうな口調でアレクセイ様がそう告げる。惜しんでくれているのが分かり、申し訳ない気持ちになった。それでも残るという選択肢は存在しない。

「申し訳ありませんが」

「謝るなって。お前の答えは分かっていたんだからさ。あー……俺《おれ》も焼きが回ったな」

「惜しんで下さるのはとても嬉《うれ》しいですよ」

「……お前は優秀な奴《やつ》だった。いつでも戻ってこい」

「はい」

その時がこないことを知りつつも頷《うなず》いた。皆に感謝しつつ城を出る。町に着いたところで、小さく息を吐いた。

私が帰還するのは夜。フリードリヒ殿下とご正妃様との待ち合わせの時間まで時間を潰《つぶ》さなければならない。

「さて、待ち合わせの時間まで、どこに行きましょうかね」

そう言いながらも、行きたい場所は決まっていた。

迷わず進むは、ご正妃様——桜《さくら》の店。

最後に彼女のレシピのカレーを食べたいと、そう思っていた。

◇◇◇

夜になり、待ち合わせ場所に行く。時間通りふたりはやってきた。合流した後は魔女の住処《すみか》へ。魔女の魔法で連れてこられたのは、私がこの世界に来た時にいた場所だった。

夜ではあるが、見渡す限りの大草原。空には真っ赤な月。この場所から日本に帰るのだと言われ、酷《ひど》く納得した。

そうして始まる、帰還の儀式。

三人の魔女が杖《つえ》を掲げ、呪文《じゅもん》を紡ぐ。メイサから渡された魔具を強く握り締めた。

異界に繋《つな》がる魔具。そう聞かされたものの正体は、人間の眼球だった。

カインと呼ばれた彼と同じ色の瞳《ひとみ》が、魔術処理を施され、瓶の中でまるで宝石のように輝いていた。

こんなものを使って、本当に許されるのか。

こちらに来て、とうに失ったと思っていたはずの倫理観が顔を出す。だけど、それはすぐに消え失《う》せた。

これがなければ帰れない。そう聞かされてしまえば、私に言えることなど何もないのだ。

だって私は、どんな手段を使っても帰りたいと、そう願っているのだから。

――桜、あなたの眠る日本へ。

自分が最低な人間であることは分かっている。だけど帰りたい。なんとしても帰りたいのだ。私がこの世界に来たのは彼女の通夜の帰り道。

私は桜がどこに眠っているのかも知らない。花を添えることさえできていない。

生まれ変わった桜はここにいるけれど、彼女は私の桜ではない。私の桜は日本で眠っている。

そして、一度は向こうへ帰らなければ、自分が先に進めないと分かっていた。

このままここにいるのでは駄目なのだ。この世界に残りたいという気持ちが全くないとは言わないけれど、今、留《とど》まるべきではないと気づいている。

だって日本には、やり残したことが多すぎる。

私は帰らなければならない。

己自身の力で前へと、進むために。

「……」

ここまでくればもう、私にできることはない。

フリードリヒ殿下が己の力を放った。魔方陣がその色を変える。ただ、縦に延びているだけだった白い魔力が、横回転する黄金の輪へ。それが、日本という異世界に繋がった合図だということは、魔女に言われる前から気づいていた。

だって懐かしい。懐かしい何かが私を呼んでいる。

この声に身を任せれば、私は日本に帰れるのだと、誰《だれ》に説明されなくても分かっていた。

メイサが私に告げる。

「さあ、その光が消えれば、景色《けしき》は変わっているでしょう。目の前にはあなたの知った世界が広がっているはずよ。さよならの時ね」

「さよならの時……」

分かってはいたが、言葉にするとずっしりと胸に響く。反射的に、桜を見てしまった。

「ご正妃様……」

こんな時でも間違えず「ご正妃様」と呼べる自分を我ながらすごいなと思う。私と目が合った彼女が笑顔で告げる。

「さようなら、シオン。あなたがいてくれて楽しかったわ」

笑みを浮かべる彼女を見つめる。

数日前、人殺しの私を何とも思わないのかと聞いた時、彼女は真っ直《す》ぐに「必要なこともあると知っているから」とそう告げた。

その時、唐突に理解したのだ。

ここにいるのはリディアナ妃であって、桜ではないのだと。

彼女はヴィルヘルムの王太子妃だ。その地位に相応《ふさわ》しい矜持《きょうじ》と覚悟を持って立っている。

分かっていたつもりで、分かっていなかった。そのことに気づかされた。

彼女は、今を生きている。未《いま》だ過去に囚《とら》われているのは、私だけなのだ。

——なんて情けない。

いつまでも同じ場所で足掻《あが》いているだけの自分が嫌だった。

私も前に進まなければ。そう、強く感じた。

ある意味、あの時に全《すべ》ての覚悟は決まったのかもしれない。

彼女に誇れる己でありたいと。

だから、私は帰るのだ。

「……」

その時に感じたことを思い出しながら口を開こうとすると、彼女の腰を抱き寄せながらフリードリヒ殿下が口を開いた。

「お前には世話になった。お前の帰還に協力することが、私からの餞別《せんべつ》だと思い、受け取って欲しい」

「フリードリヒ殿下？　いえ、そんな私は何も——」

何もしていない。私は桜のために動いていただけで、彼に礼を言われることなど何もしていないのだ。だが、彼は言った。

「お前はリディを私に託してくれただろう？　その、礼だ」

「っ……！」

その、こと、か。

まさかフリードリヒ殿下がその話を持ち出してくるとは思わず、反応が遅れた。

「お前のおかげで、無駄なすれ違いをすることなくリディと想いを交わすことができた。本当に感謝している」

「いえ、そんな……私は……あなたのためにやったわけでは……」

「それでも、だ」

きっぱりと告げられ、口を噤《つぐ》む。

そんなつもりはなかったが、結果として彼がそれを恩として感じ、協力してくれたのがよく分かったからだ。

どうしてフリードリヒ殿下が私の言うことを信じてくれたのか。そして、協力しても良いと言ってくれたのか。彼の言葉を聞いて理解できた。これは、彼なりの礼だったのだ。

「ああ……」

横回転する光が少しずつ薄れていく。見れば私の身体《からだ》も少し薄くなっているような気がした。日本に転移するのだろう。

「――シオン」

桜が私を呼んだ。その声に反応し、彼女を見る。

「日本に帰っても、元気で」

親しみを込めて桜が私に向かって手を振る。彼女は己を抱き寄せている夫に、幸せそうな表情で寄り添っていた。

フリードリヒ殿下の側にいれば、彼女はずっと幸せに過ごせるだろう。それは、この目で彼らを見てきたから確信できる。

「ご正妃様……」

私の姿が薄れていく。視界もチラつき始めてきた。

本当にお別れの時なのだ。

桜は相変わらず笑顔で私に手を振っている。その表情に憂いの色はない。私のことを覚えているはずの彼女は、結局、最後の最後まで過去の話を持ち出さなかった。

それは私も正しいと思うし、私もそうしたいと思ったから良かったのだけれど、これでもう会うことがないのかと思うと、少しだけ恨めしい気持ちにもなってしまう。

ずっと、桜を愛してきた。

彼女への愛に気づいたのは、彼女と別れてからだったけれど、確かに私は彼女を愛していたのだ。

それだけは、彼女に知っていてもらいたい。そう思ってしまった。

だから告げた。本当は、最後まで言わないでおこうと思っていた言葉を。

「あなたにまた会えたから、この世界に来て良かったと思えた。本当に、愛していました。それだけはどうしても伝えたくて――」

「え……」

桜が目を丸くする。言葉が届いたのだと知り、嬉しかった。その隣にいるフリードリヒ殿下の表情が強《こわ》ばる。その顔を見て、申し訳ないけれど笑いそうになってしまった。

大丈夫。あなたから彼女を奪ったりしない。

こうして、私のために力を尽くしてくれたあなたに、それこそ恩を仇《あだ》で返すような真似《まね》をするものか。

それに桜はすでにあなたを選んでいる。

これは、単なる決別の言葉。

あなたを不安がらせるためのものじゃない。


「どうか、フリードリヒ殿下とお幸せに」

心から告げ、笑みを作る。

さようならの気持ちを込めて、手を振った。次の瞬間、視界が真っ白になる。

「その魔具だけど、捨てないでちょうだいね。――――――――――――――――だから」

転移する直前、メイサが悪戯《いたずら》っぽく囁《ささや》いた。その言葉に驚き、真意を問おうとして――。

「ああ――」

日本に帰ってきたのだと気がついた。

◇◇◇

「……」

今までのことを思い返しながら己の格好を見下ろす。

黒一色の貴族服。以前、日本から転移してきた時に着ていたスーツはさすがにボロボロになり、二ヶ月ほど前に、処分してしまったのだ。

どうせ帰れないだろうとどこかで諦《あきら》めていたからそんな行動を取ったのだと、今は分かっている。

こんな格好で町中を彷徨《うろつ》いていれば目立つだろう。だけどちょうどいい。

なにせ、帰ってきたのは良いけれど、今がいつなのか、ここがどこなのか、それすら分からないのだ。

警察に保護されれば情報くらいは得られるだろう。それから今後を考えればいい。

「ああ、でもこれは見つかるわけにはいきませんね」

手に持っていた瓶を見る。

その中には赤い眼球が変わらずあった。眼球はほのかに輝いており、何らかの役目を果たしていたことが窺《うかが》える。

私が向こうから持ってきたもの。

特別な魔術加工がなされた魔具だ。

警察に見つかればきっと没収されてしまう。これはなんだと問い詰められるだろう。

いらないと捨ててしまうのは簡単だが、それはしてはいけないと分かっていた。

だって最後にあの魔女は言ったから。

『その魔具だけど、捨てないでちょうだいね。――――。――――――――――――だから』

言われた言葉を思い出し、小さく笑う。

最後の方は殆《ほとん》ど聞き取れなかったが、唇の動きを読めたので理解できた。

どうやら彼女は私に対し、本当に申し訳ないと思ってくれていたらしい。でなければ、こんな破格の対応はしてくれなかっただろう。

有り難い。本当に有り難かった。

帰れるだけで十分。これ以上を望むのは贅沢《ぜいたく》。だから期待していなかったのに、まさか最後の最後でこんな素晴らしい贈り物をしてくれるなんて。

――ああ、これがあれば私は――。

微笑《ほほえ》み、上着の内ポケットに瓶を大切にしまい込む。

さて、と空を見上げた。

やらなければならないことは目白押しだ。

とりあえずは今いる場所と時間の把握。そして、桜が埋葬された場所を調べて――。

「桜」

遠い異世界に生きている彼女に呼びかける。

あなたが幸せだと知って、嬉しかった。

できればその幸せは私が与えたかったけれど、それは許されなかったから。

今はただ、あなたの選んだ人との永久の幸福を願う。

「――ああ、満足だ」

ぽつりと呟《つぶや》く。

大変なこともたくさんあった。もう死んでしまいたいと自棄《やけ》になった夜もあった。

自分のせいで人が死ぬ。それに苦しみ、嘆いた日々は数えきれぬほど。

それでも。

「あの場所に行けて良かった」

今はそう、心から思う。

だって生きている桜に会えたから。

そして、最後にきちんと別れを告げることができたから。

愛していたと伝えることができたから。

「……」

ゆっくりと歩き始める。

足掻いていた日々は終わった。ようやく前に向かって進める。

これからが私の始まりなのだ。

日本に帰り着いた私が、知人たちと再会したあと知らされることになる驚愕《きょうがく》の事実。

それが新たなる決断に繋がっていくと、今の私はまだ知るよしもないけれど。

今はただ、歩き出した自分を、帰るという意志を貫けた自分を褒めてやりたいとそう思う。

「——桜。いえ、ご正妃様」

ここにはいない、あの人を想う。

私のものではない、あの人を想う。
その事実はもう、私を傷つけはしない。
傷つけるわけがない。だって、それは私が選んだ道なのだから。
「……」
空に向かって手を伸ばす。
届かない世界に手を伸ばす。
いつになるか分からない。
もしかしたら、その時は来ないのかもしれない。
だけどまたいつか、あなたと会えたらその時には――。

あの方の隣で微笑むあなたに、『ただいま戻りました』と、どうか笑って告げられますように。

6・猫耳少女と灰色狼（レナ視点・書き下ろし）

「はあ……」

小さく息を吐く。

今頃《いまごろ》シオン様は、ヴィルヘルムを出て、故郷に向かっているところだろうか。

それとも、もうお国に着いたのか。

シオン様のいなくなった部屋を見つめる。

別になくなったものはない。シオン様は何も持ち出さなかったからだ。

だから今朝までと何も変わらないはずなのに、室内はがらんとしていて酷《ひど》く寒いような気がした。

◇◇◇

今朝方、シオン様はヴィルヘルムのお城を後にした。

故郷に帰るということで、皆に惜しまれての別れだった。

あたしは、彼を見送ることをしなかった。

シオン様との別れは、すでに昨夜の内に済ませているし、今、去りゆく彼を見てしまえば「行かないで」「連れていって欲しい」と彼を困らせるようなことしか言えないと分かっていた。

「シオン様……」

彼が好んで座っていたソファの座面をそっと撫《な》でる。昨日まで、彼は確かにここにいた。

そうして、あたしに微笑《ほほえ》んでくれたのに。

思い出せば涙が込み上げてくる。

奴隷に落とされたあたしを助けてくれた人。

もう死んでしまった方がマシだと思っていた時に、手を差し伸べてくれた人。

あたしには、神様のような存在の人だ。

あたしは獣人で、頭の上には猫耳。そして尻《しり》には尻尾《しっぽ》がある。

獣人といっても、別に獣に変化できるわけじゃない。

昔はそういう獣人もいたらしいが、今は皆無だ。身体《からだ》全部を変化できるような者はいない。

あたしも猫になれるわけじゃない。

だけど、あたしを買った主人たちは、あたしが猫であることを期待した。そして、折れ耳のあたしを見て、出来損ないだと言ったのだ。

猫の獣人は、耳がピンと尖《とが》っている方が価値が高い。あたしは、無価値なのだと。

タリムのお城で皆に虐《しいた》げられながら下働きをしているあたしに転機が訪れたのは、シオン様が城に来られた時だった。

お客様の相手をするよう命じられ、怯《おび》えながらもお部屋を訪ねた私に、シオン様はとても優しかった。

そして、あたしのどこを気に入って下さったのか分からないけれど、使用人として引き取って下さったのだ。

タリムでの日々は辛《つら》かったけれど、シオン様と過ごした二年間だけは本当に幸せだった。

だけど、幸せも長くは続かない。

シオン様はタリムを出られ、彼のおかげで奴隷から解放されていたあたしは、彼の後を追いかけた。

シオン様には故郷に帰れと言われたけれど、帰れなかった。

だってあたしには、シオン様に返しきれない恩がある。その恩を全くお返しできていない状況で故郷に帰ることなどできないと思ったのだ。

必死でシオン様を追いかけ、ヴィルヘルムで無事、合流できた。

シオン様は最初は連れていけないと言っていたが、最後には折れて下さった。私を側《そば》に置いてくれると頷《うなず》いて下さったのだ。

ヴィルヘルムはタリムとは違い、皆が親切で優しい。

シオン様もタリムにいる時と全然違う、穏やかなお顔をしていた。このままずっと過ごしていくのだと信じていたのに。

「本当に、帰っちゃった……」

誰《だれ》もいない部屋。

主《あるじ》がいなくなり、明日には片付けることが決まっている部屋。

そこにひとり立ち尽くす。

そんなことをしていても、何も変わらないと知っているのに。

シオン様は、ご自分の故郷に帰られた。

あたしを連れてはいけないと、ひとりで去っていってしまった。

できれば故郷に帰りなさいと、そう、言い残して。

その言葉に従いたい気持ちはあるけれど、今はできないと思っている。

だってあたしはたくさんの人にお世話になった。

最初はシオン様だけに恩を返そうと思っていたけれど、今となってはそれだけでは駄目だと思っている。

あたしを城に置いて下さった王太子様やご正妃様。獣人なのに優しくしてくれる女官長のカーラ様に同僚の女官たち。今、お世話をさせていただいている、オフィリア様も。

たくさんの優しさのおかげで、あたしは今ここにいる。それを無視することはできなかった。

だから残ると言ったし、それを後悔もしていないけれど、こうして部屋の中にひとりでいると、言い知れない寂しさに襲われる。

「シオン様……」

今はもう行ってしまった、あたしを絶望の淵《ふち》から掬《すく》い上げてくれた人。

あたしは、彼を忘れない。

ずっと覚えていて、それで、いつかこちらからシオン様に会いに行きたいと思っている。

――あなたのおかげで、ここまで生きてこられました。

そう、彼に笑って告げることがあたしの新たな目標だ。

シオン様の故郷がどこにあるのかは分からないけれど、同じ空の下にいるのなら、きっといつか会える。そう、信じている。

「……グラウに会いに行こう」

シオン様のいない部屋の寂しさに耐えきれなくなり、外に出た。

時間は夜。いや、夜更けと言ってもいいかもしれない。

そんな時間にグラウに会いに行くなんて正気の沙汰《さた》ではないと分かってはいたが、足は止まらなかった。

グラウにいつでも会いに来ていいと言って下さった、ご正妃様の言葉に甘えているのは分かっている。だけどひと目でも構わないからグラウに会いたかったのだ。

グラウはご正妃様がある日、連れてこられた大きな狼《おおかみ》。

迫力のある狼は、普通なら怖いと思うものなのだろうけど、不思議とあたしは怖さを全く感じなかった。怖いどころか、愛《いと》しささえ覚えてしまったのだ。

なんて素敵な狼なんだろうと思った。離れがたくて、世話をさせて欲しいとご正妃様にお願いした。

グラウも最初は嫌そうにしていたけれど、最近ではあたしの好きなようにさせてくれる。

ブラッシングも、時折気持ち良さそうな顔を見せてくれるようになった。

少しはあたしに心を開いてくれたのかな。そんな風に思うと、湿っていた気持ちが浮上する。

「グラウ……」

小さく声を掛ける。

ご正妃様と殿下の部屋の前に、グラウが寝そべっていた。その横には兵士たちがいて、やってきたあたしを見ている。

「お前か。もう夜中だぞ」

兵士のひとりが話しかけてきた。

グラウのお世話係としてよくここには来るので、すっかり顔を覚えてもらえている。

なので、警戒はされなかった。

ぺこりと頭を下げる。

「すいません。どうしてもグラウの顔を見たくて……」

「まあ、ご正妃様から、いつでも来て構わないと言われているのは知っているから好きにすれば良いが……グラウ？」

兵士と話していると、のそりとグラウが身体を起こした。そうして、ゆっくりとあたしの方に歩いてくる。

なんとなく、彼が言いたいことが分かった気がした。

「……散歩、行く？」

「わう」

こくり、と頷く。

グラウは基本的にはご正妃様たちの部屋の前に陣取っているのだけれど、一日に何度か散歩に出かけるのだ。運動不足になると自分でも分かっているのだろう。

夜なのに散歩に行くと言うグラウ。

兵士たちは驚いた様子だったが、すぐにそういうこともあるのだろうと思い直したようだった。

「グラウが散歩に行くんだったら、一緒に行ってやってくれ。何にもないとは思うが、こいつ、これでもご正妃様の飼い狼だからな。念のため、だ」

「はい」

これもグラウのお世話係としての仕事。

それに、あたしも少し外の空気を吸いたかったのだ。散歩に付き合うのはちょうどいい。

「ま、何かあってもこいつならなんとかしちまうんだろうけどなあ」

グラウの大きな体格を見ながら、兵士が苦笑いする。

「ここはオレたちがいるから大丈夫だ。気にせず行ってこい」

「はい」

彼らに見送られながら、ご正妃様たちのお部屋を離れる。グラウの歩みはのんびりで、背の低いあたしでも早歩きしなくて大丈夫なくらいだ。

毎日ブラッシングしているおかげで艶々《つやつや》になった毛並みを眺める。

大きな身体。

グラウは賢いし大人《おとな》しいから、女官たちにはわりと受け入れられているが、それでも怖いという者も中にはいる。

ひと呑《の》みにされてしまいそうだと言っていた女性もいた。

グラウはそんなことしないと言い返したかったけど、彼女が本心から怯えているのは分かったので、何も言わないでおいた。

怖いと思っている人に、怖くないよと言ったところで意味はない。

あたしたちにできることは、その人に近づかないよう心掛けるくらいだ。

「結構明るいね」

グラウと一緒に一階から庭に出た。

あたしたちがいるのは、お城に来た人たちなら誰もが入れる庭だ。

ご正妃様や王太子様がお使いになるのは、王族専用のお庭で、他《ほか》の誰も入れない特別な場所だけれど、ここは違う。

だけどその庭も夜だからか、誰の姿も見えない。昼間とは違う夜の庭は、等間隔に明かりが灯《とも》っているせいか思っていたよりずっと明るくて、過ごしやすい場所になっていた。

「誰もいない。気兼ねしなくていいね」

ね、とグラウに声を掛ける。

グラウは上機嫌にあたしの三歩先を歩いている。先導する彼の後ろをあたしは素直についていった。案内しろと言われても困るし、ついていくだけの方が楽で良い。

それに今は、何も考えたくなかったし。

頭の中は去っていったシオン様のことでいっぱいで、それを追いやるだけで精一杯。

強がって平気な振りをしてはいるけれど、グラウが一緒でなければ、とうに大泣きしていたと思う。

あたしのしていることは、ただ、現実から逃げているだけ。

それくらい誰に言われなくても分かっていた。

「それじゃあ駄目なんだけどね」

「わう」

グラウがピタリと足を止める。噴水がある拓けた場所に来ていた。そこに、月の光が降り注いでいる。

今夜は赤い月。薄《うっす》らとした赤い光が噴水を照らし出しているのが、とても幻想的だった。

「綺麗《きれい》だね、グラウ」

グラウに声を掛ける。彼はじっと私を見ていた。その目がまるで大丈夫かと心配しているように見えて、気持ちが酷く揺れてしまう。

「……やっぱりグラウにも分かるよね」

その場にしゃがみ込み、グラウと視線を合わせる。

動物と視線を合わせるのは喧嘩《けんか》を売る意味があまり良くないのだが、グラウは違った。怒ったりはしない。むしろ嬉《うれ》しげな様子を見せてくれる。

そのことに気づいてからは、むしろ積極的に視線を合わせるように心掛けていた。

「あたし、置いていかれちゃったんだあ」

グラウの頭を撫でながら、ポツポツとこれまでにあったことを語る。

返事がなくても構わない。ただ、誰かに聞いて欲しかっただけなのだ。

それがグラウだっただけ。

いや、相手がグラウだからこそ言う気になったのかもしれなかった。

「――そういうわけでね、あたし、ひとりになっちゃったんだ。もちろんご正妃様やお城の女官たちは優しいいし、ここに残るって決めたのはあたしだけど。でも、寂しいなって……」

「くうん」

まるで慰めるようにグラウが鼻先を押しつけてくる。それが酷く嬉しかった。

心が満たされる。

シオン様がいなくなってあいてしまった心の穴が、グラウで少し埋められたような、そんな気がした。

――ああ、やっぱりあたしはグラウが好きだ。

改めて思う。

最初から特別だったグラウ。シオン様を除けば、一番大好きだと断言できる。

いや、そんなレベルではないかもしれない。

だってシオン様とはお別れできたけれど、グラウとはできない。離れるとか考えられない。

グラウは、あたしの特別なのだ。

あたしは確かに獣人だけど、同時に人でもある。だからつがう相手は同じ獣人か人間。

それなのにあたしときたら、多分、つがいたいと思うような感情をこの狼に向けている。

どう考えてもおかしい。

分かっているのに、止められない。

グラウの側にいると心地よくて、いつだって離れがたくて、良い匂《にお》いがして、ずっと側にいたいと思ってしまう。

「なんだろ、これ……」

気づいているけれど気づきたくない。そんな気持ちでグラウを見た。

グラウはやはり心配そうに私を見つめている。

「心配掛けちゃったね、グラウ。ごめんね」

なんとなく、悪戯《いたずら》心が芽生えた。

ここはお城の庭で、近くには誰もいない。誰も見ていないのだからと、あたしはグラウの口に己の唇を触れ合わせた。

軽く触れるだけのフレンチキス。

だけどそのキスに、あたしの想いをたっぷりと込めた。

大好きだよ、と。

あなただけが特別だよと。

そんな気持ちを込めて、触れ合わせたのだ。

「あたしのファーストキス、グラウにあげちゃったね」

奪ったの間違いだと思いつつもグラウに笑みを向ける。瞬間、目を見開いた。

「え……グラウ？」

グラウの全身が白く輝いていたのだ。

まるで真昼のように眩《まぶ》しくて、直視できない。目が焼かれると思うほどの強烈な輝きに、思わず顔を背けた。それでもなんとかグラウに声を掛ける。

「グラウ、グラウ……！　大丈夫？　どうしたの？」

グラウに何かが起こっている。

それは分かるもどうしたらいいのか分からない。

今すぐ、ご正妃を呼びに行こうか。いやでもこんな夜中にご正妃様を起こすなんてそんな無礼な真《ま》似《ね》できるわけがない。

「で、でも……グラウに何かあったんだとしたら……」

悩みつつも、グラウの様子を細目で窺《うかが》うことしかできない。

やがて白く輝いていた光は唐突に収束した。

光が消える。

慌ててグラウに駆け寄ろうとして、その足が止まった。

「え……」

「……嘘《うそ》だろう。まさか、これで戻るのか？」

聞こえて来たのは大人《おとな》の男の人の声。

そして目の前にいるのは、黒と灰色の髪をした青年男性だった。

その身長は、お城の騎士団長グレゴール様よりも高い。細身だけど筋肉質の男性は、呆然《ぼうぜん》とした様子でその場に立ち尽くしていた。

そうして困ったような顔であたしを見る。

灰色の瞳《ひとみ》はどこか優しく、何故《なぜ》かグラウを彷彿《ほうふつ》とさせた。

——グラウ？

そこであたしはハッとした。

「グラウ、グラウはどこ⁉」

そこにいるはずのグラウがいない。代わりにいるのは、見知らぬ、だけどどこか懐かしさを覚える男の人。

この人のことは確かに気になるけれど、今私が一番会いたいのは、探したいのは大好きなあの狼なのだ。

「グラウ！　グラウはどこ⁉　あなた、グラウをどこにやったの？」

グラウがいた場所に現れた男の人。

きっとこの人が何か知っているに違いない。そう思ったあたしは、彼に食ってかかった。

「グラウを返して！」

「おい、ちょっと落ち着けって」

パニックに陥るあたしを男の人が、宥《なだ》める。だけどあたしは落ち着けない。

グラウがいない。それがどうにも怖かった。

――シオン様に引き続き、グラウまでいなくなるなんて！

そんなの嫌だ。

グラウがいなくなったらあたしはどうしたら良いのだ。

せっかくできた大好きなものが全部なくなってしまう。それが怖くて泣きそうになる。

「だから落ち着けってば」

焦るあたしの手首を男の人が力強く掴《つか》む。咄嗟《とっさ》に振り払おうとして、できないことに気がついた。

力が強い。大人の男の人なのだと気づくには十分すぎた。

「あ……あ……」

「あー、今度は怯えてる？　いや、だから待てって。あのさ、お前だろう？　僕をこの姿に戻してくれたのはさ」

「え……」

男の人の言う言葉の意味が一瞬分からず、目を見開く。

男の人はにっかりと笑った。それが機嫌がいい時のグラウの表情と妙に重なり、混乱する。

「お前が、僕にキスしてこの姿に戻してくれたんだろう？　あと、僕はグラウじゃなくて、イーオンな。狼獣人、ノヴァ一族のイーオンだ」

「……は」

驚きすぎて、言葉が続かない。

彼は目を丸くするあたしを面白そうに見つめ、「今更こんな奇跡が起こるとはなあ」と意味の分からないことを言った。

そして微笑みかけてきたが、そんなことよりもあたしは彼が全裸であることに今更ながらに気がつき、悲鳴を上げた。

「いやあああ！」

「は？」

「変態！　近づかないで！」

大声で叫ぶ。

そう、あり得ないことに彼は全裸だったのだ。股《また》の間には、あたしにはないものがぶらぶらと揺れている。見たくないのに見えてしまって、今夜は悪夢を見そうだと思った。

彼も気づいていなかったのか、私に指摘されて初めて自分の状態が分かったという顔をしている。

「えっ……えっ⁉」

「良いから、今すぐその汚いものを隠して‼」

「す、すまないっ！」

パッと両手で前を押さえる彼。なんと言うか、間抜けすぎる。

「……」

「……」

ふたり、無言で見つめ合う。

どうすればいいのか分からない。そんな気持ちだった。

だけど、と少しだけ冷静になった頭で思う。

何がどうなってこうなったのかは全く分からないし、納得なんて何にもできていないけど、この男の人が本当にグラウだと言うのなら、彼を放《ほう》り出すことはまずできないし、そもそも今は真夜中だ。

まずは誰に連絡せねばならないのか。そして、現在全裸な彼をどうするのか。

「え、ええと……そうだ。カーラ様！」

今この段階でご正妃様たちを呼ぶのはさすがに違うと分かっている。そしてそうなると、頼れるのはひとりしかいなかった。

女官長のカーラ様なら、この時間でも起きていらっしゃるだろうし、グラウを自称する彼のことも対応してくれると思う。

うん、と頷き、彼に言った。

「ちょっと待ってて。今、カーラ様を呼んでくるから」

「お、おい。僕をここに置いていくのか!?」

「全裸男を連れ歩けるわけないじゃない！　その辺りの茂みにでも隠れていてよ」

「……茂みに隠れろって……それ、完全に不審者じゃないか」

「今更でしょ！　それに不審者というより変質者だから！」

「変質者……僕が？」

「誰がどう見てもね！」

愕然《がくぜん》とする自称グラウに言い捨て、カーラ様のお部屋へと向かう。

「まずはカーラ様とお話しして、あとは、そうだ。服も用意してもらわないと……」

パタパタと走りながら、自分のしなければならないことを考える。

あれも、これも、それも。

やらなければいけないことがいっぱいで、頭がパンクしそうだ。

だけどそのおかげで、今この瞬間だけは、シオン様のことを忘れることができていた。

7・彼女と城への帰還

「ここでいいかい？」

「ありがとうございます。助かります」

デリスさんの魔法で、城にある自分たちの部屋の中へと戻ってきた。

本当は来た時と同じようにフリードの魔術で戻ろうとしたのだが、彼の力は空っぽで魔術を発動することができなかったのだ。

こんなことは生まれて初めてだと、フリードは地味にショックを受けていた。

本当にすっからかんになるまで力を使ってしまったらしい。

「……まさか帰還魔術まで使えないとは思わなかった。……帰り、どうしよう」

フリードが己の髪をくしゃりと握る。

帰れないことになるとは考えていなかったらしい。それは私も同じだ。どうしようかとふたりで青ざめる。

まさか城の正門から堂々と帰るわけにもいかない。どこへ行っていたのかと咎《とが》められるのは間違いないからだ。

シオンの異世界転移の話は絶対に話せない……というかそもそも信じてもらえないだろうから、色々な意味で見つかりたくはなかった。

「うう……でも、歩いて帰るしかないよね……」

フリードの魔術という手段が封じられた今、徒歩の選択肢しかない。

カインを呼べばとも思ったが、実は彼には留守番をお願いしているのだ。さすがにここで私が「へい」と呼んだところで伝わるとも思えなかったし、一縷《いちる》の望みを託してフリードに念話をしてみて欲しいとお願いしたが、なんと念話も使えない状態らしい。

念話なんて本当に簡単な魔法なのに、それもできないとか、愕然《がくぜん》としたが仕方ない。

ここは腹を括《くく》って、怒られるのを覚悟で徒歩で帰るしかない。

ふたりで悲壮な決意を固めていると、デリスさんが声を掛けてくれた。

「なーに、深刻な顔をしているんだか。あんたたちには協力してもらったからね。城のあんたたちの部屋まで私が送ってやるよ」

「えっ、良いんですか！　ありがとうございます……！」

本気でデリスさんが仏に見えた瞬間だった。いや、彼女は魔女なのだけれども。

そうして彼女に送ってもらった私たちは、無事、皆に見つかることなく部屋に戻ることができたのだった。

「なんだ、姫さん。ばあさんに送ってもらったのか？」

部屋の中には留守番をお願いしたカインが寛《くつろ》いでいて、デリスさんを見て首を傾《かし》げていた。

ただいまと告げ、フリードを見る。

言っていいと彼の目が語っていたので、正直なところを話すことにした。

カインになら構わない。フリードの判断は正しいと私も思う。

「実はね、フリードの力が今、空っぽで」

簡潔に説明すると、フリードも参ったという顔をしながら言った。

「分かりやすく言えば、私は今、念話も使えない状態だ。力を使いすぎただけだから、時間の経過で戻るが、現在はほぼ空だな」

「念話も使えないって……一体何に使ってきたんだよ。あんた、とんでもない量の魔力を持っているだろう？　そう簡単に減るものじゃ……」

「……まあ、色々だ」

言葉を濁すフリード。カインもそれ以上詳しくは聞かなかった。ただ、必要なことだけを確認する。

「ふうん。じゃあ、今のあんたって、使い物にならないってやつ？」

「……魔法と魔術が使えないだけだ。剣術は問題ない」

気まずそうに告げる彼に、カインはなるほどと頷《うなず》いた。

「ああ、接近戦は相変わらず無敵ってやつか。了解」

じゃ、生活に問題はないなとカインが呟く。

確かに剣術が使えるのなら、フリードに支障はないのかもしれない。彼は魔法と魔術だけが優れているわけではないのだ。完全無欠《かんぜんむけつ》と呼ばれるにはそれなりの理由がある。

「あ、でも、魔法と魔術が使えないって、つまりは私と同じってこと？」

ハッと気がついた。

彼を見ると、フリードは首を傾げている。

「同じ？」

「だって私も魔法と魔術が使えないもの。確かに最近はフリードがいれば少しは使えるけど、でもひとりだと無理だから同じかなって。うん、そう思うと使えないっていうのも悪くないね。フリードとお揃《そろ》いだもん」

「……可愛《かわい》い」

フリードがギュッと私を抱き締めてくる。スリスリと頬《ほお》を擦りつけてきた。

「そうだね、リディとお揃いだね。うん、そう考えるとなんだか私も魔法が使えない期間が楽しくなってきたよ」

「ね。あ、魔法を使わず生活する方法なら、私色々教えてあげられるから」

基本この城は、魔法が使えなくても不便がないように作られている。しかも最近は更に便利になっていた。

フリードが私のために色々調《ととの》えさせたからだ。それが巡りめぐってフリードのためにもなっているというのが不思議な感じだが、今は素直に良かったと思う。

胸を張って告げると、フリードが嬉《うれ》しげに笑った。

「じゃ、リディにお世話になろうかな」

「任せて！」

笑顔で告げた。

魔法が使えないと言っても永続的ではなく時間が経《た》てば回復するという話なので、深刻な雰囲気になるはずもない。むしろ魔法が使えない短い期間をせっかくだから楽しもうかと思い始めていた。

「相変わらずあんたたちは仲が良いと言うか、楽しそうだね」

私たちのやり取りを聞いていたデリスさんが目を細める。

その言葉に「はい」と笑った。

「どうせなら楽しく過ごした方がいいかと思いまして」

「ま、真理だね」

確かにと頷き、デリスさんが私たちに言った。

「じゃあ、私は帰るよ。もう夜も遅い。あんたたちもほどほどにしておきなよ」

「ありがとうございます、デリスさん。送っていただけて本当に助かりました」

改めて礼を言う。フリードも頭を下げた。

「助かりました」

「いや、面倒な頼み事をしたのはこちらだからね。これくらいはしないと。じゃ、リディ。また……そうだね。何かあったらうちを訪ねな。ずいぶんと世話になったんだ。今回の礼として少しは融通を利かせるよ」

「えっと……」

別にそんなものはいらないと断ろうと思ったが、少し考えてやめた。

私だけのことならそれでもいいのだけれど、フリードにも関係ある話だからだ。

今回一番大変な思いをしたのは彼なのだし、私の一存で勝手に決めてはいけないと思った。

ひとまずデリスさんの話を受け入れておこうと決める。

「分かりました。その時はお願いしますね」

「ああ、ギルティアのことも警戒しておく。今回の魔具の件、善意であれが動いたとは思えないからね。絶対に、あれをメイサに売った目的があるはずだ」

厳しい表情で告げ、デリスさんは杖《つえ》を振った。

「じゃあまた」

「はい、お休みなさい」

「お休み」

にこりと笑って、デリスさんが姿を消す。

いつもの三人になりなんとなく気が抜ける。もう真夜中。そういえばと思い出し、カインに聞いた。

「はー、疲れた……」

「留守の間、誰《だれ》も訪ねてこなかった？」

一応、兵士やカーラたちには、今日は部屋の中に入ってくるなと言ってはいるが、万が一がないとも限らない。だから念のため、カインに待機してもらっていたし、アベルにも依頼していたのだ。

誰か来た場合は、別の場所で待機している彼をカインに呼んでもらうという、そんな手はずになっていた。

え、どうして別の場所にいるのかって？　それはアベルが嫌がったからだ。

仕事は受けるが、王族の部屋になどいたくない。別の場所で待機しているから、何かあったら念話で呼べと彼から言われ、フリードがそれを受け入れた。

カインから連絡を受け次第、秘術でこちらに移動。フリードに変化し、柔軟に対応するというのが今回の契約内容だった。

結局、彼の出番はあったのか。確認してみると、カインは笑って言った。

「誰も来なかったぜ。ま、夜だしな。平和なものさ」

「そう、良かった」

胸を撫《な》で下ろす。フリードもホッとしたような顔をしていた。

夜のお出かけを誰にも知られることなく完遂することができた。フリードの力が空っぽになっているのは問題だけど、少しずつ回復していくものみたいだし、ひと月ほどで元に戻るとも聞いている。

何も心配することはない。

「一安心、だね」

フリードに笑いかける。彼もにこにこと口を開いた。

「そうだね。あとは私の力が回復するまでの間、リディに頑張ってもらうだけだね」

「あー、そうだった」

そういう話になったんだったなと頷く。

少なくとも今日は徹夜を覚悟せねばならないのだった。疲れたから寝たいというのが正直なところだが、フリードの力が少しでも早く戻るのならば、協力するべきだろう。

　私にできることは、彼が満足するまで付き合うこと。それだけだ。

「頑張るけど、寝ちゃったらごめんね」

「いいよ。そのまま続けるから」

「……それはさすがに、って思ったけど、緊急事態だものね。分かった」

　好きにしてくれと腹を括る。

　睡姦《すいかん》とはまた特殊プレイだなとは思うが……まあ、フリードがそれでいいと言うのなら勝手にしてくれたらいい。彼が相手であるのなら、寝ている時に挿入されようと、私の方に文句はないのだ。

　起きた時、すごく吃驚《びっくり》するけど。なんでこんなことに？　と頭の中がクエスチョンマークでいっぱいになるけど。

「じゃ、夜も遅いし、オレは戻るな。アベルの奴《やつ》にも待機は終わりだって伝えとく」

「うん、お疲れ様。今日はありがとう」

　カインの姿が部屋から消える。ふたりきりになった途端、フリードに勢いよく引き寄せられた。

「わっ……んんっ」

　貪《むさぼ》るように口づけられる。息継ぎの合間に文句を言った。

「んっ……フリード、もう……いきなりすぎる……」

「リディ……もう、我慢できない」

　言いながらフリードが私の身体《からだ》を弄《いじ》る。まるで何日もエッチしていなかった時のような余裕のない様相に戸惑った。彼の背中を抱き締めながら尋ねる。

「フリード……どうしたの？　その、ずいぶんと余裕がないようだけど……」

がっついているとはさすがに言えなかったのだが、私の言いたいことが分かったのか、フリードが苦笑する。

「なんだろうね。不思議なんだけど、さっきから妙に身体が飢えている感じがするんだよ。カラカラに酷《ひど》く乾いて辛《つら》くて堪《たま》らない。リディが欲しくて欲しくて、頭の中が沸騰《ふっとう》しそうなくらいに熱いんだ」

「だ、大丈夫？」

それは一大事だと彼を見る。フリードは欲望を湛《たた》えた目をして私を見つめていた。その目にキュンと子宮が疼《うず》く。

「リディを抱けば大丈夫だよ。……多分だけど、身体も分かっているんじゃないかな。今、私に一番必要なのはつがいであるリディだって」

「そ、そういうことなら」

元々するつもりだったしと頷く。ちょっと期待する気持ちが胸に湧《わ》いた。

基本フリードに抱かれるのは好きなので、強く求められるのを嬉しいと思ってしまう。

私はとてもチョロい女なのだ。

「フリード、寝室に行こう？」

朝までコースは確定しているのだ。それならベッドでゆっくりと心ゆくまで交わりたい。

彼の腕を引いて誘うと、フリードは嬉しげに頷いた。

「早くリディを抱きたい」

「うん、私も早くフリードが欲しいかな」

甘い空気がふたりを包む。寝室へ向かい、共にベッドに倒れ込んだ。

急《せ》いた動きでフリードが私の服を脱がしていく。

熱い掌《てのひら》の感触に身体が勝手に出来上がっていくのが分かった。

「リディ、愛してる」

「私も」

フリードが首筋に顔を埋める。強く吸い付かれ、小さく息が零《こぼ》れた。

フリードを見る。

彼は私の全《すべ》てを食らい尽くしそうな顔をしていた。

彼が言った通り、飢えているというのがぴったりな様子だ。

だけどもう夜も遅い。朝までそんなに時間がないので、少しでも満足してくれるといいのだけれど。

「リディ」

フリードが熱の籠《こ》もった声で私を呼ぶ。

それに応《こた》えながら私は、これから一ヶ月は、本格的に気合いを入れて彼に付き合わなければいけないなと改めて決意していた。

8・彼と本音（書き下ろし）

「リディ、リディ、リディ……」

「ひゃっ、あっ、あっ……！」

後ろから、力強く腰を打ち付ける。切っ先で膣奥《ちつ》を擦《こす》ると、四つん這《ば》いになったリディは可愛《かわい》らしい声で啼《な》いた。

「もっと、リディが欲しい」

後ろから手を伸ばし、柔らかな乳房を掴《つか》む。硬くなった茱萸《ぐみ》を指の腹で刺激した。蜜壺《みつぼ》が分かりやすく雄を締め付ける。

「あっ……あーっ……！」

膣奥を執拗《しつよう》に刺激すると、耐えきれなくなったのかビクンビクンと滑らかな背中が痙攣《けいれん》する。同時に無数の襞《ひだ》が屹立《きつりつ》に絡み付いた。あまりの気持ち良さにゾクゾクする。我慢せず、白濁を吐き出した。心地良い感覚に身を任せる。

「はあ……」

「あっ、んっ、んんっ……」

今のでイってしまったのか、リディの身体《からだ》が弛緩《しかん》する。くったりとする身体に再度のしかかり、腰を動かした。

肉棒は萎《な》えるどころか更に硬度を増し、彼女の中を押し広げていた。

「ま、待って……今、イったばかり……あんっ」

「ごめん。待てない」

力強く抽送を始める。

どうにも今日は駄目だった。リディのことが欲しくて欲しくて、腰の動きが止まらない。彼女を全部貪《むさぼ》りたくて、何度でも挑んでしまう。

「はあっ、あっ……ああっ……」

甘い声を上げる彼女の肌は興奮で薄《うっす》らと色づいていた。汗が滲《にじ》んだ熱い肌を堪能《たんのう》しつつ、唇を落とす。背中が弱いリディはそれだけで可愛い声で啼いた。

「ああんっ」

「気持ち良い？」

「気持ちいい……気持ちいいっ……ひんっ」

わざとゆっくりめに腰を動かす。ゆるゆるとした動きに反応し、彼女も腰を揺らし始めた。もう何度も交わっているせいか、蜜壺はトロトロに蕩《とろ》けている。私とリディの体液が混じり合って、淫靡《いんび》な水音を奏でていた。リディのことを思うのならそろそろ解放してやらなければと分かっているのに、全く終われる気がしなくて参ってしまう。

「はあ……」

ずっと腰を振り続けているせいか、息が荒い。少しくらい休憩せねばとも思う。だけどリディと交わるたび、確かに蓄えられていくものがあるのだ。それは空っぽだった魔力だったり、気力だったりと色々で、少なくとも身体が軽くなっていくのは確かだった。

——つがいを抱けば抱くほど回復する。

これが、ヴィルヘルム王族男子にとっての常識。

私たちにとって、王華《おうか》で繋《つな》がった自らのつがいは、本当に特別な存在なのだ。

彼女を抱くと、全《すべ》ての体調不良が好転する。頭はすっきりするし、身体は軽いし、何故《なぜ》か体力まで回復するのだから最初にリディを抱いた時は本当に驚いた。

更に言うのなら、愛する人を抱くことで心も満たされるのだから、彼女さえいれば、他《ほか》には何もいらないと、本気で思ってしまう。

「リディ、愛してる」

無理をさせて申し訳ないと思いつつも、腰を打ち付ける。身体を支えきれなくなったのか、リディは枕《まくら》に顔を押しつけ、尻《しり》だけを高く上げた姿勢で、腰にクる愛らしい声で啼いていた。

手を伸ばし、クリクリと陰核を弄《いじ》ると、甲高い声が脳髄を揺らす。

「やあっ……両方、だめっ……!」

突きながら花芽を弄るのはどうやら刺激が強すぎるらしい。だけどもそうすると彼女の中が複雑にうねり、とても気持ちいいのだ。だから、できるだけ優しく突起に触れる。指の腹で擽《くすぐ》るように転がすと、キュウキュウと蜜壺が肉棒を絞り上げてきた。生き物に纏《まと》わり付かれているかのような感覚は心地いいばかりで、すぐに精を吐き出したくなってしまう。

「んっ……んんんっ……やあ……またイっちゃ……あああんっ」

必死で我慢していたリディだったが、限界が来たのか背筋を反らせて震えながら達した。

力が入らないのかリネンに身体を投げ出し、ハアハアと呼吸を整えている。

「リディ」

「フリード……本当に、今日、激しい……んっ」

彼女の身体を転がし、側位の体勢に持っていった。膝《ひざ》裏に腕を通し、片足を上げさせた体勢で腰を抱える。もう片方の手で後ろから彼女を抱え、指先で乳首を弄った。ゆっくりと肉棒を出し入れする。

イったばかりの彼女の中は複雑に蠢《うごめ》いていてとても気持ち良かった。

「はっ……あっ……あっんっ……」

大きく足を広げさせているので、動きやすい。

緩慢な動きで中を刺激されるのが気持ちいいのか、リディの声が一段と甘くなった。

「可愛い」

耳元で囁《ささや》くと、リディがピクンと反応した。耳が弱いのは知っているので、耳朶《みみたぶ》を食《は》む。

柔らかな耳朶を歯を立てないように嬲《なぶ》ってから、舌を耳穴にねじ込んだ。

「ひあっ……」

余裕のない声が愛《いと》おしい。リディが快楽に喘《あえ》ぐ様を見ていると、男根がどうにも苛々《いらいら》としてしまう。

限界まで膨らみ、硬くなったそれで彼女の感じる場所を延々と突き続けてやりたいと思ってしまうのだ。

「あっ、あっ、あーっ……」

執拗に同じ場所を肉棒で刺激し続けると、リディはまたイった。それと同時に蜜壺が痙攣するように私を食い締めてくる。射精を促すような動きに逆らわず、もう一度中に出した。

「あああああっ……！」

熱い飛沫《しぶき》を最奥で受け止め、リディはひくひくと震えた。私の精でいっぱいになった滑りのよい隘《あい》路《ろ》を再度楽しむべく、硬いままの肉棒を動かす。

痙攣を続ける柔肉が気持ち良い。ザラザラとした天井に切っ先を押しつけると、リディは過ぎた快楽に泣きじゃくった。

「ひっ、あっ、やああ……そこ、駄目っ……まだ……まだ……イってるからぁ」

「だから気持ち良いんじゃないか。リディの中だって嬉《うれ》しそうに震えてる。私に纏わり付いて離れないよ。ね、もっとリディをもらっていいよね？」

「うん……うんっ……」

悦楽に溺《おぼ》れながらもリディが頷《うなず》く。紫色の瞳《め》を涙で滲ませながらも私に言った。

「フリードがいいなら、もっと……して」

「っ」

その言葉にどうしようもなく全身が昂《たか》ぶった。今も私に好き放題揺さぶられているリディが、快楽に喘ぎながら「もっと」と強請《ねだ》るのだ。それが私の体調を慮《おもんぱか》っての台詞《セリフ》であることは理解していたが、身体は正直に反応してしまう。

腰が重くなる。身体中の血が肉棒に集まっていくような、そんな幻覚が見えた気がした。

「もっと、なんて、本当にリディは私を煽《あお》るのが上手《うま》いね」

「ああっ……！」

リディが一番感じる場所を亀頭で擦り上げる。それだけでリディは軽く達した。何度も連続で達したせいか、イきやすくなっているようだ。簡単な刺激だけでトんでくれる。

「あっ、やっ、んっ……そこばっかりぃ……」

いやいやと逃げるように身体を捩《よじ》るリディ。それを押さえつけるようにして、同じ場所ばかり執拗に擦った。ハアハアと息を乱しながらまたリディがイく。

「あんっ」

完全に癖になってしまったみたいで、軽い絶頂状態がずっと続いているような感じだ。

蜜壺は痛いくらいに収縮を続けていて、中は熱く、吸盤のように肉棒に吸い付いてくる。

「フリード、フリード……」

甘い声で私を呼ぶリディに応《こた》え、綺麗《きれい》に色づいた唇を吸う。舌を出してくれたので、それも吸い上げた。

「リディ、好きだよ」

「ふあっ……んぅ……私も、好きぃ……」

グチャグチャに乱されながらも好きを告げてくれるリディが愛おしくて堪《たま》らない。

正面から彼女の顔が見たくなったので体勢を変える。

一度抜いて、仰向けにさせた。リディはひくひくと全身を震わせている。白い肌が薄らと色づき、私を誘っていた。ピンク色の乳首は硬く尖《とが》り、更なる刺激を求めている。あとでたくさん吸ってやらなければと思った。

前髪が汗で額に張り付いている。蜜壺からは私が放った白濁が伝い落ちていた。

「リディ、可愛い……」

愛しさが膨れ上がり、我慢できない。私はいそいそと彼女の開いた花弁に硬い肉棒を押しつけた。切っ先を埋めただけで、肉棒を求める襞肉が待っていたと言わんばかりに吸い付き、中へと誘い込む。

「はあ……」

あまりの気持ち良さにため息が零れる。リディも気持ちいいのか恍惚《こうこつ》とした表情をしていた。

「リディ」

「フリード……」

両手を伸ばしてくれたので、少し身を屈《かが》める。抱き合いながら腰を揺らした。

「んっ、んっ、んっ」

私を誘う甘い声が響く。キツいだろうに一生懸命私に応えてくれようとするリディが愛しくて仕方なかった。

私のたったひとりのつがい。そのつがいが私のことを、私と同じくらい大切に想ってくれるという奇跡に巡り会えた喜びに胸が震える。

「——愛しているよ」

心から告げる。

リディが好きだ。彼女がいないと自分の世界を保てないと断言できるほどに愛している。

自分の命よりも大切な人。

彼女がいるから世界は色づき、私にとって意味のあるものになる。

そんな唯一無二《ゆいいつむに》の存在である彼女を失うことなど私にはできない。

愛、などという言葉では表現しきれないほど想っているリディを他の誰かに、など考えたくもないのだ。

「……」

全身でリディを感じながら、思い出すのは先ほど、異世界へと帰っていった男のことだった。

シオン・ナナオオギ。

彼はリディの前世の恋人だった男で、今もその愛に殉《じゅん》じている。

リディのことにも気づいていたのだろう。彼と会話をすれば察するのはそう難しくはない。

とはいえ、リディがその事実に気づいたのは本当に別れの直前で、だけども私は肝が冷える思いをしていた。

死んでもなお、自分だけを想い続けている男。

その男がもし自分に手を伸ばしてきたら？

咄嗟《とっさ》にその手を取ってしまう、なんてことだってあるのではないだろうか。

そう思ってしまったのだ。

もちろん、分かっている。

リディは私を愛してくれていて、何があっても私を選ぶと言ってくれた。その言葉に嘘《うそ》はないと私も思う。

私だって、リディを渡す気なんて更々ない。何があっても、彼女の手を放さないと決めているのだ。

リディもそれを望んでくれた。

だけど、どうしたって不安は付き纏《まと》う。

彼女のことが好きだからこそ、根付いた不安は消えなくて、もしかしてと考えてしまうのだ。

結果としてそれは杞憂《きゆう》で、シオンはひとりで異世界へと帰っていった。

己が誰であるかを、誰を想っているかを告げはしたけれども、驚くほどすっきりした顔で去っていった。

リディも彼を見送り、満足そうだった。その目に恋慕はなく、ただ、親しい人が無事に帰れて良かったという感情だけが浮かんでいた。

私も、彼の帰還に協力して良かったと思っている。なにせ、彼には借りがあったから。

リディと私がまだ想いを通じ合わせることができなかった頃《ころ》。

彼女がシオンのことを好きなのではと勘違いした私は、リディを得ることができないのではと、体調が悪くなるくらいに落ち込んでいた。

そんな情けない私にリディは好きだと告げてくれ、結果として相思相愛《そうしそうあい》の恋人同士となれたのだけれど、その時、彼女の背中を押してくれたのがシオンだったのだ。

今考えても、私が彼の立場なら絶対にできないと、言い切れる。

だけど彼がそれをしてくれたから、リディは私の側《そば》に来た。好きだと言ってくれたのだ。

正直、彼にはいくら感謝しても足りないし、礼として、いつか彼が帰還することがあれば、できる協力はしたいと思っていた。

今回その機会がやってきて、私は迷わず協力することを選んだが、本当にそれは私の本心だったのだろうか。今は、それを悩んでいる。

リディを奪うかもしれないと考えていたシオンが去るのは、私にとっては都合の良いことでしかない。

彼への礼として帰還に協力しようと決意したのは本当だけれど、本心では、手が出せない場所へ追い払いたかったのではないだろうかとも思ってしまう。

異世界からならリディに手を伸ばすことなどできないだろう。

そんな最低なことを、一瞬でも考えなかったか。

本当に私はシオンへの礼として協力すると言ったのか。

本心はどちらだったのか、今でもよく分からない。

彼を帰してやりたかった。その気持ちは嘘ではないと思うのに。

「フリード？」

考え込んでいると、リディが声を掛けてきた。心配そうな響きに気づき、ハッとする。

「え、ええと、何？」

「何って……急に動きが止まったし、なんか難しい顔をしているから……考え事？」

「えっ、あ……ごめん」

考えすぎてリディに集中できていなかった。

あり得ないことを考えて、目の前の愛しい人が見えなくなるなど言語道断《ごんごどうだん》だ。

己を叱《しか》り飛ばし、心配無用だという気持ちを込めてリディに微笑《ほほえ》みかける。彼女はじっと私を見つめてきた。

「リディ？」

「あ、分かった。フリード、シオンのことを考えてたんでしょう」

「えっ……」

「やっぱり……」

答えはしなかったが反応で分かってしまったようだ。リディは呆《あき》れたという顔を隠しもせず手を伸ばし、私の頭を抱え込んだ。

「え、リディ？」

「もう。シオンは帰ったのに、難しい顔をして何を考えていたの？」

「……別に、何も」

優しい手つきが髪を掻《か》き混ぜるのを受け入れながら言葉を紡ぐ。リディがため息を吐《つ》いた音が聞こえた。

「嘘吐き。ね、フリード。私に嘘を吐くなって言うなら、フリードも吐かないでよ。どんなくだらないことでもいいから正直に言って」

「……」

優しい声で咎《とが》められ、何も言えなくなった。

確かにリディに対し、常日頃から嘘を吐かないで欲しいと言っている私が、彼女に嘘を吐くなどしていいはずがない。

馬鹿《ばか》な己の妄想など話したくはなかったが、彼女の私に対する信頼度が下がる方が嫌だったので正直に告げることにした。

「……私は、どうしてシオンを帰そうと思ったのかなって考えてしまったんだよ」

「ん？　どういう意味？」

こてりと首を傾《かし》げ、リディが聞いてくる。格好悪いなと心から思いつつ、続きを話した。

「リディに話した通り、私はシオンへの礼のつもりで彼の帰還に協力した。だけどね、気づいてしまったんだよ。彼が帰ればもうリディに近づくことはできなくなる。それってリディを独《ひと》り占めしていたい私にとってはすごく都合の良い話だって。だから——」

「ああ、なるほど。お礼なんかじゃなく、本当は自分の都合だけでシオンを帰したのかもしれないって気にしていたの？」

「……うん」

項垂《うなだ》れながらも肯定する。

本当に、何が完全無欠《かんぜんむけつ》の王太子だ。

リディが絡むと途端、私は何もかもが駄目になる。くだらないことで右往左往《うおうさおう》して、簡単なことですら割り切れないし、分からなくなる。

「……馬鹿だなあ」

「リディ？」

リディがじっと私を見つめてくる。その目は酷《ひど》く優しくて、彼女が私を想ってくれているのが伝わってきた。

「私、知ってるよ。フリードがシオンのために頑張ったこと、知ってる。彼が無事帰れるようにって、力を使ってくれたフリードを知ってるんだよ。フリードは自分のためにシオンを帰したんじゃない。シオンが帰りたいって言ったから、それに応えたんだって分かってる」

「リディ、でも」

「最後まで聞いて」

優しい声が私の言葉を封じる。

「フリードがヤキモチ焼きで独占欲が強いのは知ってるよ。私からシオンを遠ざけたいと思っていたことも知ってる。でもね、ヴィルヘルムの城に彼を置いて、信頼できる部下として使っていたフリードのことも私は知ってるの。フリードは、自分の感情だけで人を追いやるような真似《まね》はしない」

「そう……かな」

リディはそう言ってくれるが自信はない。だって私は本当にリディのことになると、我慢が利かなくなるからだ。遠ざけられるものなら遠ざけたい。そう考えたとしても不思議はない。

納得できない私に、リディは眉《まゆ》を寄せ、「うーん」と可愛く唸《うな》った。

「ええとね、じゃあ、考えてみてよ。もう終わってしまったことだからもし、の話ね。シオンの帰る方法が見つかった。だけど彼は帰りたくないの。もう少しここにいたいんだって彼が言ったら、フリードはどうした？　それでも帰れって言ったかな」

「？　残りたいなら残ってくれたらいいと思うよ。シオンは優秀な人材だからね。私も助かるし、アレクも大喜びだと思う。能力的に帰られる方が困るから、むしろ有り難いって思うけど」

軍師としてだけでなく文官としても有能だった。彼に帰られて惜しいという気持ちは強い。

「ほらね」

「うん？」

にっこりと笑うリディ。どうして彼女が笑っているのか分からないと思っていると、リディは言った。

「フリードは帰って欲しくないって思ってたんでしょ。ほら、もうその時点で話が破綻してるじゃない。遠ざけたい、帰って欲しいなんて全然考えていなかったってことだよ」

「あ……」

「フリードがシオンを高く評価していたのは私も知ってるし、残ってくれた方が嬉しいって思ってたんでしょ。それ、遠ざける話と真逆だからね？」

「……」

「これで分かってくれた？　フリードが、私から遠ざけたくてシオンを帰そうと思ったわけじゃないって。フリードは、シオンが帰りたいって言ったから、だから協力したんだよ。本当は帰って欲しくなかったのに、お礼だからって我慢して。それが真実だと思う」

「リディ……」

「なんでこんな、私でもすぐに分かるようなことで悩むかなあ」

困ったねという顔でリディが私を見てくる。堪らなくなり、彼女をギュッと抱き締めた。

「……本当だね」

「ん？」

「リディの言う通りだ。私は、シオンのために行動できていたんだね」

自分の我が儘《まま》や醜い嫉妬《しっと》からの感情ではなく、ちゃんと彼のために動けていたのだ。

「そうだよ。納得してくれた？」

「うん」

リディと話をしてようやく気持ちの落ち着けどころを見つけることができ、心底ホッとした。

リディが私の背中に手を回す。クスクスと楽しげに笑った。

「フリードって、本当妙なところで悩むというか、どうしてそこ？　ってところに引っかかるよね」

「リディのことになると駄目なんだよ……」

情けないと思いながらも言うと、リディは「知ってる」と答えた。

そうして私に口づけてくる。

甘い唇の感触に、今まで大人《おとな》しかった下半身がグッと熱を持ったのが分かった。

「リディ」

「これで、悩みはなくなった？」

私を想う紫の瞳《ひとみ》が見つめてくる。その目を見つめ返しながら頷いた。

「うん。憂いはなくなった、かな」

「よかった」

ホッとしたように笑うリディを見ていると、愛おしさが膨れ上がる。

こうやって毎日私はリディに惚《ほ》れ直しているのだ。

その度に好きの気持ちは大きくなる。この重すぎる激情を、リディが受け止めてくれているから、私は正気でいられるのだろう。

そして、彼女を好きだと思う気持ちが高まれば、当然愛し合いたい気持ちも発生するわけで。

「んっ⁉　やんっ」

リディが甘い声を上げた。

どうやら肉棒が中で大きくなったことに気づいたらしい。私はいつの間にか止まっていた腰の動きを再開させながらリディに言った。

「ありがとう。おかげですっきりしたよ」

「ど、どういたしまして……って、ね、ねえフリード。なんか……さっきより大っきくなってない？」

ムクムクと膨らみ、隘路を圧迫する肉棒の感触に耐えきれず、リディが大きく身体をくねらせる。

彼女の可愛い反応を楽しみながら口づけた。

「憂いがなくなったからね。これで何も気にせず思いきりリディを抱けるなって思ったら、こうなったんだよ」

「そ、そう……それは良かった、んっ、けど……あっ」

気持ち良いところに当たったのか、リディの声が蕩ける。その場所を思いきり突き上げた。

「やあああんっ」

「ごめんね。途中で止めるなんて失礼なことをして。お詫《わ》びに、これから朝までノンストップで可愛がってあげるよ」

「そ、それはお詫びにはならないのでは？　フリードがそうしたいだけなのでは？」

真顔で返してくるリディの頬《ほお》にキスをする。笑いながら言った。

「まあ、そうとも言うね」

「そうとしか言わないよね！　別に良いんだけど！」

そこで『良い』と言い切れるのがリディのすごいところで、大好きなところのひとつだ。

足を高く掲げさせ、最奥に押し込めるように腰を動かす。

「ああっ……」

「リディ、愛してるよ」

キュン、と中が嬉しげに蠢く。喜んでくれているのが伝わってきて嬉しかった。

「リディ」

「フリード、好き。……いっぱいしていいから、早く元気になってね」

「うん」

リディの気遣う声を幸せに感じながら頷く。

こうしてリディが側にいて、私を想ってくれるのなら、これから何が起きても大丈夫だろう。

迷うこともある。辛いこともあるし、泣きたい日もきっとくるだろうけれど。

「リディ」

その頬を撫でる。擽ったそうに笑う彼女が愛おしかった。

大丈夫。

リディが隣にいてくれるのならきっと、何があってもすぐに顔を上げて先に進んでいける。

一緒に手を繋いで、共にどこまでも歩いていけるだろう。

それは確信で、約束された未来だ。

「大好きだよ」

思いを込め、唇を塞《ふさ》ぐ。

それを受けたリディは幸せそうに微笑み、可愛い声で「私も」と同じ気持ちを返してくれた。

9・彼女と始まりを告げる音

フリードの求めに応じ、徹夜した次の日の朝。

私たちはフリードの執務室へと向かっていた。

「ふあああああ」

寝不足なのでかなり眠たい。私の隣を歩くフリードもどこかぼーっとしているように見えた。

本調子でないのは明らかだ。

昨晩のエッチで、多少力は回復したらしいのだが、本当に少しだけ。

部屋の結界を維持するのも辛《つら》いようで、私の安全に危機感を持った彼は、今朝方大きな宝石をいくつも持ち出していた。

魔力が高まりすぎて辛かった時期に、少しでもマシになるかと己の力を宝石に移していたらしい。

まさかそれが役に立つ時が来るとはとフリードは言い、これがあればリディはいつも通り過ごせるよなんて微笑《ほほえ》んでいたが、とんでもない話である。

そんな便利なものがあるのなら、ぜひ自身の守りに使って欲しいとお願いしたのだが彼は聞かず、結局全《すべ》ての宝石を結界の維持に使ってしまった。

これで一ヶ月安泰だと言われたが、私としてはフリードのために使って欲しかったところだ。

いや、彼の部屋の結界なのだから、最終的には彼のためにもなるのだろうけれど。

何も全部使わなくてもいいではないか。少しは残しておいて、いざという時のために取っておくとか、できればそういう風にして欲しかった。

そんな限界ギリギリ状態のフリードと、彼に抱かれすぎてヘロヘロの私。

本当なら今日は一日お休みと言いたいところ。実際、私はそう提案しようとした。

だけど、先ほど、朝食を持ってきたカーラに言われたのだ。

レナが私たちとの面会を望んでいるのだと。それも早急に。

カーラは公私混同《こうしこんどう》するような女性ではない。単なるレナの我が儘《まま》なら私たちに話を通すことすら許さなかっただろう。そんな彼女がわざわざ、「申し訳ないが、レナの願いを聞いて欲しい」と言ってきたのだ。

これは何かあると察した私たちは、重怠《おもだる》い身体《からだ》を根性で引き摺《ず》り、執務室へやってきたというわけだった。

そういえば部屋を出てくる時、グラウがいなかった。どうしたのかと部屋の前にいた兵士に聞くと、昨夜、レナと一緒に散歩に出かけてから戻っていないとのこと。こちらはこちらで気になるので、レナと会った時にでもグラウのことを聞いてみようと考えていた。

まあ、大事はないと思うのだけど。グラウは強い子だし。

「リディ、大丈夫？」

眠気と戦いながら歩いていると、フリードが声を掛けてきた。それになんとか頷《うなず》く。

「うん、大丈夫だけど……さすがに眠いから、午後は昼寝してるね」

「その方がいいよ。ごめんね、無理させて」

「ううん」

首を横に振る。

フリードが謝る必要はどこにもない。彼はシオンのために持っている力全てを注いだ。迷わず行動した彼のことを私は尊敬しているし、その回復に付き合うのは妻として当然だと思っている。

これからひと月の間、色々と大変だろうなとは思うが、その辺りは覚悟しているのだ。少しでも彼が早く回復してくれるといい。昨夜もその気持ちで最後まで付き合った。

「フリードこそ、大丈夫なの？」

私よりも彼だ。

そう思い尋ねると、フリードは手を開いたり閉じたりしながら己の状態を確かめた。

「うーん。リディのおかげで完全に空というわけではなくなったけど、一般的な魔術師ひとり分の力すらないような状態だからね。大丈夫とは言いがたいけど、私には剣術もあるし、一対一ならなんとかなるかな」

「そうだね。フリードは強いもんね」

体力と魔力が別物なのは分かっているし、いざという時は剣がある。

魔法が使えなくても、フリードが強いことに代わりはないのだ。

とはいえ、フリードが本調子でないのは分かるので、やはり心配にはなってしまう。

剣と魔法。全部が揃《そろ》ってフリードだからだ。

「フリードが強いのは知ってるけど……お願いだから無理はしないでね」

何もないとは分かっていても、無茶はしないで欲しい。そんな気持ちを込めてフリードを見ると、彼も真面目《まじめ》に頷いてくれた。

「分かってる。完全に回復するまでは、療養期間と思いながら過ごすことにするよ。無理はしない」

「その方が良いと思う。兄さんには負担を掛けることになってしまうけど……」

レオンもいなくなった状態で、更に兄に迷惑を掛けるのは本意ではないが、フリードが調子を取り戻すまでは許して欲しい。

そう思いながら告げると、フリードも言った。

「アレクにはできるだけ迷惑を掛けたくないから休むつもりはないけど、早めには帰ってくるようにするからリディを抱かせて。それが一番効くし」

「うん」

真顔で頷く。もちろんだ。

実際、回復していると聞かされれば頑張る以外の選択肢はないし、私にできることはこれくらいなので、夜に向けて調子を整えるつもりだった。

——あとでデリスさんの薬を飲まないとね。

体調を整えるのに必須《ひっす》の薬。毎日使うのはどうかとも思うが、それは一ヶ月だけに留《とど》めるつもりなので許して欲しい。今はフリードを優先したいのだ。

何をするにしても全ては彼が復調してから。そう考えていた。

雑談を交わしながら執務室に入る。

執務室は無人だった。

レナがフリードと私のふたりだけと会うことを望んだので兄はいないのだ。最近、そういうことが多いなと思いつつ、とりあえず、近くのソファに腰を下ろす。

「あー……」

すごく格好悪い声が出た。

腰の負担が緩和された感じだ。

ああ、これは大分昨夜のダメージが残っているなとため息を吐《つ》く。

王華《おうか》でかなり軽減されているはずなのにこれだけ腰が重いとは、どれだけ昨夜のフリードは頑張ったんだと思い……頑張っていたなと遠い目をした。

めちゃくちゃイかされたし、たくさん中に出された。

これは元気になるどころか、次の日動けなくなってしまうのではと心配してしまう勢いだったなと思い出せば、こうなるのも仕方ないといったところだろうか。

「……」

黙ってトントンと腰を叩《たた》く。気のせいかもしれないけれど、少し楽になった気がした。

「リディ、痛いの？」

「ちょっと。でも大丈夫。あとで薬を飲むし」

体力回復薬とは言わないが、そう告げる。フリードが腰をさすってくれた。気遣いが有り難い。

「ありがとう」

「いや、私のせいだから。……ごめん。昨日は貪《むさぼ》りすぎたかな。何故《なぜ》かすごく飢えた気持ちになってがっついてしまったんだ。リディの体調も良くないみたいだし、残念だけど今夜はやめておくことにするよ。また明日、付き合ってくれたらいいから」

「えっ……」

予想外のことを言われ、フリードを見た。彼は心配そうに私を見つめている。

その目が申し訳ないと言っていて、こちらの方こそごめんねという気持ちになった。

「だ、大丈夫だよ。ちゃんと付き合えるから」

「でも」

「薬を飲むって言ったでしょ。それに眠いのが殆《ほとん》どだから。昼寝すれば回復する程度だし、気にしてくれなくていいよ」

気遣ってくれるのは嬉《うれ》しいが、今回ばかりはフリードを優先したいのだ。

彼が回復したあとは、しんどい時はしんどいと言うし、気分でない時はそう言わせてもらう。まあ、私が断ることなんて殆どないんだけど。

「私を抱くと回復が早まるんでしょ？　それならそうして。私、フリードの力になりたい」

「リディ」

「大丈夫。一眠りしたら元気になってるから。うーん、そうだね。信じられないなら、夜の私の状態を確認してよ。その時もしんどそうならやめにしよう？　ね？」

デリスさんの薬を飲んで寝れば確実に回復することは、経験上分かっている。

これならいいだろうと思いながらフリードを見ると、彼はじっと私を見つめていた。

「何？」

「リディは私のことを甘やかしすぎだと思う」

「そうかな？」

首を傾《かし》げる。

少なくとも今回のこれは甘やかしには当たらないと思うのだけれど。

フリードが私を抱き締める。慣れた感触に身を任せると、フリードがゆっくりと私の頭を撫《な》でてきた。

「……無理してくれなくていいんだよ」

「別に無理なんてしてないんだけど」

「本当に？」

「うん。私、自分がしたくないことは、できるだけしない主義だもん」

それがストレスを少なくして生きるコツだ。世の中にやらなくてはならないことは存在するが、それは最小限で済ませたいところ。

基本、自由に生きていたい。

「私は私のやりたいようにやっているだけだから、気にしないで」

ね、と元気づけるように言う。フリードが私を抱き締める力を強くした。

「……やっぱり甘やかしていると思う」

「そうかなあ」

「そうだよ。だって私に都合が良すぎる」

「フリードのことが好きだからね。結果としてそうなるのも仕方ないいんじゃない？」

好きな人のためにできることをしたいと思うのは当然のことだ。

笑って言うと、フリードが窺《うかが》うように聞いてきた。

「本当に、抱いて良いの？」

「良いって言ってるじゃない。私にできることなんてこれくらいなんだから、協力させてよ。ね？」

「……ありがとう」

迷った様子ではあったが、最後にはフリードも頷いた。

自分の体調がまずいという自覚はあるようで何よりだ。

「うんうん、早く回復するといいよね」

言いながら、彼の胸に顔を埋める。私を抱き締めたままフリードも言った。

「そうだね。でもきっとすぐだよ。だってリディが協力してくれるんだから」

「うん。そうでなくっちゃ」

クスクス笑いながら彼の言葉に同意する。フリードが愛《いと》おしげに私を見つめてきた。

甘い雰囲気が漂っている。それに気づき、目を閉じた。

「んっ……」

ちゅっと触れるだけのキスが落とされる。しっとりとした唇の感触に自然と笑みが零《こぼ》れた。

「ふふっ」

「リディ、愛してる」

愛の言葉を告げられ、気持ちがふんわりと温かくなる。両手を伸ばし、彼の首に絡めた。

「私も好き。大好き」

抱き合って口づけるだけで、こんなに幸せな気持ちになれるのは彼だけだ。

チュ、チュ、と触れるだけの口づけを何度も交わす。甘く満たされた気持ちになり、うっとりとしていると、扉をノックする音が聞こえてきた。

「あ……」

我に返る。

すっかりイチャイチャモードに入っていたが、そういえばレナと約束していたのだった。

急いでフリードから身体を離す。彼も素直に私を解放してくれた。

「リディ、いい？」

「あ、うん。大丈夫」

ささっと、服装に乱れがないか確認し、姿勢を正す。フリードの雰囲気が鋭いものに変わった。先ほどまで漂っていた甘い雰囲気は微塵《みじん》もない。

ピリッとした空気の中、フリードが扉に向かって声を放つ。私も気持ちを引き締めた。

「入れ」

「し、失礼します……」

フリードの声に応《こた》え、オドオドとした様子で入ってきたのは、私たちに会いたいと言っていたレナだった。彼女はひとりではなく、男性を連れている。

「？」

見たことがない男の人だ。

フリードよりも背が高い。逞《たくま》しい体つきはよく引き締まっている。

彼は襟《えり》付きのシャツに袖《そで》のない上着を着ていた。下は長ズボン。少し整えた庶民の格好という感じだった。

髪の色は黒と灰色のツートンカラー。顔つきが若々しいので、生来のものだろう。白髪という感じには見えなかった。その髪は長く、肩の辺りまである。手入れされているようには見えなかったが、艶《つや》は良い。

精悍《せいかん》な顔つき。細い目は鋭く、まるで野生の獣のようだった。

「ええと、レナ。彼は誰《だれ》？」

男を連れてきたレナに尋ねる。

レナが何とも言えない表情で説明しようとするも、それより先に当人がその場に膝《ひざ》をつき、神妙な様子で口を開いた。

「僕はアルカナム島、狼《おおかみ》の一族ノヴァのイーオン。……あなた方にはグラウと呼ばれていたという方が分かるでしょうか」

「えっ……グラウ？」

思いもしない名前が飛び出し、思わずソファから立ち上がった。途端、腰が悲鳴を上げる。

「あ、いたた……」

痛む場所を手で押さえる。フリードがそっと私の身体を支えてくれた。

「リディ、落ち着いて。まずは座って」

「う、うん……」

情けないと思いながらもフリードに助けられつつ再度ソファに座る。

ふうと息を吐き、改めてグラウの名前を出した男を見た。

黒と灰色の髪の色合いは確かにグラウを思い起こさせる。灰色の瞳《ひとみ》はよく見れば銀色が混じっていて、顔つきもなんとなくあの狼の面影があるような気がした。

それでもやはり信じられない。だからつい、確認する言葉が飛び出てしまった。

「……グラウ？　あなたが？　でも、あなた、獣人よね？」

獣人は獣とは違う。

耳や尻尾《しっぽ》といった特徴や力が強いなどの個性はあるが、彼らはどちらかと言えば人間に近い。

完全な獣に転変することはできないのだ。昔はできた者もいたらしいが、少なくとも現在ではいないというのが通説。

そして、グラウは完全な狼だった。

グラウがこの目の前の彼だというのなら、彼は完全な転変ができるということになるのだけれど、もしかして彼は先祖返りとかそういう感じなのだろうか。

説明して欲しいという気持ちを込めて、男を見る。彼は否定するように首を横に振った。

「……僕は確かに獣人で、転変はできません。僕は僕の意志で狼になっていたわけじゃない。僕は魔女の薬と呪《のろ》いで獣にされていたんです……！」

「魔女の薬と呪い？」

魔女という言葉に反応する。

フリードが彼に尋ねた。

「その魔女とは、どこの誰だ」

私が何よりも聞きたかったことだ。

彼はその時のことを思い出したのか、悔しげに顔を歪《ゆが》めながらも私たちに告げた。

「僕を狼に変えたのは、魔女です。サハージャの魔女、ギルティア。あれは災厄の魔女だ。僕はあれに人生を狂わされたんです――」

拳《こぶし》を握り、彼は語った。

己の身に起こった出来事を。

辛く苦しい五年にもわたる話を、彼は私たちに説明したのだった――。

◇◇◇

男──いや、イーオンは、アルカナム島の狼の一族ノヴァの跡継ぎとしてその生を受けた。

彼は生来身体が強かった。鋭い目つきが常に不機嫌に見えるとは言われるものの、顔立ちは悪くなく、そのおかげで幼い頃《ころ》からかなりモテていた。

そんな彼は、己の運命の女性を探していた。

獣人は、たったひとりの女性を己のつがいと定め、伴侶《はんりょ》とする風習がある。その伴侶をイーオンは長く見つけることができなかった。

どんな女性と会ってもどこかピンと来なかったのだ。つがいとは己にとっての特別な存在。それを見つけられないイーオンは酷《ひど》く焦《じ》れた。

彼は、小さな頃から『自分だけの特別』に憧《あこが》れていたのだ。いつか会える己の伴侶。だけど島の中では見つけられず、焦った彼は、ある日決断を下した。

ここには自分のつがいはいない。

それなら、外にいるはず。だから、外につがいを探しに行こう、と。

彼は、己の力に自信があった。恵まれた体格もそうだし、周囲の仲間たちと比べてもかなり力も強かった。仲間の中で一番足だって速かった。狩りが一番上手《うま》かったのも彼だ。

彼は弓が特に得意で、皆から称賛されていた。

頭はあまりよくなかったけれど、島の中では関係ない。狩りが上手い方が喜ばれる。

だから、自惚《うぬぼ》れたのだ。

大陸に渡っても何とかなる。そう楽観視した。

だが、そう上手く行くはずもない。

大陸に着いたイーオンは、そこで出会った人間に騙《だま》され、あまりにもあっさりと奴隷に落とされた。右も左も分からない中、仕事を紹介してやるからと言われついていった先に奴隷商人がいたのだ。もちろん彼は逃げようとしたが、対獣人用の強い薬を嗅《か》がされ、捕まってしまった。

そうして奴隷に落とされたイーオンを買ったのが、偶然彼が売られているのを見つけたサハージャの魔女、ギルティアだった。

イーオンは反抗的だった。そのせいでなかなか買い手がつかず、価格は底値になっていた。もう、殺した方が良いのではないか。そんな話が出始めていた時に、ギルティアが手を挙げたのだ。

ギルティアはイーオンの反抗的な態度を面白がった。従順なだけなのはもう飽きたと笑い、彼を買った。

奴隷商人たちは、厄介払いができたと大喜びでイーオンを売り、そして彼はギルティアのものとなったのだ。

イーオンはギルティアの住処《すみか》に連れていかれた。そしてそこで彼女はイーオンの尊厳を奪い、ありとあらゆる責め苦を与え、その苦しみを見て楽しんだ。

人が苦しむ顔を見るのが好きなのだと言って。

彼女は彼がいつまでも折れず、反抗的なのを喜んだ。

そして面白がった彼女は、最後にある薬を彼に飲ませたのだ。

「これはね、人や獣人を畜生に変化させる薬さ。この薬のすごいところは、変化しても変化前の意識を保っているという点。あと、畜生になっても人の言葉を話せるというところさ。人の言葉を話す四本脚の畜生なんて気味悪いの極みだろう？　ケケッ、ケケケッ」

毒を扱うのが得意な魔女は、その本質を変えてしまう薬を煎《せん》じるのも上手かった。

イーオンは抵抗したが許されるはずもなく、彼は薬を飲まされ、狼へとその身を転じた。

変化したイーオンを見て、魔女はゲラゲラ笑ったあと、こう言った。

「解毒剤はないよ。だってこれは毒ではなく呪いを混ぜ込んだものだからね。条件を満たさなければ解けることはない。解きたかったら……そうだね。解呪《かいじゅ》条件はあんたのことを真に大事に想う存在から唇にキスされること、とでもしておこうか。真実の愛のキスってやつだよ。ケケケッ。ま、ただの狼に成り下がっちまったあんたにそんなことをするもの好きが現れるとは思えないけどねえ」

不可能とも言える宣告をし、更にギルティアはこう続けた。

「もうひとつ、あんたには面白い呪いをプレゼントしようか。その状態で、獣人のあんたを知っている者に正体を悟られ、名前を呼ばれる。この条件が満たされた場合、あんたは死ぬ。もし知り合いに会っても、あんたは全力で狼のふりをするしかないってことさ。楽しいだろう？　ああ、すごく楽しいねえ！」

そうしてひとしきり笑った彼女は、イーオンをただの狼として飼った。

自身の暇潰しとして。

一メートルほどしか長さのない鎖に繋《つな》ぎ、時折餌《えさ》を与え、機嫌が悪ければ蹴《け》った。

獣人として正しく扱ってもらえない。いくら反論してもただの畜生として飼われる。

そんな日々が長く続けば、どんなに屈強な心と身体を持つ者でも弱ってくる。

イーオンの心は限界を迎えていた。

もういっそ死んでしまいたい。

そんな風に感じ始めていた頃、ギルティアが新たな気まぐれを起こした。

彼女は、あろうことかイーオンを見世物小屋の店主に売り飛ばしたのだ。

彼がもっと苦しむことになればいい。永遠に獣人に戻れないまま、見世物小屋に飼われてただの動物として過ごせばいいと意地悪いことを考えたのだ。

しかも、彼女は更に悍《おぞ》ましい行動に出た。なんと、イーオンに首輪を付けたのだ。

服従の首輪。

それは己の意志を残したまま、相手に服従させられるという恐ろしいマジックアイテムだった。

それを使い、ギルティアはイーオンの言葉を封じた。「人の言葉を喋《しゃべ》るな」と、命じて。

狼になっても人の言葉だけは話せたイーオンの最後の自由。それを結局彼女は奪ったのだ。

一番、最悪な形で。

言葉を封じられたイーオンは、見世物小屋の店主にただの狼として売られ、そして彼の正体を知らない店主から芸を仕込まれた。

屈辱的だった。

どうして自分が、こんなことをしなければならないのか。自分は、動物なんかではないのに。

誰もイーオンが獣人だと知らない。

言葉を封じられているので、訴えることもできない。いや、喋れると分かったら、それこそ気味悪がられて処分されるかもしれない。それを思えば今のままの方が良いのかもしれないけれど。

ただひたすら屈辱の日々が続く。

見世物として観客の前に立ち、芸を見せる。他《ほか》の動物たちと一緒に扱われ、過ごす。それはイーオンにとってある意味、ギルティアに飼われていた時より辛かった。

時折、自問自答《じもんじとう》する。

自分は本当に、ただの獣としてこれから一生を生きていかなければならないのか。

見世物小屋の出し物として、人間に媚《こ》び、汚いケージの中で暮らしていかなければならないのか、と。

これなら本当にギルティアの元にいた時の方がマシだった。

頭がおかしくなりそうな日々。

だけど、転機はやってくる。

気が狂いそうな毎日を過ごしていたイーオンと他の動物たちは、ある時ヴィルヘルムに行くことになった。ヴィルヘルムは裕福な国だし、王都は特にその傾向が強い。一儲《もう》けできるのではと店主が考えたからだ。

それをイーオンは感情の籠《こ》もらない目で見ていた。

どうでもいい。

もう、何も期待しない。期待しても仕方ない。

長い時間が過ぎ、イーオンはただの狼として生きることに慣れてしまった。

客に芸を見せ、店主から餌をもらい、清潔とは言いがたいケージで眠る日々に心も体も麻痺《まひ》してしまっていた。

それでもやはりプライドはどこかに残っていたのだろう。

自分は獣人で、決して畜生なんかではない、と。

だからあの運命の日。彼はどうしても我慢できず、店主に逆らい、折檻《せっかん》されることとなったのだ。

◇◇◇

「あの日、ご正妃様が僕を救って下さったから、僕は今ここにいます。あの店主から僕を買い取り、忌々しい首輪を外して下さった。帰って良いのだと外に出して下さったこと、本当に感謝しています」

今までの経緯を話し終え、イーオンが頭を下げる。顔を上げさせると、時折銀色に見える灰色の瞳が私を見た。その表情がなんともグラウを思い起こさせる。

「首輪を外して下さった時点で、話すことはできるようになっていたんです。だけど僕は、怖かった。助けてくれた恩人に奇異の目で見られたらと思うと恐ろしくて、結局何も言わずにあなたから去ることを選んでしまった」

「……それは、当然だと思うけど」

酷いことをしてしまったと懺悔《ざんげ》するように告げる彼に言った。

イーオンが怖いと思うのは当然だ。

なにせ、彼の半生は壮絶すぎる。奴隷に落とされ、魔女に買われて、そして正真正銘《しょうしんしょうめい》ただの獣にされてしまって。

唯一彼に残されていた言葉でさえも、マジックアイテムの首輪を付けられてからは使えなくなった。

絶望の中、突然救済が来たとしても、はい、そうですかと信じることはできないだろう。

当たり前だと言う私の顔を見て、イーオンが辛そうに顔を歪める。

「ありがとうございます。でも……それは獣人としては間違っているんです。だってあなたは恩人だ。僕はあなたに命を救われた。確かに獣のままだったけれど、あなたのおかげで僕はあれ以上尊厳を踏みにじられることはなくなった。自由になれた。その恩がありながら、己のことを隠すだなんて……」

自分で自分が許せない。イーオンからはそんな雰囲気が漂っていた。

「……だからあなたはヴィルヘルムに留まって、王都を守ってくれていたの？」

ふと、思い出し言う。

彼がまだ王都にいるという話を聞いた時、フリードが言っていた。

彼は、私に恩返しをしようとしているのではないかと。

実際、グラウの様子はフリードの言う通りで、狼って律儀《りちぎ》な動物なんだなと思っていたのだけれど。

「……はい」

私の疑問に、イーオンが項垂《うなだ》れながらも肯定した。

「せっかく助けていただいたけれど、知人に正体を悟られ、名を呼ばれれば死ぬという呪いが僕にはまだ残っていました。だから島へは帰れない。自由になって、これからどうしようかと思った時にそれならと決めたんです。せめて、外からあなたを守ろうと。何も言えなかったけれど、恩知らずにはなりたくなかった。だからせめて僕にできることを、と――」

イーオンはヴィルヘルムに残ることを決めた。

ギルティアから掛けられた呪いを解かなければ、もとより故郷に戻る選択肢のないイーオンにとって、ヴィルヘルムを守ることは彼の新たな生きる目標となった。

そうして毎日を過ごしているうちに、私たちがやってきたのだ。

「迎えに来て下さった時は本当に嬉しかった。直接ご恩をお返しできる機会だと、そのためならペット扱いでも構わないと思った。だってあなたは、僕をあの地獄から解放して下さった方なのだから。なんなら元の姿に戻れなくてもいい。最後まであなたに仕えて、死ねたら最高だ……そう思っていたんです。だけど――」

チラ、とイーオンがレナを見る。

彼女はどうしたらいいのか分からないという顔をしていた。

「レナ」

名前を呼ぶ。レナがハッと私を見た。

「ご、ご正妃様。あ、あたし……」

「緊張しなくて良いわ。だから今までにあったことを教えて？　急がなくて良いから。ね？」

「は、はい……」

小さく震え、レナが説明を始める。

昨晩彼女に起こった出来事。

グラウと散歩に出かけ、そこでキスをしたら何故か彼が人間――いや、獣人になった。

そう、彼女は語った。

話を聞き終え、イーオンを見る。

「つまり、レナがあなたの呪いを解いたって、そういうこと？」

「はい」

こくり、とイーオンが頷く。

自然と彼の隣にいるレナを見た。レナは身の置き場がないという顔をして縮こまっている。

「レナ」

「あ、あたし……グラウが獣人だったとか知らなくて……ただ、好きだって思って」

想いが高じ、キスをしてしまったのだと、レナは言った。

確かにレナは以前からグラウに対し、並々ならぬ想いを抱いていたように見えた。それこそ恋でもしているみたいだと思ってはいたけれど。

まさかその気持ちが、イーオンの呪いを解いてしまうほどのものだったなんて。

真に大事に想う者からキスを受ける。

その条件が満たされ、イーオンは元の姿に戻ることができたのだ。

「そんなこと……あるのね」

きっと呪いを掛けた当の魔女すら想像していなかったであろう奇跡に驚いていると、イーオンも同意した。

「僕も、まさかここにきて呪いが解けるなんて思っていませんでした。それも、解いたのは小さな猫の獣人です。確かに僕はつがいを探しに大陸に来ましたけど、こんな結末が待っているとは思いもしませんでした」

困ったように、だけど仕方ないと言わんばかりにイーオンはレナを見た。

その瞳《め》には慈愛が籠もっており、恋愛感情ではないのかもしれないが、イーオンがレナを受け入れているというのが分かる。

だいたい、思い返してみれば、グラウは元々レナをわりと受け入れていた。

仕方ないなという態度で彼女が側《そば》にいることを許していたのだ。元々悪い感情を抱いていなかったところに、呪いを解いてくれたという事実。これは、もしかしたらひと組の年の差&体格差カップルができてしまうのかもしれない。

だって少なくともレナの気持ちは真実の愛なのだから。

これからふたりの関係がどうなるかは分からないけど、その行方《ゆくえ》を見守りたいなと思ってしまう。

「でも……すごいなあ」

「リディ?」

こんなことあるんだと思っていると、ずっと黙ったままだったフリードが私の名前を呼んだ。

「何がすごいの？」

「え？　キスで人間に戻るとか、童話の世界だなあって思って……」

前世の世界のお伽噺《とぎばなし》を思い出す。

真実の愛で悪い魔女の魔法が解ける。王子様とお姫様は結ばれ、幸せに暮らしましたとさ。

確かに話としてはよく聞くが、それはあくまでも創作であり、実際の話ではないのだけれど。

「そういうことってよくあるの？」

こちらの世界ではメジャーなのだろうか。そう思ったがフリードは否定した。

「いや、さすがにないよ。特殊すぎる。魔女だからできたというのが正解だろうね。多分、魔女は嫌がらせのつもりでこんな解呪条件を設定したのだろうけど」

「だよね。まさか解呪されるとは思わないよねえ」

うんうんと頷く。

話を聞き、すっかり私はグラウがイーオンであることを受け入れていた。

最初は確かに疑わしいと思ったが、彼の話を聞けば納得するしかなかったし、それはフリードも同じのようだ。

城に連れてきた狼が、まさかの長年行方不明だった狼獣人だったというのは驚きしかないけれど、結果だけ見れば、元の姿に戻れて良かったと思う。

そして、私は内心ヒヤヒヤしていた。

なにせ、グラウの正体は獣人の男性だったわけで。

狼だった時でさえ、グラウに嫉妬《しっと》していたフリード。それが実は成人男性だったと知れば、どうなるか。

——い、いや、大丈夫、かな。

己の行動を改めて思い返す。

基本グラウに対しては、フリードの目もあるので、過剰な愛情表現はしていなかったはず。

最高でも首に抱きつくくらいだし、それはフリードにより止められた。

そしてグラウの方の行動に関しては、思い返しても特に問題になるところはなかった。

彼はいつも紳士的に私に接してくれていたし、自分からくっついたり……みたいなことは一切しなかった。

私たちの部屋の前に陣取っていた時も、彼は決して部屋の中までは入ってこなかった。

自分から私に無理に懐きに来たりもしなかった。

それはいくら見た目が獣だったとしても、実際は獣人であった彼の、女性に対する紳士的な振る舞いだとしか思えなくて。

たとえ狼の姿だとしても真摯《しんし》に接してくれていた彼に気づけば、すごいなとしか思えなかった。

改めて彼の振る舞いに感心していると、緊張しながらもレナが言った。

「あ、あたし、グラウが獣人になったのを見て吃驚《びっくり》して。でもご正妃様に報告しなくちゃって思ったんです。だから夜だったけど女官長様をお訪ねして、明日一番にご正妃様たちにお会いしたいってお願いしたんです」

「そうだったの」

「駄目だって言われるかなって思ったんですけど、一生懸命説明したら分かったって言って下さって、グラウの……違った。イーオンの服も用意してくれたんです。彼……その、裸だったので……」

「裸……」

そりゃ、そうだ。

狼から獣人に戻ったとして、服を着ているかどうかと言われれば、着ていないに決まっている。

だって狼は裸なのだから。

——一歩間違えれば変質者だったってことよね。

ある意味夜中で良かったのかもしれない。人目につきにくいという意味で。

レナから詳しい話を聞いて思ったのは、なるほど、カーラが頑張ってくれたのだなということだった。

夜中にレナが突然連れてきた不審な男。しかも服を着ていない。

だが、カーラは男を牢屋《ろうや》に放《ほう》り込むこともせず、レナの話をきちんと聞いて、冷静に適切な対応をしてくれたようだ。

彼女が優秀なのは知っているが、こういうところは本当にすごいと思う。

いや本当に。

私なら、まず間違いなく悲鳴を上げると思うから。

私はソファから立ち上がり、イーオンと名乗った男をまじまじと見つめた。

「ご正妃様?」

じっと見られているのが気になったのか、イーオンがおそるおそる私を呼ぶ。

そんな彼に私は安心させるよう笑みを浮かべて言った。

「いえ、確かにあなたにはグラウの面影があるなって思っていたの。……本当は獣人だったのに狼として扱ってしまってごめんなさい。申し訳なかったわ」

知らなかったとはいえ、完全にペット……というか飼い狼扱いしてしまった。

あと、呪いに掛かっていたのなら、私の中和魔法で解いてあげればよかった。そう思い、それはできないと気がつく。

私の中和魔法は、その対象に触れることと、私の意志によって発動する。イーオンは、魔女に薬を飲まされて呪いを受けた。つまり呪いの元は体内にあったのだ。体内の呪いに触れられなければ中和することはできない。首輪を外したようにはいかないのだ。

——便利だけど、不便だなあ。

肝心なところで役に立てない自分が酷く歯がゆい。

情けないと思いながら謝ると、イーオンは焦ったように言った。

「い、いえ! 僕の方こそ助けていただいて。あの店主から買い取って下さったこともそうですが、忌々しいマジックアイテムの首輪を外して下さったのは本当に有り難かったんです。獣の姿でも話すことができる。誰にも聞かせるつもりはなかったけれど、自分で黙っているのと話せないのとでは全然ストレスが違う。ご正妃様には感謝しているんです」

本心だと分かる言葉を聞き、ホッとした。

「それなら良かったわ。じゃあ、改めて宜《よろ》しくね。イーオン、と呼べばいいのかしら」

「はい」

本当の名前の方が良いだろうと思えば、彼も素直に返事をした。

心の中で愛狼《あいろう》だった彼に別れを告げ、笑顔で言う。

「それで——ええと、これからの話なんだけど、呪いも解けたことだし、あなたはアルカナム島に帰るってことで良いのかしら」

正体を悟られ、名を呼ばれたら死ぬという呪いはあったらしいが、それも獣人に戻ったのだ。解呪されているだろう。

そのことを告げると、イーオンも頷いた。

「はい。そちらの呪いも解けています。何の問題もありません。ですが僕はまだ島に帰るつもりはなくて」

「そう……ん?」

首を縦に振ろうとして、あれ、と思った。

何か忘れているような気がしたのだ。イーオンが怪訝《けげん》な顔で私を見てくる。

「……」

「ご正妃様?」

「ちょっと、待って……」

考える。

そもそもイーオンの話をしていたのは誰だったか。最初に話してくれたのはイリヤだったが、確かイーオンを心配する人物がもうひとりいたではないか。

「あ！　レヴィット!!」

「へ？」

突然大声を出した私をイーオンがギョッとした顔で見てくる。私はといえば、すっきりとした気持ちになっていた。

「そうよ、レヴィット。あなた、レヴィットの友人なのよね？」

「へ、あ……レヴィットって、虎《とら》の一族ノックスの？」

「ええ！」

力強く頷くと、イーオンは困惑しつつも肯定した。

「は、はあ……。あいつなら確かに僕の知り合いですけど。でも、どうしてご正妃がレヴィットのことをご存じなんですか？」

分からないという顔をするイーオンに、私は言った。

「レヴィットは今、ヴィルヘルムで騎士をしているのよ。あなた、会ったことないの？」

「レヴィットが騎士？　まさか！」

本当に知らなかったのだろう。イーオンが吃驚したように目を見開いた。

でも確かに、考えてみればグラウが来てからレヴィットは王族居住区にある私たちの部屋までは来ていなかったような気がする。部屋の前に護衛として陣取っていたグラウと会っていないのも仕方ないのだ。

「そう。同じ城にいたのにすれ違っていたのね」

残念だったねという気持ちを込めて言うと、イーオンは逆に震え上がっていた。

「あっぶな……レヴィットに会って、さすがにバレない自信はないぞ。助かったぁ……」

「あ、そうか……」

本気で震える様子の彼を見て、確かにと思った。

イーオンは正体を悟られ、名前を呼ばれたら死ぬという呪いを掛けられていたのだ。そんな彼がもし彼を探している友人に見つかったら？　バレる可能性はゼロではないし、万が一名前を呼ばれてしまえば、イーオンは死んでしまう。

そして自分のせいで幼馴染《おさなな》《じ》みが死んだと分かれば、レヴィットのショックは計り知れないものとなるだろう。

偶然だったが彼らがエンカウントせずに済んで本当によかったとそう思う。

イーオンが懐かしげに友人の名前を呼ぶ。

「だけど、レヴィット……レヴィットか。あいつもヴィルヘルムにいるんだな……。ついこの間の国際会議ではアルカナム島も来ていたみたいだし、意外と近くに知り合いがいたんだな」

「アルカナム島の人たちが来たことには気づいていたの？」

しみじみと告げる彼に尋ねると、イーオンは首を縦に振った。

「はい。殿下の部屋を守護する兵士たちが『今回はアルカナム島の面々が初参加で来ている』と話しているのを聞きましたから。ですが僕は狼の姿で正体を知られるわけにはいきませんので、できるだけ大人《おとな》しくしていました」

「そうなの」

得心し、そこでまた、別のことに気づいた。どうにも気になったのでフリードに確認する。

「ねえ？　アルカナム島と言えばついこの間、代表の人たちが、イーオンの居場所は分かっているとか、解放するための交渉中だとか言ってなかった？」

「ああ、そういえば言っていたね」

フリードもハッとしたような顔をする。私は再度、確かめるように言った。

「でも、イーオンはここにいるのよね。どういうこと？」

もう一度イーオンを見る。彼はぽかんとした顔で私を見ていた。

「は？　何の話ですか？」

「実は――」

フリードに了承を取ってから、イーオンに国際会議中にアルカナム島代表たちと話したことを教える。話を聞いた彼は、意味が分からないと首を傾げた。

「僕を解放するために交渉中？　は？　僕はここ数年はずっと見世物小屋にいましたし、誰も僕の正体には気づきませんでしたよ。大体、気づかれ、名前を呼ばれたら僕は死ぬわけですし」

「そうよね？　でも、それなら島の人たちは一体誰と何の話をしていたの？」

「……」

私が疑問を口にすると、その場にいる全員が黙り込んだ。

なんだか、とても嫌な予感がすると思った。

悪意が渦《うず》巻き笑っているかのような、そんな不吉な予感が。

「……島の連中が交渉している相手。それが誰なのか、聞いていませんか？」

じっと考え込んでいたイーオンがおもむろに言った。フリードを見る。だが彼は首を横に振った。

「分からない。そこまでは立ち入らせてはもらえなかった。だがイーオン。お前が彼らの探していた人物だと言うのなら、彼らが助けようとしている者は別人、ということになる。そうだな？」

イーオンが短く首肯する。

「……はい。アルカナム島、ノヴァのイーオンと言えば僕しかいないはずです。……でも、それなら誰だ。誰が僕を騙《かた》っている？　誰が僕の名前を使って、島の連中を騙そうとしているんだ？」

「騙す……？　そう、か、そうなるよね」

イーオンに言われ、その可能性に気がついた。

確かにその通りだ。

本物のイーオンはここにいる。

魔女の呪いに侵されていた彼は見世物小屋の出し物として活動させられており、今はヴィルヘルムにいる。そのことを島の人たちは誰も知らなかったはずなのだ。

それなのに、彼らはイーオンを見つけたと言い、その身柄を取り戻すべく動いている。

彼らが取り戻そうとしているのは誰なのか。

そして、彼らは誰と何を交渉しているのか。

私たちの知らないところで、何かが起こっている。そんな気がしてゾッとする。

「で、でも！　とにかくまずはレヴィットを呼んだ方がいいんじゃない？」

恐怖を振り払うように口を開いた。

レヴィットを呼べば、ここにいるイーオンが本物かどうか分かるだろう。それに彼はアルカナム島と連絡が取れる。イーオンのことを彼から伝えてもらえれば、問題は解消するのではとそう考えたのだ。

フリードも私の意見に同意した。

「そうだね。確かにそれが一番手っ取り早――」

彼の言葉は最後まで紡がれることはなかった。

何故なら突然、耳を劈《つんざ》くような音が城中に鳴り響いたからだ。

サイレンのような不吉な音。皆がギョッとするような大きな音が城中に響いている。

知っている。

これは緊急を告げる合図。

他国が攻めてきた時に全員に知らせるための、とても分かりやすい、戦争の、合図だ。

「……なんで」

嘘《うそ》、と言う間もなく、魔法で拡張された声が城中に響く。

『タリムの進軍を確認！　至急、援軍を派遣。各長は大広間に集結せよ!!』

――タリム？

思わず彼を見る。

フリードは驚愕《きょうがく》に満ちた顔をしていた。あり得ない、とその表情が語っている。

「タリムだと？　あり得ない。だって、まさかこんな……このタイミングで？」

タリムが南下してくるのは冬。どれだけ早くとも、初冬と呼ばれる時期に彼らは毎年南下を始める。

だけど今は秋。冬と呼ぶにはまだ早い。

そんな時期に南下してきたタリム。その真意は分からず、だけどそれより私には恐ろしいことがあった。

「嘘でしょ。だってフリードは……」

今、魔力が殆どない。

メイサさんたちは、フリードの力が完全に戻るにはひと月掛かると言った。数週間あれば、普通に戦えるくらいには回復すると言ってくれた。

だから、大丈夫だと思ったのだ。猶予は十分にあるのだと、そう思ったのに。

現実は甘くなかった。タリムは今、南下を始めている。

「……」

恐怖のあまり血の気が失《う》せるかと思った。ガクガクと身体が震え始める。

だって、フリードは回復していない。その彼が、戦場に赴く。

それは私には倒れるかと思うほどの恐怖で。

「いや……」

「リディ」

身体を震わせる私をフリードが抱き締める。彼は決意を固めた目をしていた。

「フリード……駄目」

「ごめん。行かないといけない」

「や……」

「私は、軍の総指揮だから」

「分かってる……分かってるけど」

これは私の我が儘だ。彼の義務は痛いほど理解している。

それでも頷けなかった。

だってフリードは万全とはほど遠い状態なのだ。これで戦場に行く？　冗談も程々にして欲しい。

「無理、無理だよ。そんなの」

フリードの上着の裾《すそ》を握る。行かせない、とその意志を一生懸命伝えた。そんな私の手をフリードが優しく解かせる。

「駄目だよ。たとえ無理でも行かなければ。皆、私の背中を見て戦ってくれるんだからね」

「……」

優しい声だったが、その声には決意が籠もっており、彼が戦場に赴くことを示していた。

「フリード……」

「リディが心配してくれているのは分かっているよ。でも、これが私の仕事だから」

「……」

うん、と言えない。

だけど、嫌だとも告げられなかった。

フリードが私の頭を撫でる。

「大丈夫だよ。すぐに蹴散《けち》らして帰ってくるから」

「……魔法が使えないのに？」

「私には剣もある。それにひとりで行くわけじゃないからね。うちの国には魔術師団もいる。彼らが頑張ってくれるよ」

「……うん」

魔術師団。ウィル率いる部隊の名前を出され、やっとの思いで頷いた。

そうだ、ウィル、ウィルがいる。

私の幼馴染み。彼ならきっとフリードを守ってくれるはずだ。

彼に任せておけば、フリードは無事に帰ってくる。ようやくそういう風に考えることができた。

「そう、だよね。ウィルがいる、もんね」

自分に言い聞かせるように呟《つぶや》く。

ホッと息を吐く。大丈夫、フリードは大丈夫だ。やっとそう思えたのに。

「っ！」

あり得ないことに、再び、先ほどの出陣を促す音が鳴り響いた。

二度目のサイレン。

早く来いとせっついてきたのだろうか。そう思ったのだけれど。

聞こえてきたのは、信じられない内容で。

『東方。海よりアルカナム島の部隊と、かの島からの宣戦布告を確認！　ヴィルヘルムは現在、北と東の両方から侵攻を受けています!!』

緊迫した声が現在の状況を伝えてくる。あり得ない話に呆然《ぼうぜん》とするしかなかった。

——アルカナム島って、イリヤやレナの……。

つい最近、その代表と話したばかりだ。彼らは感じの良い人たちで、今後も仲良くやっていけると思っていたのに。

その彼らがヴィルヘルムに宣戦布告？

「アルカナム島……そんな……嘘だろう……どうして島が戦争を？」

誰もが何も言えない中、呟いたのはイーオンだった。

そうだ。アルカナム島は彼の故郷でもあるのだ。

フリードを見る。私と同じように唖然《あぜん》としていたはずの彼は今はすでに立て直し、将としての顔を見せていた。

「フリード……」

「リディ、私は行くよ」

「……」

「止めないで」

真っ直《す》ぐ私を見据え、告げるフリード。

私はグッと唇を噛《か》み、頷いた。

二方向から同時に攻められている現状。これを知って、行くなとはもう言えなかったのだ。

彼には王太子として国を守るという義務があり、そしてそれは私にも存在する。

国のためにフリードを送り出す。

どんなに辛くとも、私はそれをしなければならないのだ。

鳴り続けるアラート。

平和だったはずの朝にいきなりやってきた不穏極まりない出来事。

私はフリードの厳しい横顔を見つめながら、どうか無事で帰ってきて欲しいと願うことしかできなかった。

文庫版書き下ろし番外編・カレと再会の日はすぐそこに（シオン視点）

フリードリヒ殿下たちの力添えで無事日本へと帰還した私は、逸る気持ちを抑えつつ、自宅へと向かった。

何せ、年単位で戻っていなかったのだ。

暮らしているマンションが解約されている可能性も考えたが、幸いにもそんなことはなかった。

というか。

「二日しか経っていない？」

マンションの自室に戻り、まずはと日付を確認した私は驚きに目を見張った。

異世界なのだ。時間の流れが違うだろうことは覚悟していたが、それでもまさか二日しか経っていないとは、予想外過ぎる。

しかも私が異世界に行ったのは金曜日で、今は日曜日。

仕事は元から土日が休みだったため、普通に明日から仕事……というあまりにも私に都合良すぎる状況。何食わぬ顔をして、元の生活に戻ることができるのだ。

最悪、十年以上が経ち、捜索願を出され、仕事も住む家も無くしている……くらいの覚悟はしていたので、今の状況が俄《にわか》には信じがたかった。

「これは……驚きですね」

知り合いに会った時、どう言い訳すれば良いものかと悩んでいただけに、杞憂《きゆう》で済んだことは有り難いが、どうにも不思議な心地だ。

向こうでは何年も辛い時期を過ごしたというのに、こちらではわずか二日しか過ぎていなかったのだから。

それでも己の今後を考えれば、有り難いばかりだ。

私は現状を受け入れ、少しずつ元の生活を取り戻していった。

◇◇◇

日本に戻って、半年ほどが経った。

私はすっかりこちらでの生活リズムを取り戻し、平穏な日々を送っていた。

友人とも再会したし、念願だった桜《さくら》の墓参りにも行った。

リディアナ妃となった彼女に直接想いを伝えることができたからだろうか。思ったよりも穏やかな気持ちで彼女の墓の前に立てた。

週に一度は桜の墓に行き、彼女に向かってどんなことがあったのか話す。時折、ほろ苦い気持ちにもなったが、それなりの日々を過ごすことができていた。

そんな矢先だった。

未成年の頃、後見人となってくれた親戚の叔父から電話が掛かってきたのは。

家に持ち帰った仕事をしていたところだったが、着信を確認し、パソコンの蓋を閉じる。少し憂鬱だった。

何せ私は叔父とはあまり折り合いがよくなく、成人してからは一度も連絡を取っていなかったくらいだから。だが、聞かされた話には耳を疑った。

「え、行方《ゆくえ》不明……ですか？」

ギョッとし、手に持ったスマートフォンを見る。何かの聞き間違いではないかと思ったのだ。

だが、叔父の声は真剣だし、どこか憔悴しているようにも聞こえる。

『……そうだ。半年ほど前に家を出たきり、行方が知れない。紫苑《しおん》、お前娘を、飛鳥のことを知らないか？』

「いえ、知りませんが……」

飛鳥というのは、私の従妹《いとこ》の名だ。

折り合いの悪かった親戚の中で、唯一私を慕ってくれた女性。

私を兄と呼び、懐いてくれた。彼女のことだけは、私もそれなりに可愛がっていたし、言葉にはしなかったが家族だという認識がある。

性格はお転婆で気が強い。だけど情に厚いところがあり、同性の友人が多くいた。可愛い妹だったのだ。

あの家を出てからは殆ど会うこともなくなったが、それでも一年に一、二度くらいはメールをして互いの近況を伝え合っていた。

そんな彼女が行方不明に。さすがに他人事には思えなかったし、そういえば日本に帰ってから一度も飛鳥とメールのやり取りをしていなかったと気がついた。

「飛鳥がいなくなったのですか？　警察に届け出などは？」

『……出していない』

「出していない⁉　半年も行方が分からないのに、ですか？」

信じられないと思い、声を荒げると、同じくらい大きな声が返ってきた。

『仕方ないだろう！　もし、娘が行方不明になったと知られてみろ。間違いなく妙な噂が立てられる。傷物にされたなどという根も葉もない話を広められでもしたら、あの子の今後の人生は終わりだ……！』

「それは……そうかもしれませんが」

叔父の言い分には一理あると思いつつも、半年も警察に相談しなかったというのがどうしても信じられない。

話を聞けば、叔父は自らの伝手を使って飛鳥を探していたらしく、だけどもどうしても見つからない事実に焦り、仕方なく私に電話してきたのだとか。

叔父は私を好きではない。その私に電話してくるくらいだから余程のことだと思ったが、こんなことならもっと早く連絡してくれれば良かったのにと腹立たしく思った。

「分かりました。私も飛鳥を探します」

『頼む、紫苑……』

気に入らない私に頼むのは業腹だろうに、それでも叔父は『頼む』という言葉を口にした。娘である飛鳥のことを大切にしていたのは知っている。私のことが嫌いでも娘のためなら、という気持ちなのだろう。私も、妹とも思っている飛鳥のためなら、叔父に協力することは吝かではない。

「……教えて下さい。飛鳥が最後に目撃された場所はどこですか？」

どこかホッとした声を出す叔父に尋ねる。闇雲に探すよりは、最後に見た場所を中心にした方が良いと思ったのだ。叔父もすぐに私の問いに答えた。

『飛鳥が最後に目撃されたのは、半年前。通夜の席でだ。あの日、飛鳥は知人の通夜に行くと言って、家を出て行ったんだ。私たちがあの子を見たのはそれが最後だ』

「知人の通夜、ですか。場所は？　差し支えなければ、どなたの通夜だったのか教えていただいても？」

『名前は……確か……結城……桜……と言ったか。ああ、そんな名前だったと思う』

「え……結城、桜……？」

予想もしなかった名前が出てきて、一瞬耳を疑った。だが聞き間違いではなく、確かに飛鳥は桜の通夜へ行ったと叔父は告げた。

『親しい人がお世話になったから……と飛鳥は言っていたが。その通夜には出席していたようだ。芳名帳に飛鳥の名前があったのは確認させてもらったからな。それ以降、杳《よう》として行方が知れない』

「そ、そう……ですか。わ、分かりました。こちらでも探してみます」

叔父に断り、通話を終了させる。自分でも驚くほどに動揺していた。

まさか、飛鳥が桜の通夜に出席していたとは知らなかった。

あの日の私は、周囲を気にする余裕などなくて、誰が来ていたのかなんて殆ど覚えていないのだ。

でも……。

「飛鳥があの場所に……桜の通夜に……いた？」

叔父の言っていた親しい人とは、十中八九、私のことだろう。飛鳥は、私と彼女の父の折り合いが良くないことを分かっていたから、敢えて私の名前を出さず、濁すような言い方をした可能性が高い。

更に言うなら、彼女が桜の通夜に行ったのは、私が桜と付き合っていたことを知っていたからに相違なかった。学生時代、恋人のひとりもいないのかと聞かれ、何度か話に出した記憶はある。だから、桜が亡くなったことを聞いて、通夜へとやってきたのだ。

もしかしたら会場で私に話し掛けてくれていたのかもしれないけれど、あの時の記憶は酷く曖昧で、思い出そうとしても思い出せなかった。

桜の通夜に出席していた飛鳥。そして彼女はそのまま行方不明となった。

「……」

どうにも無視できないものがあった。

同じ日、私は異世界へと飛ばされた。魔女メイサのミスにより、あの魔法世界へ行くこととなった。

幸いにも私は帰ってくることができたけれど。

私はフリードリヒ殿下とリディアナ妃のお陰で、日本の地をもう一度踏みしめることができた。本当に幸運だった。

だけどもし、ふたりの助力を得ることができなかったら？　異世界転移に必要だと言われる魔具を手に入れられなかったら？

間違いなく今も私はあの世界にいるしかなかっただろう。

こちらの世界とどれくらいの時間のずれがあるのかは分からないが、帰れないままなら、いつか私も『行方不明』として片付けられていたはず。

今の飛鳥と同じように――。

「……まさか」

考えれば考えるほど、もしかして、が脳裏を過る。

私が異世界転移をしたあの日、同じ場所にいた飛鳥。魔女メイサは私の転移が己のミスによるものと言っていたが、巻き込まれたのが私ひとりではなかったら？

ひとりだと思い込んでいただけで、実はもうひとり、異世界転移していた者がいたとしたら？　それが、飛鳥だとしたら？

「……」

想像すれば想像するほど胃が重くなってくる。

半年経っても見つからない飛鳥。

何らかの事件に巻き込まれている可能性ももちろんゼロではないが、もしかしたら彼女も『あの』世界にいるのではないだろうか。

この世界とは常識が異なる場所。民主主義などない、王侯貴族が権力を握る魔法の世界。

「探さなければ……」

　飛鳥を。

　私の従妹を。

　もし本当に飛鳥があの世界にいるのなら、私を本当の兄のように慕ってくれた彼女を何としても探し出さなければならない。

「いや……まだ、飛鳥が向こうにいると決まったわけでは……」

　異世界転移なんてものの方がお伽噺なのだ。

　こちらで事件に巻き込まれている可能性の方が高いだろう。

　だけど可能性を捨てきれなかった。

　飛鳥は向こうにいるのではないか。今も彼女はあちらにいて、困っているのではないか。

　考えれば考えるほど、焦燥感に襲われる。

「……」

　無言でパソコンを設置している机の引き出しを開ける。そこには魔女メイサから渡された魔具が入っていた。赤い目玉の入った瓶。

　異世界転移に必要とされる重要な魔具だ。

　これを私はこちらの世界に戻ってからもずっと、捨てずに保管していた。

　何せ、あの時、魔女メイサは言ったから。

「その魔具だけど、捨てないでちょうだいね。餞別よ。一度だけだけど強く願えば、こちらの世界に戻って来られるはずだから」と。

そう、これは私があの世界へ戻るための唯一の切符。

この魔具があれば、私はもう一度彼らに会うことができる。

ただ、その場合は二度と戻れないことを覚悟しないといけないだろうけど。

今回私が日本に戻るために、どれほどの労力を払って貰ったのか。どれほど自分が幸運だったのか知っているだけに、二度はないと知っていた。

行けば、帰れない。

だけど、行く手段はある。

行って、飛鳥を探しに行くことはできる。連れて帰ってはやれないけれど。

でも、生活は保障してやれる。

ヴィルヘルムに戻れば、フリードリヒ殿下やリディアナ妃は受け入れてくれるだろう。

飛鳥を探すことだって、事情を話して頭を下げれば無碍《むげ》にはされないはずだ。

その代わり、ヴィルヘルムに永遠の忠誠を誓う必要があるだろうけど、そこは全く問題ない。

私はヴィルヘルムがどんな国かを知っている。あの国を治めている人たちの人柄を知っている。骨を埋めるだけの価値があることを知っている。

だから何も問題は無いのだ。

あとは、ただ決断するだけ。飛鳥を探しに向こうに戻るのか。二度と日本に戻れない覚悟ができるのか。その決断を。

魔具をギュッと握りしめる。

五分ほどそのまま動かず、だけど結局私は魔具を引き出しに戻した。

残念ながら、まだ私にはその決断ができなかったのだ。

◇◇◇

飛鳥がいなくなったと連絡を受けてから、更に半年が経過した。

季節は春になり、昨日のニュースでは桜が満開になったと伝えていた。

この半年の間、私は友人たちにも協力を依頼し、飛鳥を必死に探し回った。

叔父を説得し、警察に捜索願も出した。だが飛鳥の足取りはあの通夜の日からぱったりと途絶えていて、なんのヒントも見つからない。

挙げ句、通夜以降、どこの監視カメラにも映っていないなんて話を聞いてしまえば、やはり彼女はあちらの世界へ行ってしまったのではないかという思いばかりが膨らんでしまう。

これ以上、ここで探しても仕方ない。

タイムリミットが迫っていることを感じていた。

「……桜」

今日、私は桜の墓参りに来ていた。

桜の墓は郊外の公園墓地にある。

たくさんの桜の木が植えてあり、ここも満開になっていた。さすがに墓場で花見をする者はいなかったけれど、思わず見惚れる程度には美しかった。

真新しい墓石を綺麗にして、水と花を添え、線香に火を灯す。

「桜、来ましたよ」

桜に声を掛ける。彼女の骨こそ納めてあるものの、その魂がここにないのは分かっている。だけど私の桜は彼女でしかなくて、だからここに来る必要があった。

「――死ぬまで、あなたの墓守をしようって決意していたんですけどね」

手を合わせ、祈りを終えてからゆっくりと桜へと語りかける。

「嘘じゃありません。私は今もあなたを、あなただけを愛していますから。だから日本に帰ってきたのですし、その選択を後悔していません」

実際、帰ってこられたことを喜んでいるし、桜の側にいられる今の生活には満足している。だけど飛鳥のことを考えるたび、彼女がもしかして向こうにいて、私がしてきたような苦労をしているのではないかと思うたび、胸を締め付けられるような苦しさが襲うのだ。

「私の従妹……飛鳥というのですけど、彼女がどうやら向こうにいるようなんですよ。もちろん絶対ではありませんけど、可能性は高いのではないかと思っています。私と同じように魔女メイサのミスに巻き込まれたのではないかと。……こちらではもう、一年も見つかっていませんから」

日本にいる可能性はまだあるとは分かっている。だけど、手がかりひとつない状況を突きつけられるたび、思うのだ。

飛鳥は向こうにいるのではないかと。ならば、身内である私が助けに行くべきだろう。

私しか、向こうに行くことはできないのだから。

でも、それだけでは動けなかった。もうひとつ、無視できない理由ができて、それが動く決め手となったのだ。

「……悩んでいたんですけどね。考えているうちに、それはそれとして、段々向こうのことが恋しくなってきまして」

嘘みたいな話だ。

あの世界に転移して、どれだけ辛い思いをしてきたのか忘れてなどいないはずなのに、一年が過ぎた今も、毎日のように思い出す。

フリードリヒ殿下、アレクセイ様、レナ、ウィリアム様。そして、リディアナ妃。

不思議と辛かったことではなく、楽しかったヴィルヘルムでのことばかりを思い出すのだ。

「自分でも馬鹿だと思います。でも、本当に楽しかったんですよ。もちろん、日本での日々が退屈なわけではありません。ここにはあなたが眠っていますし。だから、いくら恋しくてもそれだけでは向こうに戻ろうなんて考えなかったと思います。……今度は帰ってこられませんしね」

だけど、理由がふたつになってしまえば、気持ちも揺らぐ。

向こうに戻りたい気持ちと、飛鳥を探したい気持ち。それは相反するものではなくて、同じ方向を向いている。それは、動けなかった自分の背中を見事に押してくれた。

「飛鳥が向こうにいない可能性もあるので、もし見つからなかったら、ただ向こうに戻っただけになってしまいます。それでも良いのか考えたんですよ。――良いかな、とわりとあっさり思えました。びっくりですね」

駄目だったら駄目でもいい。それなら向こうに永住するだけ。

それを悪くないと思う己に気づいた時、ようやく気持ちを定めることができた。

「あなたがいないのだけがネックなんですけどね。でもあなたならなんと言うかなと考えて――。きっと従妹を助けに行けって言ってくれるんじゃないかって都合のいいことを考えました」

――それ、本当に都合良すぎませんか、紫苑先輩。

桜の声が聞こえた気がした。気のせいだと分かっている。でも、どうしようもなく嬉しかった。

「ええ、本当に。でも、あなたはそう言ってくれるでしょう？　桜」

桜は優しい人だった。

日本にいた桜も、ヴィルヘルムにいたリディアナ妃も、助けを求める人がいれば、迷わず手を差し伸べる、そんな人だったから。

「あなたを連れて行ければ良いんですけどね。さすがにそれはできませんから。だから、お別れを言いにきました」

少し前、勤め先を退職し、先ほど、マンションも引き払ってきた。

昨夜は友人に会い、最後の別れも告げてきた。

もちろん正直には言えないけれど。

遠くに行くのだと言った私に、友人は「そうか」とだけ返した。

別れの時、「元気でやれよ」と言ってくれた。十分だと思った。

そして今日、最後に桜に会いに来たのだ。

彼女に話さないわけにはいかないと思ったから。

「約束を守れなくなってしまってすみません。あなたから離れてしまうことになってすみません。でも、行かない方が後悔すると気づいたから、私は向こうに戻ります」

もし、飛鳥が生きて助けを求めているのなら、その手を掴んでやれるのは、彼女を知っている私だけだと思うから。

死んでしまった桜に義理立てして、生きているかもしれない飛鳥を見捨てることは、どうしても私にはできなかったし、したくなかった。きっと桜もそう言うだろう。

「だから、さようならです」

その時はもっと先だと思っていたけれど、案外それは早かった。

だけど、後悔はしない。これは私が決めたことだから。

激しく風が吹く。桜の花びらが舞い散った。美しい花吹雪だ。ヒラヒラと花びらは舞い、やがて一枚の花びらが私の手の中に収まった。

まるで桜に「私だと思って連れて行って」と言われた気持ちになった。

つまらない感傷だ。私の勝手な思い込みで、自分を納得させたいだけ。

だけどそう思うと勇気が貰えた気がしたし、何より桜と一緒だと何も怖くないように思えたから。

「そう、ですね。一緒に行きましょうか」

――異世界へ。

花びらをハンカチに挟み、大事にズボンのポケットにしまう。

桜の墓を見つめる。

全ての憂いは晴れた。もう、迷うことはない。

晴れやかな気持ちで着ていたジャケットの内ポケットから、魔具を取り出す。

周囲に誰もいないことを確認し、すうっと息を吸った。

出発は、ここからにしようと決めていた。

他の誰でもない。桜に見ていて欲しかったから。

「さようなら、日本」

もう帰ることのない母なる地。

「――ヴィルヘルムへ。私をあの場所に帰して下さい」

魔具が光り、光は円状となって私を包む。

また、風が吹き、桜の花びらが舞う。

美しい、まさに日本というべき風景だ。これを見ながらこの国に別れを告げられるのは、きっと幸福なのだとそう思う。

目を瞑る。

次に目を開けた時には、私はあの魔法世界に戻っているだろう。

どの国に転移させられるのか、どの時間軸なのか、色々と不安はあるが、だけどきっと大丈夫だと思っている自分がいることも確かだった。

とにかくヴィルヘルムの王都を目指す。そしてフリードリヒ殿下たちに事情を話し、飛鳥を探してくれるようお願いするのだ。

どこに飛ばされようと、何とかなる。

伊達に何年も異世界で暮らしていない。一人旅だってお手の物だ。

ああでも、彼らに会えたら、まずは大事な言葉を言わなければ。

「ただいま、戻りました。まだ軍師はご入り用ですか」と。

彼らはどんな顔をするだろう。

リディアナ妃は笑ってくれるだろうし、フリードリヒ殿下もきっと「待っていた」と歓迎してくれるだろう。アレクセイ様なんかは……彼なら「馬鹿野郎」とでも言ってくれるのではないだろうか。

そういう人たちだと知っているから、不安には思わない。

「楽しみですね……」

自然と唇が笑みを象る。

飛鳥を探さなければならないことは分かっている。

私の第一の目的は飛鳥との再会で、彼女の保護だ。

だけどもヴィルヘルムの仲間たちと再会できる喜びを隠すことはできなかったし、隠すつもりもなかった。

あとがき

こんにちは。月神《つきがみ》サキです。七巻をお手に取って下さり、ありがとうございます。

短いですが、少しだけ今巻について話したいと思います。

カレ――紫苑《しおん》について。

最初から紫苑のラストはこうすると決めておりました。ただ、そうですね。書き下ろしの部分を読んでいただければ分かる通り、全部が終わったわけではないとだけ。

蔦森《つたもり》えん先生、いつもながら素晴らしい挿絵をありがとうございました。

カバーも素敵でしたが、ピンナップは泣きました。あと、挿絵がどれも好きで、特にフリードの膝に乗っているリディ、可愛いです。

最後になりましたが、読者の皆様、本当にいつも応援ありがとうございます。

王太子妃編、最後まで駆け抜けますので、引き続きどうぞ宜しくお願い致します。

それでは、また次巻で。

月神サキ　拝

王太子妃《おうたいしひ》になんてなりたくない!!
王太子妃編《おうたいしひへん》7

月神サキ

2023年5月5日　初版発行

著者　月神サキ

発行者　野内雅宏

発行所　株式会社一迅社
〒160-0022 東京都新宿区新宿3-1-13 京王新宿追分ビル5F
電話　03-5312-7432（編集）
電話　03-5312-6150（販売）
発売元：株式会社講談社（講談社・一迅社）

印刷・製本　大日本印刷株式会社

DTP　株式会社三協美術

装丁　AFTERGLOW

ISBN978-4-7580-9546-4

●本書は「ムーンライトノベルズ」（https://mnlt.syosetu.com/）に
掲載されていたものを改稿の上書籍化したものです。
●この作品はフィクションです。実際の人物・団体・事件などには関係ありません。

MELISSA
メリッサ文庫